Der singende Stein

Das Buch

Jarl Sigurd ist ein kampferprobter Wikinger, der sich an Schottlands Küste niedergelassen hat. Trotzig bekennt er sich zu Odin und den alten Göttern. Als Sigurd im Jahre 1013 von einer Heerfahrt, die ihn bis nach Irland führte, zurückkehrt, zeigt er sich den Seinen jedoch seltsam verändert. Gormflath, die irische Königin mit dem Seidenhaar und den Augen wie Samt, soll ihn verhext haben. Sigurd will sich in die Schlacht um Irland werfen und für Gormflath, die ihren Thron verlor, die Krone zurückgewinnen. Doch er weiß nicht, daß es einen ganz anderen Herrscher über Irland gibt: den Magier Mog Ruith. Als dieser im Reich der Wikinger auftaucht, glaubt Sigurd zunächst an einen Höflichkeitsbesuch. Doch dann entführt Mog den irischen Jungen Aedan, der angeblich Steine zum Singen bringen kann – und an dem sich Irlands Schicksal entscheidet …

Die Autorin

Helga Glaesener, geboren 1955, hat Mathematik und Informatik studiert, ist Mutter von fünf Kindern und lebt mit ihrer Familie in Aurich, Ostfriesland.

Von Helga Glaesener sind in unserem Hause bereits erschienen:

Du süße sanfte Mörderin
Der falsche Schwur
Im Kreis des Mael Duin
Der indische Baum
Die Rechenkünstlerin
Die Safranhändlerin
Der Stein des Luzifer
Der Weihnachtswolf
Wer Asche hütet

Helga Glaesener

Der singende Stein

Roman

List Taschenbuch

Besuchen Sie uns im Internet:
www.list-taschenbuch.de

Umwelthinweis:
Dieses Buch wurde auf chlor- und säurefreiem Papier gedruckt.

Ungekürzte Ausgabe im List Taschenbuch
List ist ein Verlag der Ullstein Buchverlage GmbH.
1. Auflage Oktober 2005
© Ullstein Buchverlage GmbH, Berlin 2005
© 1999 by Econ Verlag, München
Umschlagkonzept: HildenDesign, München
Umschlaggestaltung: Hauptmann und Kompanie Werbeagentur, München–Zürich
Satz: KompetenzCenter, Mönchengladbach
Druck und Bindearbeiten: Clausen & Bosse, Leck
Printed in Germany
ISBN-13: 978-3-548-60570-8
ISBN-10: 3-548-60570-2

Für Lena.

Im Jahre 1013 der Zeitrechnung
auf den Orkadeninseln
im Norden Schottlands...

Die Rückkehr der Schiffe

Kari mußte geschlafen haben. Oder wenigstens gedöst. Denn als die Schreie vom Jarlshof zu ihm herüberdrangen, zuckte er zusammen, und das Messer, mit dem er gespielt hatte, rutschte durch seine Hand und schnitt ihm in den Daumenballen.

Hastig preßte er die Wunde gegen die Lippen. Es war nichts, nur ein Kratzer, aber er hatte schlecht geträumt, und die Stimmung dieses Traumes lag ihm wie ein bitterer Nachgeschmack im Mund. Müde rappelte er sich auf.

Die Sonne war vom Himmel verschwunden. Graue Unwetterwolken hatten sich zusammengezogen, und über den Buckel von Birsay fegte ein scharfer Wind, der den Geruch des nahen Winters trug. Das Meer toste mit weißen Schaumkronen gegen die Klippen. Ungeduldiger Zorn, der daran erinnern wollte, daß die Zeit der sammetblauen Sommertage vorüber war – und jedenfalls nicht der rechte Zeitpunkt für ein Schläfchen im Freien.

Kari verzog das Gesicht. Mißmutig wischte er die blutige Hand an der Hose ab. Er neigte nicht zu Grübeleien, aber – dieser Traum war wie ein Alp gewesen. Wie ein böser Geist, der ihn in einen Strudel aus Angst und Hilflosigkeit gezerrt hatte. Brennende Häuser unter schneeigen Bergen... Sein Herz klopfte noch immer, obwohl der Wind ihm die düsteren Gedanken aus dem Kopf zu blasen versuchte.

Er bückte sich nach seinem Wollumhang, zog ihn fröstelnd um die Arme und befestigte ihn mit der Gewandspange über der Schulter. Der Wind ging bis auf die Knochen. Und regnen würde es auch bald.

Wieder hörte er das Rufen vom Hof.

Drüben, auf der anderen Seite der kleinen Insel, liefen Männer und Frauen durch die kahlen Gemüsegärten. Die Jungen, die neben dem Badehaus Holz zerkleinert hatten, ließen ihre Äxte fallen und rannten hinter den Erwachsenen her, hinunter zur Küste. Was die Leute riefen, war nicht zu verstehen. Kaum ein Dutzend Schritt vor Kari brach die Insel ins Meer hinab, und die Wogen, die unter ihm gegen die Steilküste donnerten, schluckten den Hall ihrer Worte. Aber ihm kam eine Ahnung, oder besser, eine Hoffnung. Und richtig: Als er die Hand über die Augen legte, entdeckte er im Westen am Rand des Horizonts mehrere Schiffe, kleine, wendige Boote, die auf den silbrigen Wellen tanzten.

Sie kamen also heim.

Kari kniff die Augen zusammen, um sicher zu sein. Ja, elf Boote konnte er zählen, Drachenschiffe mit hochgezogenen Bug- und Achtersteven, wie man sie zur Heerfahrt benutzte, und sie trugen die rechteckigen rot-weiß gestreiften Segel der Männer der Orkaden. Wenn man genau hinsah, konnte man sogar die Raben erkennen, die in die Mitte der Segel eingefärbt waren: Jarl Sigurds Bekenntnis zu Odin und den alten Göttern.

Erleichtert pfiff Kari durch die Zähne. Sein Vater, der Orkadenjarl, war einer der mächtigsten Männer jenseits des Kanals. Er fuhr sturmfeste, zähe Schiffe. Seine Männer kämpften mit der Wut der Berserker, und die Waffen, die sie trugen, kamen aus den besten Werkstätten des Rheinlandes. Trotzdem war Heerfahrt ein gefährliches Geschäft. Und es freute ihn, daß keines der rot-weißen Boote auf See geblieben war.

Er bückte sich, steckte sein Messer in den Ledergurt und rannte zum Jarlsgehöft. Dort hielt er sich nicht auf, sondern lief gleich weiter, vorbei an den mit Grassoden bedeckten Langhäusern und Ställen, und dann den steinernen Hang hinab, der die Insel, auf der sie wohnten, nach Osten hin begrenzte. Birsay, der

Wohnsitz des Orkadenjarls, war eine Gezeiteninsel. Bei Flut wurde sie meist von der Hauptinsel Ross abgeschnürt, aber wenn Ebbe war, wie jetzt gerade, konnte man trockenen Fußes über das Steinbett nach drüben gelangen.

Kari war einer der ersten, die den kleinen Hafen mit den hölzernen Anlegestegen und den Werftschuppen erreichten, aber sie blieben nicht lange allein. Die Rückkehr der Kriegsschiffe hatte sich in Windeseile herumgesprochen. Frauen, Kinder, Sklaven und auch ein paar der älteren Bauern fanden sich ein, die heimkehrenden Krieger zu begrüßen. Von Birsay kam eine ganze Menschentraube den Hang heruntergeklettert.

Suchend reckte Kari den Hals. Aber Pantula, die schottische Prinzessin, die sein Vater vor wenigen Jahren geheiratet hatte, war zwischen den Leuten nicht zu entdecken. Er unterdrückte einen Seufzer. Sicher gab es Gründe, warum seine Stiefmutter nicht zum Hafen kam. Vielleicht ein Krankenbesuch. Aber der Jarl würde sich ärgern. Dabei war Pantula gar nicht so verkehrt. Seit sie auf Birsay lebte, wurde ordentlich gewirtschaftet, war jemand krank, wurde er gepflegt und mit Kräutern versorgt, und das Essen war auch besser geworden. Nur mit Jarl Sigurd kam sie nicht zurecht. Vielleicht war das aber auch gar nicht ihre Schuld. Sie hing, wie ihre schottische Familie, dem Christengott an – und genau das konnte Sigurd schwer verzeihen. Seit sein Lehnsherr, Olaf Tryggvason, ihn mit dem Schwert zur Taufe gezwungen hatte, kochte in ihm der Groll gegen das Kreuz. Kari dachte mit Schaudern an den Auftritt, den es gegeben hatte, als Pantula an ihrem ersten Abend auf Birsay ein goldenes Kruzifix an den Nagel über das Bett gehängt hatte.

»Was soll das, Junge? Du machst ein Gesicht, als hättest du auf saure Gurken gebissen!« Der alte Ivar Hakenfuß war zu Kari auf die Landungsbrücke gehumpelt und pochte mit dem Stock auf das Holz. Sein dürrer Körper krümmte sich vor Lachen. »Ist ein jämmerliches Ding, hier zwischen den Weibern rumzustehen, he?« Gutgelaunt stieß er ihn in die Seite. »War aber auch zu dämlich von dir. Rennst in ein Haus, das brennt wie Zunder, und wunderst dich, wenn dir das Gebälk um die Ohren kracht. Wie ich immer sage – zu gierig seid ihr ... ihr jungen Kerle. Und dabei nicht mehr Verstand als der ausgekratzte Schädel, aus dem Sigurd seinen Wein schlürft.«

Kari kehrte ihm brüsk den Rücken, und Ivar kicherte.

»Kein Grund, beleidigt zu sein. Wird nicht das letzte Mal gewesen sein, daß Sigurd auf Kriegsfahrt geht. Wirst noch Zeit genug haben, dir den hübschen Leib zusammenprügeln zu lassen.« Er brach ab.

Das erste Schiff, das Boot des Jarls, bog in die Hafenbucht ein und steuerte den Steg an. Wie ein wildes Tier, dachte Kari. Man meinte, das Holz ächzen zu hören, während es sich durch die Brandung kämpfte. Es dauerte eine ganze Weile, bis es, bezwungen vom Steuerruder und der Kraft der Riemen, zwischen die beiden Anlegestege glitt. Kari schlug das Herz schneller, als der mächtige, in einem Rabenkopf endende Vordersteven an ihm vorüberschwebte. Hinter der Schiffswand tauchten Köpfe auf, Grüße flogen zum Ufer. Die Lindenschilde mit den buntbemalten Kampfbildern, die die Männer übers Dollbord gehängt hatten, schwankten im Rhythmus der Wellen. Und jetzt, einen kleinen Moment lang, fühlte Kari tatsächlich etwas wie Neid, daß er an der Fahrt nicht hatte teilhaben können. Das Schiff seines Vaters, der Rabe von Ross, war gigantisch. Ein Triumph der Schiffsbaukunst. Sie hatten ihn den Schrecken der irischen See genannt, und genau so mußte er den Leuten, an deren Küste er gelandet war, auch vorgekommen sein.

Kari drehte den Kopf. Sein Vater stand vorn im Bug des Raben, die grauen Locken wehten im Wind, und der rotgoldene Umhang blähte sich gegen das Steuerruder. Er hatte die Hand auf die Bordwand gelegt und sprach mit Amundi, dem Stevenhauptmann. Worte waren nicht zu verstehen, aber selbst auf die Entfernung konnte man sehen, daß es kein freundliches Gespräch war. Amundi nickte mürrisch auf schroffe Bemerkungen, während er gleichzeitig versuchte, sich auf die Anlandung zu konzentrieren. Das Schiff war nur noch einen knappen Meter vom Steg entfernt, und Kari konnte den wütend verzerrten Mund sehen. Was bei Odin war schiefgelaufen? Amundi war kein Mann, der sich über Nichtigkeiten erregte.

Die Steuerbordruderer hoben die Riemen, und der letzte Schwung trug das Jarlsboot bis zum Steg. Es gab ein häßlich knirschendes Geräusch, als es an den Bohlen entlangschabte. Kari sah, wie Amundi gereizt mit der Faust auf die Reling schlug. Seine Flüche brachten noch einmal die seeseitigen Ruder in Aktion. Amundi haßte es, wenn seine geliebten Boote mißhandelt wurden. Aber der Jarl schien das ungeschickte Landungsmanöver kaum zu bemerken. Er schätzte den Spalt zwischen Boot und Steg ab, und sobald er es wagen konnte, sprang er an Land.

Die Leute johlten ihm entgegen; der alte Bue Hartlippe und sein Bruder Sven hoben die bronzenen Luren und bliesen ihren Willkommensgruß. Aber beides, Geschrei und Musik, verstummten bald – Jarl Sigurd zeigte seinen Orkadiern ein versteinertes Gesicht. Ohne Gruß marschierte er an ihnen vorbei, den Steg hinunter und geradewegs zu dem Geröllhang, der nach Birsay führte.

Kari zögerte – und entschied, daß es nicht der richtige Zeitpunkt sei, den Vater zu begrüßen. Irgend etwas mußte passiert sein, auch wenn auf den Schiffen nichts zu erkennen war. Die beiden nächsten Boote hatten bereits an den Stegen festgemacht, und sie schienen alle vollständig besetzt zu sein, genau wie der Rabe. Im Jarlsboot, wo sie die Luke zum Unterdeck geöffnet hatten, begann man, Kisten und dickbäuchige Fellsäcke durch die Öffnung zu hieven. Die Orkadier mußten mit ihrem Raubzug also Erfolg gehabt haben.

Kari ließ Ivar stehen. »Gibt es Verwundete?« rief er fragend dem Stevenhauptmann zu. Amundi suchte ihn unter den arbeitenden Männern und schnitt ein Gesicht. Er schwang sich übers

Dollbord und kam zu Kari herüber. »Sven Gabelhals hat einen Hieb ins Bein bekommen, und dem weißen Harald haben sie in Wexford die Schulter weggehauen. Wir haben sie in Dublin zurückgelassen. Sonst hat's nur Schrammen gegeben.«

»Und reichlich Beute konntet ihr auch holen«, stellte Kari fest.

Amundi nickte mürrisch.

»Und deshalb seid ihr alle auch so guter Laune.«

Der Stevenhauptmann musterte den Sohn seines Jarls und verzog die Lippen zu einer zornigen Grimasse. »O ja, gewiß!« Ein Sack landete vor seinen Füßen, und er gab ihm einen Tritt, daß er mehrere Meter weit flog. »Sicher, großartig ist unsere Laune. Unvergleichlich. Und die beste hat dein Vater. Wo er sich doch einbildet, ihm wäre gerade das Königreich von Irland durch die Lappen gegangen.« Seine faltigen Wangen glühten vor Wut oder Verzweiflung oder was immer ihn quälte, und er sprach so laut, daß einige der Männer, die das Schiff ausluden, verwundert die Köpfe drehten. Kari nahm den Stevenhauptmann beim Arm und bugsierte ihn vom Steg hinab zum Werfthaus. Er konnte Amundi gut leiden und wollte nicht, daß er Ärger bekam. »Also erzähle. Was ist passiert?«

»Ein Mistdreck. Das ist passiert!« Amundi ließ sich krachend auf einem Holzblock nieder. »Und wieder ist es ein Weib. Immer wenn es richtig tief in den Dreck geht, dann ist es ein Weib. Merk dir das, Kari. Du kannst dir ein Heer von Mordbrennern holen und damit die Welt überschwemmen – sie können in einem Jahr nicht soviel Schaden anrichten wie ein ränkespinnender Weiberrock an einem einzigen Tag. Irland, verdammt! Was will er in Irland?«

»Keine Ahnung. Was will er denn dort?« fragte Kari sanft.

Amundi stierte ihn gereizt an. »Das ist kein Spaß. Laß dir das gesagt sein, Kari Sigurdson. Versuch auch nicht, es so hinzustellen. Besonders nicht vor deinem Vater. Er ist verrückt. Wie besessen ist er!«

»Nach einem Weib?«

»Oder nach der Krone von Irland. Wer kann das sagen.«

Amundi schwieg, brauste aber gleich wieder auf. »Natürlich – *ich* kann es sagen. Es ist das Weib. Gormflath, die Verfluchte mit ihren samtenen Augen und dem Seidenhaar. Sie hat ihn verhext. Irland! Daß ich nicht lache. Wie will er das Land beherrschen, hier von den Orkaden aus? Sie haben einen Misthaufen voller Könige auf ihrer Insel, und jeder hat das Hirn voller Aufruhr. Sie sind...«

»Wer ist das – Gormflath? Was hat diese Frau mit Irland zu tun?«

»Das will ich dir sagen! Sie ist der *Teufel* von Irland!«

Ein Mann kam von den Schiffen herüber und brachte einen Arm voller Werkzeuge ins Bootshaus. Amundi wartete, bis er wieder verschwunden war. »Ich werd's dir erklären«, sagte er eine Spur leiser, »denn hören wirst du sowieso davon. Sie war das Weib von Olaf Kwaran, dem Norweger, der vor fast vierzig Jahren über Dublin herrschte.«

»Dann muß sie schon uralt sein.«

Amundi warf Kari einen ungnädigen Blick zu. »Sie ist knapp über fünfzig, und das ist durchaus nicht alt. Jedenfalls nicht für eine Hexe. Wenn du sie siehst – du gibst ihr nicht mehr als dreißig, höchstens fünfunddreißig Sommer. Ihre Haut ist glatt, als hätte Loki selbst sie gestriegelt, und ihre Augen glänzen wie bei einer jungen Kuh. Sie ist – vollkommen. Jedenfalls in dem, was die Natur einem Weib schenken kann. Aber in allem, was sie selbst hervorbringt, ist sie wie ein stinkender Haufen Mist. Olaf Kwaran, ihr Mann, ist von den Iren davongejagt worden. Und kaum war er fort, da hat sie sich dem Sieger Malachy Ui Niell an den Hals geworfen. Kennst du Malachy, Junge?«

Kari schüttelte den Kopf.

»Bei den Iren ist es anders als bei uns. Sie haben Hunderte von Königen. In jedem Nest einen anderen. Aber einer von ihnen ist ihr Hochkönig. Und das war bis vor einigen Jahren Malachy, der

König des Nordens. Ein verflixt schlauer Hund! Schlau jedenfalls, bis er das Weib getroffen hat. Er hat sie geheiratet.«

»Gormflath?«

»Sag' ich doch. Sie hat ihn mit ihrem Seidenhaar umgarnt, bis sie ihn in den Fängen hatte. Aber er hat sie davongejagt, als er raus hatte, was für eine Hexe sie ist. Und was hat sie da getan? Nachgegeben? Sich in ihr Schicksal gefügt? O nein! Den König von Munster hat sie sich geangelt. Brian Boru, den Held des Südens, wie sie ihn nennen, Malachys Rivalen ums Hochkönigtum. Schon damals ein gestandener Mann. Ein Kerl, wild wie die Sturmflut, schlau, verwegen, er hat die Dänen aus Limerick verjagt. Aber diesem Weib ist er aufgesessen wie Olaf und Malachy vor ihm. Er hat sie geheiratet, und ihren Sohn Sitric hat er als Herrscher von Dublin eingesetzt. Er hat ihn über dasselbe Dublin gesetzt, das die Iren seinem Vater Olaf gerade zwanzig Jahre zuvor abgerungen hatten. Begreifst du, was das für ein Weib ist? Sie zaubert, Kari. Sie ist eine Hexe. Ich schwöre es dir!«

Kari sah, wie hinter den festgemachten Booten ein weiteres Segel auftauchte, das letzte von Jarl Sigurds Schiffen. Er konnte es nicht genau erkennen, aber er meinte, neben dem Steuermann seinen Bruder Einar stehen zu sehen. Der Kleine mußte sich tapfer geschlagen haben, wenn sie ihm die Führung eines Bootes anvertraut hatten.

Amundi stieß ihn mit dem Ellbogen. »Brian hat die kleine Teufelin aber auch nicht ertragen können. Er hat sie davongejagt.«

»Dann muß es wirklich schlimm mit ihr sein.« Kari lehnte sich gegen die Bohlenwand des Werfthauses und beobachtete Einars Anlegemanöver.

»Ist es auch! Man muß sich vor ihr hüten wie ... wie vor der Göttin von Hel. Weißt du, was sie vorhat?«

»Die Göttin?«

»Gormflath, du Narr!« Amundi packte Kari beim Arm und

schüttelte ihn. »Nun hat sie es auf deinen Vater abgesehen! Mit Sigurds Hilfe will sie sich an ihren beiden Männern rächen. Sie hat ihm Irland angeboten. Verstehst du? Sie will die große Schlacht. Die irischen Wikinger hat sie bereits aufgehetzt. Aber die allein würden es nicht schaffen, gegen die Männer von Irland zu siegen. Sie braucht noch mehr Hilfe. Und die will sie von Sigurd. Er soll nach Dublin kommen und Malachy und Brian schlagen. *Das* ist ihr Plan. Und sein Lohn soll das Gold von Irland sein.«

»Hm.« Kari neigte den Kopf. »Wäre das denn ein so schlechtes Angebot? Wie viele Männer können die Iren aufbringen?«

»Ach, Junge, du begreifst gar nichts!« Jetzt wurde Amundi wirklich ärgerlich. »Denkst du im Ernst, ein Weib wie Gormflath würde sich an ihr Wort halten? O ja, kämpfen lassen würde sie uns. Aber danach? Sie hat einen Sohn, der nach ihrer Melodie tanzt. *Den* will sie über Irland sehen, nicht einen Orkadenjarl. Sie wird Sigurd betrügen. Ich verwette meinen Hals dafür!«

Kari zuckte die Schultern. Vielleicht hatte Amundi recht, vielleicht auch nicht. Es spielte keine Rolle. Jarl Sigurd ließ sich von niemandem dreinreden. Und er war ein schlauer Fuchs. Wenn Sigurd meinte, Gormflaths Irland sei ein gutes Geschäft...

»Warum ist er eigentlich so ärgerlich?« Das fiel ihm erst jetzt wieder ein. Sein Vater hatte nicht ausgesehen wie einer, der sich auf Beute freut. »Ich meine Sigurd. Warum ist er...«

»Weil sie ihn hat sitzenlassen!« Endlich wußte Amundi Erfreuliches zu berichten. »Das Weib hat ihn zu einem Treffpunkt bestellt, in der Nähe von Dublin, am Tag vor Allerheiligen. Es sollte geheim bleiben, und deshalb hatte sie einen einsamen Platz als Verhandlungsort abgemacht. Aber sie ist nicht erschienen.« Er lächelte triumphierend.

»Und dann?«

»Wir haben gewartet. Einen halben Tag lang, bis zum Mittag.«

»Warum nicht länger?«

Amundi pfiff schlau durch die Lippen. »Dein Vater mag verrückt nach diesem Weibe sein, aber er ist auch verrückt, wenn's um seine Ehre geht. Ist es etwa keine Kränkung, den Jarl der Orkaden warten zu lassen? Ist das etwa keine Beleidigung? Noch dazu von einem Weib? Genau das habe ich Sigurd gefragt – und da wußte er keine Antwort mehr.«

Kari unterdrückte ein Grinsen. Kein Wunder, daß sein Vater wütend war. Er blickte zu den Schiffen.

Die Lasten waren schon zu einem guten Teil ausgeladen, und die Männer und Frauen machten sich daran, die Irlandbeute nach Birsay zum Jarlshof hinüberzutragen. Sie mußten sich beeilen, denn die Flut lief auf. »Wirst du heute abend drüben bei uns feiern?« fragte er. »Ihr habt reiche Beute heimgebracht, Amundi. Es wäre angemessen, den Göttern zu danken.«

»Es wäre angemessen, einmal auszuschlafen«, knurrte der Stevenhauptmann. »Ich bin kein junger Hüpfer mehr wie du.«

»Das könnte Sigurd aber übelnehmen. Er sieht es nicht gern, wenn seine Leute sich absondern. Und du bist sein Stevenhauptmann.«

Amundi spuckte aus. »Und wenn schon – mich kratzt das nicht. Ich bin zu alt, mich vor dem Wind zu biegen.« Er erhob sich und deutete zu dem letzten Schiff, das angelegt hatte und aus dem sie jetzt die Ladung zu heben begannen. »Aber *du* bist jung, Kari, und *du* solltest dir Gedanken machen. Über deinen Bruder Einar nämlich. Er ist vier Jahre nach dir geboren, gerade eben fünfzehn Jahre alt, und hat doch schon sein erstes Boot in die Heerfahrt geführt. Er redet über dich, Kari – ich will, daß du das weißt. Einar hat eine scharfe Zunge, und er benutzt sie, den Leuten Würmer in die Köpfe zu setzen. Einige fragen sich, ob deine Schulterwunde wirklich so schlimm war, daß sie dich an der Heerfahrt gehindert hat.«

»Tun sie das?« Kari löste sich von der Schuppenwand.

»Ja. Und sie sagen sogar...«

»Dann laß sie reden.« Das Gespräch gefiel ihm nicht mehr. Er wollte zum Steg hinüber und den Männern zusehen. Aber Amundi hielt ihn am Arm fest.

»Bei Thors Hammer – du bringst mich auf! Hast du nicht zugehört? Dein verfluchter Bruder, den sie Einar Schiefmaul nennen – und zwar nicht nur seiner häßlichen Fratze wegen...«

»Laß das, Amundi.« Auch Kari konnte energisch werden, wenn er wollte. »Einar ist mein Bruder, genau wie du gesagt hast. Und ich höre nicht gern, wenn über meine Familie Schmutz geredet wird. Mehr habe ich dazu nicht zu sagen. Und jetzt gehe ich, ihn zu begrüßen, und du, Amundi, du solltest dir überlegen, ob du den Abend nicht doch lieber auf Birsay verbringen willst.«

Mit diesen Worten ließ er den Stevenhauptmann stehen. Er wußte, daß er ihn gekränkt hatte, aber es ging nicht an, daß über seinen Bruder gelästert wurde. Einar war jung, und die Götter hatten ihn mit einem häßlichen Gesicht geschlagen. Außerdem hatte er ein aufbrausendes Temperament – kein Wunder, daß er nicht sonderlich beliebt war. Aber bei aller Hitzköpfigkeit hatte er doch immer mit sich reden lassen, und meist taten ihm seine Dummheiten schon leid, bevor ihn noch die Folgen erreichten. Er war ein guter Kerl. Mit der Zeit würde er schon zur Ruhe kommen.

Das war Karis Ansicht, und mit diesen Gefühlen machte er sich auf zum Boot.

Einar stand noch immer im Bug des Drachenschiffes. Er hielt sich mit einer Hand an der Reling, während er den Männern Order zurief. Er sieht wirklich noch jung aus, dachte Kari. Sein Bart begann gerade erst zu sprießen, und die Natur hatte ihn mit einer seltsam hohen Stimme versorgt, so daß er wie ein übereifriges Kind wirkte, als er seine Befehle schrie. Einar Sigurdson hatte es wirklich nicht leicht.

»Habt ihr noch viel auszuladen?« Die Nacht begann sich aufs Meer zu senken. Es wurde Zeit, daß sie fertig wurden.

Einar blickte zu Kari und schüttelte den Kopf. Eigentlich hätte er den Rest der Arbeit auch dem dicken Sven überlassen können, aber er konnte sich wohl von dem Schiff nicht lösen. Kari gähnte und zog die Schultern hoch. Der Wind blies jetzt direkt von vorn, und die Kälte kroch ihm von den Knien in den Leib. Dennoch zögerte er zu gehen. Einar hatte sein erstes Kommando hinter sich, dazu sollte man ihm gratulieren. Trotz oder gerade wegen der Dinge, die Amundi erzählt hatte. Es war nicht richtig, wenn in der Familie Uneinigkeit herrschte.

Einer der Männer, ein Bauer aus Rousay, schleppte einen Samtballen zum Bordrand, und Kari nahm ihm das Gepäck ab. »Ist noch viel im Schiff?« fragte er.

Der Mann kletterte schwerfällig über den Bootsrand und schüttelte den Kopf. »Nur noch Sklaven.« Er war älter und wahrscheinlich froh, endlich nach Haus ans Feuer zu kommen. Stumm lud er sich den Ballen auf die Schultern und begann den mühseligen Weg hinüber nach Birsay. Kari sah, daß das Wasser ihm schon über die Waden spülte. Es wurde Zeit, den Tag zu beenden.

Ein jaulender Laut zog seine Aufmerksamkeit zum Boot. Sie zerrten eine Gestalt aus der Luke, und eine zweite wankte, von Knüffen getrieben, auf die Bordwand zu. Zwei Männer hatten sie also mitgebracht. Oder vielmehr – einen Mann und einen Knaben. Denn der, den sie gerade aus dem Loch gehievt hatten, sah noch jünger aus als Einar. Sein Gesicht war bartlos und seine Glieder dürr und ungelenk. Halbblind vom Licht und behindert durch die Fußfesseln stolperte er über die Planken.

Die Männer an Bord machten nicht viel Umstände mit ihrer menschlichen Fracht. Sie stießen die beiden einfach über die Reling, und hätte Kari nicht schnell zugegriffen, wäre der Knabe vielleicht sogar in den Spalt zwischen Boot und Steg gefallen.

Mit den Sklaven schien der Laderaum endgültig geleert zu

sein. Einar gab den Befehl zum Schließen der Luke und verließ das Boot, und jetzt nahm er endlich auch Notiz von dem Bruder. Sein häßliches Gesicht begann zu strahlen.

»Wir haben die Schiffe bis oben hin vollbekommen, Kari. Wenn wir noch Platz gehabt hätten, hätten wir doppelt soviel laden können. Skrälinge sind das in Irland. Duckmäuser. Denen kannst du alles wegnehmen, als wären's Kinder.« Er gab dem jüngeren Sklaven, der das Pech hatte, in seiner Reichweite zu sein, einen gutgelaunten Tritt. »Jeden zweiten Tag waren wir woanders. Immer bei einem neuen Kloster oder einer anderen Siedlung. Und überall sind sie gelaufen wie die Hühner, sobald sie unsere Segel erblickten.«

»Und du hast dein eigenes Schiff geführt, wie ich sehe.«

Einar grinste stolz. »Ja, das hab' ich. Und so wird es auch bleiben. In Monasterboice war ich sogar noch vor dem Jarlsschiff am Strand. Als erste sind wir zum Kloster hoch, und als erste haben wir es eingerannt, stimmt's, Grizur?«

Der Angesprochene, ein älterer Mann, der sich mit einem Bündel abplagte, zuckte die Achseln. »Haben wir wohl – und es hat dem Jarl auch mächtig gefallen.« Die letzte Bemerkung klang seltsam und schien eine Bedeutung zu haben, denn das Leuchten verschwand aus Einars Gesicht. »Scher dich weg und sieh zu, daß du überhaupt noch mal mitkommen darfst«, knurrte er grob.

Der Mann nahm es wörtlich und machte sich in Richtung Bootswerft davon. Überhaupt schienen es alle sehr eilig zu haben, fortzukommen. Vielleicht hatte Einar beim Rauben Geschick, aber im Umgang mit seinen Männern schien ihm keine gute Hand gegeben.

»Neidhammel!« murrte er böse.

»Heute abend wird es ein Fest für euch geben.« Kari versuchte ihn aufzumuntern, aber es war vergeblich. Einars Laune schlug so schnell um wie das Wetter auf Ross und war genauso unbeständig. Barsch packte er den Sklaven – den jüngeren, dem noch der Bart fehlte – beim Kragen und stieß ihn vor sich her. Der Ältere war schon vom Steg heruntergehumpelt und hatte den Kopf in einen Wassereimer gesteckt, wo er soff wie ein Ochse.

»Was willst du mit den beiden? Sollen sie auf dem Hof arbeiten?« fragte Kari, um das Gespräch nicht abbrechen zu lassen.

»Meinetwegen können sie krepieren!« Erbittert gab Einar dem gefesselten Jungen einen neuerlichen Tritt, der ihn vom Steg hinab bis ins Gras beförderte. »Ich bin der Beste gewesen, verstehst du? Auch beim Kämpfen. Aber sie sind alle neidisch. Immer machen sie einem Vorhaltungen. Sie wollen nicht sehen, daß einer klüger und tapferer ist als sie. Sie sind ... Mistkerle sind sie alle!« Er war wieder hinter dem Jungen und holte zu einem weiteren Tritt aus, aber diesmal hielt Kari ihn fest.

»Nun laß ihn schon. Was soll er dir nützen, wenn du ihn halb tot...«

»Ist mir egal. Ist mir doch egal!« Einar raffte einen Schlegel auf, den jemand im Gras neben der Werft vergessen hatte. Grimmig wollte er sich erneut über den Knaben hermachen, und diesmal gründlich. Der Junge kniff entsetzt die Augen zusammen.

Aber nun wurde auch Kari wütend. Er fiel Einar in den Arm und wand ihm den Knüppel aus der Hand. Es war schwerer als früher, sein Bruder hatte in den Wochen auf Heerfahrt an Kraft gewonnen, aber noch war Kari ihm überlegen, selbst mit der schmerzenden Schulter. »Es ist, bei Thors Hammer, nicht nötig, daß du deine Wut an Sklaven kühlst«, zischte er aufgebracht. »Wenn du mit Männern Streit hast, dann prügel dich mit Männern!«

Natürlich war es töricht, was er tat. Hatte er nicht gerade zu Amundi von Familiensinn gesprochen? Und jetzt stritt er mit Einar – wegen eines Sklaven! Aber es war ja nicht nur der Junge. Es war ... ach, Loki mochte wissen, was es war!

Kari holte Luft und gab den Bruder frei. »Laß es gut sein. Wir haben beide einen langen Tag hinter uns. Geh ins Haus und laß dir Wasser zum Baden heiß machen. Ich kümmere mich um die Sklaven. Es war nicht meine Absicht, mit dir zu streiten.«

»Ja, vielleicht.« Einar wich vor ihm zurück. Seine häßlichen dünnen Lippen zitterten, und er sog durch sie die Luft ein, als hätte er plötzlich Atemnot. »Vielleicht willst du ja wirklich nicht streiten, Bruder. Aber vielleicht...« Er begann zu schlucken, und sein Adamsapfel hüpfte vor Erregung. »Vielleicht würden manche auch denken, du bist einfach nur ein Skräling!«

Kari stand da und war so fassungslos, daß er sich nicht rührte. Er hatte gewußt, daß Einar manchmal eifersüchtig war, aber diese blödsinnige ... diese gemeine, grundlose Anschuldigung ...

Einar lachte schrill auf. Dann war er wieder still, und im nächsten Moment rannte er die Wiese hinab auf die Geröllbrücke zu. Mit rudernden Armen kämpfte er sich durch das mittlerweile kniehohe Wasser.

Die Sklaven waren es, die Kari aus seiner Betroffenheit rissen. Einer von ihnen, der ältere, begann zu schluchzen. Der Eimer, aus dem er getrunken hatte, war umgekippt und hatte ihm den Rock durchnäßt, und nun saß er da, die Knie angezogen, den Kopf daraufgestützt, und wiegte sich und weinte leise vor sich hin.

Kari fuhr auf. »Halt den Mund!« schnauzte er den Mann an.

Der Gefangene schob die gefesselten Arme über die Ohren. Nicht trotzig, sondern ... wie ein bejammernswertes Stück Elend eben. Wahrscheinlich hatte er den Sinn von Karis Worten gar nicht begriffen, nur den ärgerlichen Tonfall, und der hatte ihn noch ängstlicher gemacht. Wenn er gekonnt hätte, wäre er zwischen den eigenen Knien verschwunden. Sie waren wirklich Skrälinge, diese Iren.

Der andere, der Junge, den Einar getreten hatte, rappelte sich auf. Er humpelte zu seinem Kameraden, wobei er über die lahmen Füße stolperte, sackte neben ihm ins Gras, legte mühsam die Hände auf die wimmernde Gestalt und stammelte: »Wenn ... wenn ihr uns nicht jaulen hören mögt, warum ... prügelt ihr dann auf uns herum?«

Er heulte ebenfalls, aber nicht, weil er sich fürchtete. Er war ausschließlich wütend. Seine Augen – sie waren so schwarz, wie Kari es noch nie gesehen hatte, von der Farbe des Rabengefieders – glühten vor Zorn. Es war, als lodere ein Feuer hinter den Pupillen. Erbittert starrte er Kari an. Schließlich, vielleicht weil Kari so direkt zurückschaute, begann er zu blinzeln. Seine Unterlippe zitterte.

Und Kari fiel ein, daß er ihm noch eine Antwort schuldig war.

»Wenn ihr nicht geprügelt werden möchtet«, erklärte er gelassen, »dann müßt ihr eben aufpassen, wem ihr vor die Füße lauft.« So einfach war das nämlich. Er nickte in Richtung des Schuppens. »In dem Holzbottich ist Wasser. Trink dich satt. Aber beeil dich, ich habe keine Lust zu warten.«

Er war sicher gewesen, daß der Junge nun klein beigeben würde. Seine Lippen waren vor Durst aufgeplatzt, und er hatte bestimmt nicht mehr zu trinken bekommen als sein heulender Schicksalsgenosse. Doch er tat's nicht. Er hockte da, klapperte vor Kälte an allen Gliedern, die Tränen liefen ihm übers Gesicht, aber er machte keine Anstalten, sich zu rühren.

Kari schüttelte den Kopf und seufzte. Er nahm das Messer aus dem Gürtel, durchschnitt dem Jungen die Fußriemen, zog ihn auf die Füße und stieß ihn von sich. Mochte Pantula sich mit ihm herumärgern. Der andere, der Hasenfuß, begann entsetzt zu strampeln, als Kari nach seinen Füßen griff. Himmel! Was bildete er sich ein? Daß man ihn in handliche Stücke zerlegen würde zum Transport? Ungeduldig säbelte Kari an den Stricken. Er drehte sich zu dem schwarzäugigen Jungen um.

»Sag ihm, daß er den Mund halten soll. Und hör auf, mich anzustarren. Los, sag ihm, er soll aufstehen!«

Der Junge bohrte die Zähne in die Unterlippe. Und schwieg.

Es wurde dunkel. Noch immer flutete Wasser in die Bucht. Beim Gang durch die Furt würde man sich totsicher nasse Hosen bis zu den Schenkeln holen. Es war ein verdammter, ein von den Göttern verfluchter Tag! Und jetzt, endlich, verlor auch Kari die Geduld. Er faßte den Widerspenstigen bei den Haaren, schüttelte ihn, brüllte seinen Kameraden an und trieb die beiden mit groben Stößen zur Furt hinunter. Er hätte sie eben doch Einar überlassen sollen – mitsamt dem Ärger, den sie machten.

Das Wasser packte die drei Menschen mit eisigen Stößen. Man brauchte einiges an Kraft, um sich der Strömung entgegenstemmen zu können. Die beiden Sklaven schlingerten wie Schiffe im Sturm. Kari blieb hinter ihnen, um sie notfalls zu packen. Aber sie schafften es allein bis hinüber zum Hang. Dort angekommen, hatten sie allerdings kaum noch die Kraft, aufrecht zu stehen.

»Wartet!« Kari durchschnitt nun auch die Handfesseln. »Dort oben müßt ihr rauf.«

Stumm erklommen sie – die Sklaven auf Händen und Knien – den glitschigen, geröllübersäten Hang. Der Aufstieg war mühsam. Der Wind blies ihnen wie durch einen Kamin entgegen. Zu allem Überfluß begann es auch noch zu regnen. Endlich erreichten sie das Ende der Schräge. Birsay lag vor ihnen, eine grasbewachsene Platte auf dem Fels. Schräg zur Rechten lockte der große Jarlshof mit der Schmiede, dem Badehaus, der Küche und den Ställen im Hintergrund. Warmes Licht glomm aus einer halb geöffneten Tür. Der ältere Sklave wandte sich instinktiv dorthin. Der Jüngere blieb stehen. Er straffte den Nacken und sah aus wie einer, der sich entschlossen hat, an eben dieser Stelle zu Stein zu erstarren. Aus Protest, aus Wut, aus Verzweiflung...

Wahrscheinlich, überlegte Kari, war der Kleine noch vor

wenigen Tagen Mitglied einer angesehenen irischen Familie gewesen. Er betrachtete das feingesponnene Hemd des Jungen, den mit buntem Garn bestickten Kragen, die nassen schwarzen Locken, die sich darüber kringelten. Der Junge hatte nordisch gesprochen, was allein schon ungewöhnlich war, aber außerdem hatte er sich auch noch geschickt ausgedrückt und fast ohne Akzent geredet. Zweifellos war er kein gewöhnlicher Bauernlümmel. Und mutig hatte er sich ebenfalls gezeigt.

Kari schwankte. Plötzlich kam ihm eine Idee. Er griff den Schwarzäugigen beim Ellbogen. »Komm mit.«

Ungeduldig zog er ihn hinter sich her, einige Meter weiter bis zur nächsten Klippe. Dort trat er so dicht wie möglich an den Abgrund. Unter ihnen tat sich ein gurgelnder, schäumender Schlund auf, tobsüchtige Kraft, die jedem, der sich nicht auskannte, wie die reißende Hand zum Tor der Unterwelt erscheinen mußte. Kari hob die Stimme, um gegen das Gebrüll des Wassers anzukommen. Er deutete auf das Meer hinaus.

»Weißt du, was dort hinten ist, rechts von meinem Arm?« fragte er.

Der Junge schüttelte den Kopf, vorsichtig allerdings. Kari merkte an seinem verspannten Körper, daß er Angst vor der Tiefe hatte.

»Ich sag's dir. Da ist Wasser. Nichts als Wasser. Selbst wenn du Tage fährst, wirst du kein Ufer erreichen. Es ist, als läge dort das Ende der Welt. Das stimmt aber nicht. Wenn man Mut und günstige Winde hat, dann erreicht man eine Eisinsel. Aber dahinter, da fängt dann wirklich das Nichts an. Und jetzt sieh auf die andere Seite. Weißt du, was dort ist?«

Sie blickten beide zu den Schiffen, die wie schwarze, behäbige Wale in der Nacht schaukelten.

»Die Insel heißt Ross. Sie ist so klein, daß man sie an einem Tag durchqueren kann. Die Hauptinsel der Orkaden. Sie liegt eingebettet im Ozean und ist geschützt durch wilde, reißende Strömungen. Hunderte von Schiffen sind hier schon gestrandet.

Dennoch könnte ein einzelner Mann in einem guten Boot sie vielleicht verlassen. Und wenn er nicht nach Westen ins Meer abgetrieben wird oder nach Norden auf eine der vielen kleinen Steininseln, dann kommt er zur Roegnvaldinsel. Und von dort, von der Südspitze aus, kann man zum Festland hinüberschauen, nach Caithness. Aber zwischen Roegnvald und Caithness liegt der Pentland Firth. Und dieses Gewässer überquert niemand allein. Es zu überwinden, dazu braucht man ein starkes Schiff, ein Dutzend kräftige Ruderer und einen erfahrenen Steuermann. Die Fahrt allein zu wagen bedeutet, sich zu ersäufen.«

Kari schwieg und ließ die Worte wirken.

Er spürte, daß der ältere Sklave hinter ihnen stand, wenn auch in einiger Entfernung. Der Mann schien nicht gut bei Verstand, aber auch nicht bösartig zu sein. Da er gehorsam war, würde er sich bald eingelebt haben. Doch der schwarzäugige Junge war anders, und deshalb standen sie hier. »Wie heißt du?« fragte er, als er meinte, daß genügend Zeit verstrichen sei.

»Aedan.«

»Also, Aedan. Du meinst, dir geschieht Unrecht, weil man dich geschlagen und verschleppt hat und dich nun zum Knechtsdienst zwingen will.«

Es kam keine Antwort. Natürlich nicht.

»Möglicherweise hast du damit recht. Ich weiß ja nicht, welche Geburt Odin dir bestimmt hatte. Und sicher sollte sich ein Mann nicht vor einem anderen Mann erniedrigen. Aber du siehst auch, daß du nicht fliehen kannst. So bleiben dir nur zwei Möglichkeiten.«

Er ließ den Jungen los und trat einen Schritt zurück.

»Du kannst dich für das Haus dort hinten entscheiden und damit dein Recht, ein Mann zu sein, aufgeben. Oder du kannst den Schritt nach vorn tun, der dir deine Würde erhält. Tu, was dir besser erscheint, ich werde dich nicht abhalten – nicht in die eine Richtung und auch nicht in die andere.«

Kari wartete. Er hatte keine Ahnung, wie Aedan sich entschließen würde. Er wußte, was er selbst getan hätte – aber er war auch Norweger und stammte aus einer starken Familie. Geduldig harrte er aus, während der Wind ihm Wasserperlen gegen die Haut schleuderte. Schließlich, als Zeit genug verstrichen war, trat er wieder hinter den Jungen. Er blickte über seine Schulter in den schwarzen Schlund. Der Mond schien auf weiße, tanzende Schaumkronen.

»In Ordnung«, sagte er. »Nimm den anderen Sklaven und geht hinüber in das kleine Haus am Ende der Siedlung. Dort werden sie dir das Haar scheren, trockene Kleider geben und dir Arbeit zuweisen.«

Die Herausforderung

Es gab doch kein Fest. Weder an diesem noch am nächsten oder übernächsten Tag. Jarl Sigurd hatte sich in sein Zimmer hinter der Halle verzogen, und man bekam von ihm nichts zu hören als ein wolfsähnliches Gebrüll, wenn er nach seinem Weib oder einem der Knechte rief. Die arme Pantula hatte schwierige Tage durchzustehen.

Einmal kam Amundi, und da wuchs das Geschrei auf Orkanstärke. Kari nahm seinen Umhang und machte einen langen Spaziergang hinüber nach Ross. Er verbrachte einen verregneten Nachmittag bei den Seen im Landesinneren und begab sich dann schweren Herzens wieder auf den Heimweg.

Er haßte den Streit im Jarlshof. Und besonders haßte er es, daß immer Pantula den Ärger auszubaden hatte. Kari mochte seine Stiefmutter. Sie war hübsch und tüchtig und fröhlich. Es war nicht richtig, immer ihr den Ärger des Tages aufzubürden.

Aber als er bei Dämmerung heimkam, war die Stimmung umgeschlagen. Die Knechte trugen Tische in die große Halle des Jarlshauses, und aus dem Küchenhaus roch es nach Gebratenem und Würze. Der alte Asgrim, Gutsverwalter und oberster der Sklaven, stand vor der Haustür und trieb zwei Männer an, die Bottiche mit Platten, Bechern und Trinkhörnern ins Jarlshaus schleppten. Fässer mit Wein und Honigmet wurden über den gepflasterten Hof gerollt.

»Also doch ein Fest?« fragte Kari den Alten.

Asgrim verneigte sich zum Zeichen seiner Ehrerbietung und machte ihm den Weg zur Tür frei. »Ja, Herr. Und den Göttern sei Dank, denn nun wird wieder Frohsinn ins Haus ziehen.«

Zwei Mägde trugen ein Brett mit runden Käseleibern herbei, und Kari folgte ihnen in den engen Flur. Drinnen in der Halle war es düster. Durch den Flur drang so wenig Licht wie durch den Rauchabzug im Giebel. Man hatte mannshohe Spießlampen mit eisernen Transchalen einmal rund um die Halle in die Erde gerammt, aber sie stanken mehr, als daß sie Licht verströmten. Einzig an den drei steingefaßten Backfeuern, die sich durch die Mitte des Raumes zogen, war es hell. Sklaven hatten die hölzernen Podeste, die die Seiten der Halle säumten, mit Wolldecken und Fellen ausgelegt. Als Kari hereinkam, stellten sie gerade Tische davor. Einige waren schon mit Tüchern, Bechern und silbernen Platten geschmückt. Jemand schleppte ein riesiges Eisbärfell zum Hochsitz des Jarls und drapierte es über die Lehnen. Ein anderer zog Stroh aus einem Leinensack und bestreute damit den Lehmboden.

Kari verzog das Gesicht und floh in eine Kammer seitlich der Halle, die sein älterer Bruder Sumarlidi bewohnte. Dort war es friedlich. Sumarlidi lag auf seinem Bett, fürsorglich eingehüllt in die Decken, die Pantula extra zu diesem Zweck gewebt hatte, und sichtlich gelangweilt. Er war im letzten Sommer von einer Schwäche befallen worden, die an seinen Muskeln zehrte, und mittlerweile konnte er ohne Hilfe nicht einmal mehr stehen. Aber sein Geist war rege wie immer. Kari hatte Freude daran, sich mit ihm zu unterhalten.

»Wirst du hinaus zum Fest kommen?« fragte er zur Begrüßung.

Sumarlidi lächelte. »Denkst du, ich lasse euch allein tanzen?« Der Kranke hatte seine eigene Art von Humor. »Hier.« Er deutete auf sein Damespiel. »Hast du Lust auf eine Partie?«

Kari nahm auf einem Schemel Platz. Er wußte, daß er gegen Sumarlidi nicht gewinnen konnte, aber wenigstens vertrieb es die Zeit. »Schön, daß unser Vater wieder bessere Laune hat«, bemerkte er, während er die geschnitzten Holzfiguren aufstellte.

»Ja, das ist es wirklich – wenn es stimmt.« Bei Sumarlidi klang alles, als wenn es eine Bedeutung hätte; aber diesmal war die Bemerkung so seltsam, daß Kari überrascht aufsah.

»Gibt es etwas, das ich wissen sollte?«

»Vielleicht.« Sumarlidi langte nach einem Daunenkissen und schob es sich hinters Kreuz. Er verwandte darauf umständlichste Sorgfalt.

»Hängt es mit der irischen Königin zusammen?«

»Dann würde es mir keine Sorgen machen. Sigurd weiß, wie man zurechtkommt.«

»Also?«

»Kari...« Sumarlidi setzte seine Steine akkurat an ihre Plätze. »Kann es sein, daß du in letzter Zeit viel mit dir allein beschäftigt warst?«

»Und wenn schon.«

Sein Bruder hatte die grauen Steine bekommen. Sie waren richtig plaziert. Es wäre an ihm gewesen, einen ersten Zug zu setzen, aber Sumarlidi lehnte sich zurück und musterte ihn. »Ja, du legst keinen Wert auf Gesellschaft. Das fällt auf, und es gibt Leute, die halten es für einen Fehler. Sie... behaupten, dir wäre nicht wohl in deiner Haut. Sie glauben, daß du...«

Er zögerte so lange, daß Kari das Herz eng wurde.

»Ja?«

»Sie glauben...« Sumarlidi hob die Wimpern. »...daß du dich womöglich schämst, bei ihnen zu sein.«

»Warum denken sie das?«

»Tja. Das ist schwierig zu beurteilen, wenn man den Tag im Bett verschläft. Aber es hat – so glaube ich jedenfalls – mit dem Schottlandzug im Sommer zu tun, oder sagen wir: mit eurer Heimfahrt aus Schottland.«

»Wieso? Was war daran verkehrt? Ich hatte diesen brennenden Balken auf den Kopf bekommen. Es ging mir schlecht. Die meiste Zeit im Boot war ich nicht einmal bei Bewußtsein.«

»Natürlich, aber sie sagen...« Sumarlidi räusperte sich. Er

schien verlegen, was überhaupt nicht zu ihm paßte. »Sie sagen, daß du in deinen Träumen seltsame Dinge geredet hast. Und sie sagen, du hättest ... geweint.«

Kari starrte den Bruder an. Davon hatte nie jemand zu ihm gesprochen. Er hatte geweint? Das war beschämend, selbst wenn es im Fieber geschehen war. Nur ...

»Ich weiß, wie ungerecht es ist. Niemand kann für sich einstehen, wenn er schläft. Aber auch seit du gesund bist – sagen einige –, wärest du sonderbar. Du gehst allein über die Insel, sprichst kaum, hältst dich abseits, wenn die Jungen sich im Kämpfen üben ...«

»Ich kämpfe besser als sie alle«, fiel Kari ihm schroff ins Wort. Das stimmte auch. Was man übers Kämpfen und Töten wissen mußte, hatte Sigurd ihm persönlich beigebracht, und er war ein gelehriger Schüler gewesen. Niemand hatte das je bestritten. »Ich habe einfach keine Lust. Warum sollte ich mit ihnen ...?«

»Du solltest es tun, weil du es immer getan hast und weil jeder es tut!« schnitt Sumarlidi ihm das Wort ab. »Und außerdem ...« Nun wurde er schonungslos offen. »Außerdem bist du diesen Herbst nicht mit nach Irland gefahren.«

»Du weißt, warum. Meine Schulter war noch nicht ausgeheilt. Ich wäre allen nur eine Last gewesen.«

»Das mag ja sein, Kari. Aber so viel Bedachtsamkeit und Vernunft, bei einem jungen Kerl, der vor Kampfeslust glühen sollte – das nimmt schnell den Geruch von Feigheit an. Die Leute hier wünschen sich einen Jarl, der ihnen ...«

Kari warf den Stein, den er sich genommen hatte, gereizt auf das Spielbrett zurück. »Sie haben Einar. Der ist verrückt wie ein besoffenes Kalb.«

»Ich will dich doch nicht kränken, Kari. Es gibt viele Bauern auf den Orkaden, die bringen Thor Dankesopfer für deine Besonnenheit. Heerfahrt ist schwer für Leute, die einen Hof zu bestellen und eine Familie zu versorgen haben. Die jungen Männer, die reichen Heißsporne um Einar sind es, die böse Geschichten verbreiten. Und eine Menge Neid mag auch im Spiel sein, denn du sollst dich in Schottland gut geschlagen haben. Aber die Dummen sind immer lauter als die Vernünftigen, und unser Vater Sigurd ist in einer schlimmen Stimmung. Paß einfach auf dich auf und sieh zu, daß du wieder mehr mit deinen Freunden zusammen bist, dann wird es schon in Ordnung kommen.«

Er nahm seinen Stein, und nun tat er wirklich den ersten Zug. Aber Kari hatte keine Lust mehr. Er spielte unkonzentriert und war schon nach wenigen Zügen geschlagen. Sumarlidi hielt ihn auch nicht auf, als er sich gleich darauf verabschiedete.

Den Rest des Nachmittags verbrachte Kari an den Klippen, wo er mit seinem Bogen Baßtölpel und Seeschwalben vom Himmel holte.

Bei seiner Rückkehr war das Fest in vollem Gange. Als er durch den Flur in die große Halle kam, schlug ihm ein Dunst aus Rauch, Schweiß und Wein entgegen, daß es ihm fast den Atem verschlug. Sie hatten einen der Sklaven geholt, der auf den Händen lief und mit dem Kopf ein Huhn vor sich herstieß und von allen Seiten johlend angefeuert wurde.

Jarl Sigurd thronte der Eingangstür gegenüber auf seinem Hochsitz und unterhielt sich mit Amundi. Er sah weit weniger grimmig aus als in den vergangenen Tagen, fand Kari. Pantula hatte ihm das Haar gewaschen und den Bart gestutzt, und er trug die seidenen Kleider mit den Goldborten, die er in Dublin erworben hatte. Ein Sklave hockte neben seinem Stuhl und sorgte dafür, daß das edelsteinbesetzte Trinkhorn nachgefüllt wurde.

Die Halle war zum Bersten voll. Alles, was Rang, Namen und Ehre auf den Orkaden hatte, war dabei. Sogar die Leute aus Osmondswall waren gekommen. Kari drängte sich durch die Menge und an den Tischen vorbei, bis er Sumarlidi gefunden hatte, dem sie es auf Fellen bequem gemacht hatten. Er wunderte sich kaum, Pantula neben ihm zu sehen. Seine hübsche Stiefmutter hatte ein besticktes Wollkleid angezogen und goldene Perlen in die Haare gesteckt, und zum ersten Mal seit Sigurds Rückkehr wirkte sie unbeschwert. Lachend zog sie Kari am Ärmel.

»Sieh dir deinen Bruder an, diesen Racker. Da drüben, neben Sigurd. Was er mit dem Helm macht.«

Thorfinn, ihr Sohn, der einzige, den sie besaß, und ihr größter Schatz, hatte sich aus einer Truhe einen eisernen Kampfhelm besorgt und den Kopf hineingesteckt, und nun tappte er halbblind durch die Halle. Pantula stieß Kari an und reichte ihm einen Holzteller mit gebratenem Seehundfleisch. Gleichzeitig winkte sie einem der Sklaven, daß er Honigmet brächte.

»Der Kleine ist ein streitbarer Herr. Neulich hat er die Schweine aus dem Stall gelassen und sie mit seinem Holzschwert über die Insel gescheucht. Wenn er herangewachsen ist, wird er nicht viel anders als sein Vater sein.« Diesen letzten Satz hatte sie halb stolz, halb seufzend nachgeschoben.

Der Sklave mit dem Metkrug hatte sie erreicht und beugte sich zu ihnen herunter, und einen Moment lang blickte Kari in kohlenschwarze Augen. Er war irritiert – dann fiel es ihm wieder ein. »Ist das nicht der Ire, den sie von der letzten Fahrt mitgebracht haben?« fragte er, als der Junge wieder fort war.

Pantula nickte. »Er hilft bei uns im Haus. Ich finde ihn anstellig und freundlich und...«

»Warum hast du ihm nicht die Haare scheren lassen? Es gehört sich nicht, daß er das Haar wie ein Freier trägt.«

»Ja, aber ... er hat doch so ein schmales Gesicht, und ohne seine Haare sähe er aus wie ein gerupftes...« Sie brach errötend ab. »Ach, Kari, jetzt machst du mir auch schon Vorwürfe. Seine Haare sind so kurz wie die von Asgrim. Und außerdem ist er ein lustiger Kerl und kann gut mit Thorfinn umgehen. Er hat ihm einen Vogel geschnitzt.«

»Es ist ein Fehler, wenn du ihm erlaubst, sich etwas herauszunehmen. Er wird dir auf der Nase herumtanzen.«

Pantula verdrehte die Augen. Sie hatte wohl noch etwas sagen wollen, aber plötzlich hielt sie inne. Auf der anderen Seite des Raumes, nicht weit von Sigurds Hochsitz, dort, wo die Tische besonders eng standen, war Unruhe aufgekommen. Ein jüngerer Kerl aus Rousay, einer aus Einars Mannschaft, hatte seine Stimme erhoben, und ein anderer, der ihm gegenübersaß, ließ wütend die Faust auf die Tischplatte sausen. Einar, der den Platz neben dem Unruhestifter hatte, beugte sich vor und sagte etwas, irgendeine schnelle Bemerkung, die den Zorn des Mannes noch vergrößerte.

»Schon streiten sie wieder. Dabei sind sie noch nicht einmal betrunken«, seufzte Pantula. Aber Sumarlidi, an den die Bemerkung gerichtet war, schwieg. Er blickte zu Sigurd, der die Unruhe unter seinen Gästen gar nicht zu bemerken schien, und dann zu Kari. Es war, als wolle er etwas sagen, doch statt dessen strich er sich gedankenverloren mit dem Daumen durch den Bart.

Kari legte den Teller mit dem Geflügel auf den Tisch und lehnte sich zurück. Der Streit unter Einars Freunden nahm an Lautstärke zu. Er hörte seinen Namen nennen, ahnte, was kommen würde, und versuchte nachzudenken.

Es war also so, wie Sumarlidi gesagt hatte, und vielleicht noch schlimmer. Die Männer sprachen über ihn. Jetzt, wo er sich darauf konzentrierte, konnte er die Blicke, die zu seiner Bank flogen, gar nicht mehr anders deuten. Eigentlich hätte ihn das kränken oder wütend machen sollen, und er wunderte sich selbst, daß ihm jeder Zorn fehlte. Ihm war nur kalt und ein klein wenig übel. Er kreuzte die Arme über der Brust und schloß die Augen.

Die Männer aus Rousay warfen ihm Feigheit vor. Aber er war nicht feige. Damit hatten sie unrecht. Er war vierzehn gewesen, als er seinen ersten Feind getötet hatte, und seitdem war er keinem Kampf mehr ausgewichen. Er hatte auch keine Angst vor dem Tod. Wer in der Schlacht fiel, den holten die Walküren zu Odins Fest nach Walhalla – wozu also sich bedenken?

Aber sie hatten auch nicht ganz unrecht. Die Wunde an seiner Schulter *war* schon fast verheilt gewesen, als die Boote nach Irland ausgefahren waren. Er *hätte* mit ihnen fahren können. Und trotzdem war er daheim geblieben. Weil ... ja, das war schwierig. Er war sich nicht einmal selbst darüber im klaren.

Sein Bruder stieß ihn an. »Ich glaube, sie wollen es wissen, Kari. Unser kleiner Bruder scheint sie mächtig aufgehetzt zu haben. Dort in der Ecke, der mit dem halben Ohr, der sich so aufbläst – ist das nicht Ivar Krähenfuß? Schreckliche Stimme. Quakt wie eine Ente. Aber er soll gut mit dem Messer sein. Nein, Pantula...« Sumarlidi lächelte seine Stiefmutter an. »Wenn Kari nicht alles verlernt hat, ist er ihm über. Und wenn Ivar nicht so ein Einfaltspinsel wäre, wüßte er das auch.«

Freundliche Worte. Kari war seinem Bruder dankbar. Er warf einen schnellen Blick zum Jarlsthron. Sigurd tat immer noch, als bekäme er von dem Krach zu seinen Füßen nichts mit, was beinahe unmöglich war. Also schien er zu wollen, daß etwas geschah. Und offenbar hatten Ivar Krähenfuß und all die anderen damit gerechnet.

Einar sprang plötzlich auf. Er stieß mit dem Fuß den Tisch beiseite, daß Käse, Äpfel und Fleisch über den Steinboden rollten, und warf sein Trinkhorn gegen die Wand. »Verflucht will ich sein, wenn ich mir dein Gelästere noch einen Moment anhöre, Ivar Krähenfuß!«

Sumarlidi verzog verächtlich das Gesicht. Aber das Gepolter und Einars hohe Stimme hatten den ganzen Saal aufmerksam gemacht – und damit war das Ziel dieser Aktion ja wohl erreicht, wie Kari mit mehr Kummer als Zorn dachte. Die Gäste stießen einander an und blickten auf Ivar, und der nahm das zum Anlaß, ebenfalls aufzuspringen.

»Ist gut, Einar. Du redest, wie ein Mann reden sollte, und das ist richtig so. Aber ich bin auch keiner, der sich vor einem offenen Wort drückt. Ich habe gesagt, ein Jarl, und wer ein Jarl werden will, der muß ein Mann sein, der ohne Furcht ist und vor seinen Kriegern zur Heererei zieht und nicht zuckt, wenn ihm die Lanzen entgegenfliegen. Und ich habe gesagt, ich finde es merkwürdig, wenn einer, der ein Jarl werden will, dem Kampf fernbleibt, weil ihn Wunden drücken, die ihn aber offensichtlich nicht am Saufen und Fressen hindern.«

So, damit war es ausgesprochen, und von nun an gab es keinen anständigen Weg mehr zurück. Karis Haut begann zu prickeln, die Kälte wich einer intensiven Hitze. Man wollte auf den Orkaden wissen, ob Kari Sigurdson ein Mann war? Gut, das sollten sie erfahren. Er war froh, daß die Beleidigung von einem Mann wie Ivar kam, dessen Tapferkeit und Geschicklichkeit allseits bekannt waren.

Kari senkte die Lider, dann begann er zu lächeln. Es war totenstill, als er antwortete. »So, Ivar Krähenfuß, ich höre das richtig? Du bist am Zustand meiner Wunden interessiert?«

Ivar nickte.

»Aber nun fehlt dir der Mut, mir unters Hemd zu fassen, um dich zu überzeugen, ob du recht hast?«

»Mir fehlt der Mut zu gar nichts. Ich tu' immer, was ich will. Egal, ob es andern paßt oder nicht.« Ivar grinste schief. Vielleicht wurde ihm doch mulmig zumute. Hatte er im Ernst angenommen, den Sohn seines Jarls ungestraft beleidigen zu können? War das tatsächlich ihre Meinung über ihn?

Kari beugte sich zur Seite. Gemächlich zog er das Messer aus dem Gürtel und legte es auf die Tischplatte. »Das tut mir leid für dich, Ivar, denn ich kann es nicht leiden, wenn mir eine Krähe den Schnabel ins Hemd steckt.«

Er spürte, wie alle ihn beobachteten. Sie warteten ab. Keiner wollte für den einen oder anderen Partei ergreifen. Auch Sigurd nicht. Sie wollten es wissen. Sie wollten wissen, wie es um den Mut ihres künftigen Jarls stand.

Plötzlich hatte Ivar einen hellschimmernden Dolch in der

Hand. Kari spürte, wie sein Herz schneller schlug. Er umfaßte mit der linken Hand den Griff seines Messers. Die Linke war seine Begabung. Er war Beidhänder. Er konnte rechts so gut wie links zustechen. Und das war, wie er wußte, sein größter Vorteil gegen Ivar Krähenfuß. Langsam, den anderen nicht aus den Augen lassend, erhob er sich. Ivar war breiter gebaut als er selbst, aber er hatte nicht vor, sich auf ein Ringen einzulassen. Der Krähe würden die geschwollenen Schultern nichts nützen.

Kari duckte sich und bog die Hand mit dem Messer.

Und dann ging alles rasend schnell. Ivar griff an, flink wie eine Schlange und mit der Wucht eines rollenden Felsblocks, und Kari schnellte zurück. Aber während Ivar sich noch zu fangen versuchte, war Karis Hand schon wieder vorgeschnellt, und Ivar Krähenfuß stolperte direkt in die Klinge. Es dauerte kaum mehr als einen Wimpernschlag. Und als der Erstochene vornüberkippte, hatten viele gar nicht mitbekommen, wie es geschehen war.

Kari holte tief Luft. Er bückte sich und zog das Messer aus der Brust des Sterbenden. Ivar war ein tapferer Mann. Kein Laut der Klage drang aus seinem blutenden Mund, er starb, wie ein Kämpfer sterben sollte. Beklommen schaute Kari auf die blaßroten Blasen, die über seine Lippen quollen.

Mit einem Schlag wurde der Saal wieder lebendig. Stimmen brausten auf. Jarl Sigurd lehnte sich vor, ein Lächeln ließ seine Zähne aufblitzen. Er nickte in die Ecke, in der die Leute aus Osmondswall saßen, Ivars Vater und seine Brüder, und hob die Hand. »Es sieht so aus, als hättest du gerade eben einen guten Mann verloren, Sven Gunnarson. Vielleicht einen, der zuviel redet, aber auch einen, der zu kämpfen und zu sterben versteht. Aber es würde mich kränken, wenn darüber gute Freundschaft in die Brüche geht. Wenn du es annehmen willst, Sven, dann biete ich dir die doppelte Beute von dem, was Ivar vom Irlandzug zustand, als Buße für deinen Sohn, und damit soll die Sache bereinigt sein.«

Genaugenommen hatte Sven keine Wahl. Der Jarl war mächtig genug, ihn und seine ganze Sippe von den Orkaden zu fegen. Und Ivar war in einem gerechten Kampf getötet worden, wie alle bezeugen konnten. Also willigte der Alte ein, und daß er dabei zögerte, war reine Schicklichkeit.

Vom Rest der Nacht bekam Kari nicht mehr viel mit. Sigurd lud ihn an seine Seite und trank mit ihm, und unzählige Leute meinten, seine Schulter klopfen zu müssen. Aber Einar war verschwunden – und Kari ahnte, daß noch längst nicht alles bereinigt war.

Am Turm der Alten

Die nächsten beiden Wochen vergingen damit, die Schiffe an Land und in die Bootshäuser zu bringen und sie dort für den Winter fertigzumachen. Tagelang wehte der Geruch von kochendem Teer über die Insel. Kari liebte die Arbeit an den Schiffen, und selbst als Regen und beißender Wind den Aufenthalt draußen zur Strapaze machten, ließ er es sich nicht nehmen, die Männer bei ihrer Arbeit zu beaufsichtigen. Die Planken an den äußeren Bordwänden mußten mit Teer bestrichen werden, Holzdübel waren auszuwechseln, die leinernen Segel zu flicken, eines der Schiffe brauchte einen neuen Mast, und beim Raben war die Führungsstange des Steuerruders angeschlagen. Aber schließlich hatten sie alles erledigt, und damit kehrte wieder Müßiggang ein.

Es war vier Wochen vor dem Julfest.

Jarl Sigurd hatte seine Schwester und ihren Gatten, den Hebridenjarl, eingeladen und noch etliche andere Leute, die ihm verpflichtet waren. Sein Herrschaftsbereich war groß: Er reichte von den Orkaden über Nordschottland bis hin zu den zahllosen westschottischen Inseln. Selbst die beiden Jarle von der Insel Man zollten ihm Tribut. Entsprechend war der Aufwand, den man auf Birsay für das Julfest zu treiben hatte. Seen von Blut flossen aus dem Schlachthaus, der Schornstein des Backhauses rauchte Tag und Nacht, überall, sogar in der Jarlshalle, wurde gekocht, und ein Heer von Sklaven fegte und wischte sich durch die Räume. Kari nahm seine Spaziergänge wieder auf.

Manchmal ging er nach Sandvik zu Amundi, aber oft besuchte er auch den alten Turm östlich von Birsay. Es war seine Lieblingsstelle. Niemand wußte genau, wer den Turm errichtet hatte, nur, daß er uralt war. Seine Mauern waren meterdick und in der Mitte durch eine steile Wendeltreppe geteilt, auf der man bis zur Spitze gelangen konnte – oder zu dem, was davon noch übrig war. Es gab viele solcher Türme auf den Orkaden, aber Kari liebte diesen hier am meisten, weil direkt zu seinen Füßen der Atlantik lag. Der Blick übers Meer war frei bis zum Horizont, und normalerweise traf man dort nur Eissturmvögel und Seeschwalben, die an den Klippen ihre Nistplätze hatten.

Es war auf einer seiner Wanderungen, und zwar gerade an den Mauern dieses Turmes, als Kari einen seltsamen Gesang hörte. Es klang ... unwirklich. Gespenstisch. Wie Elfengesang. Ein dünngewebtes Raunen, das sich über den Erdwall vor dem Turm schlängelte und in das Geschrei der Seevögel mischte und dabei so zutiefst schwermütig klang, daß man davon ... regelrechtes Herzbeklemmen bekam. Seine erste Regung war fortzulaufen. Dann schalt er sich einen Narren. Die Erbauer des Turmes waren tot – und nicht einmal in den steinernen Grabkammern, die sie im Innern der Insel errichtet hatten, gab es noch Geister.

Kari überkletterte den Graswall und schlich an seiner Außenseite entlang. Der Sänger befand sich jenseits des Turmes, dort, wo das Meer lag. Aber es konnte kein Orkadier sein, dafür klang sein Lied zu sanft, und als Kari näher kam, hörte er, daß die Worte fremdländisch waren. Er zögerte. Sein Vater war der Herr der Insel, und damit gehörte sie auch ihm. Trotzdem kam er sich plötzlich auf dumme Weise wie ein Eindringling vor.

Schritt für Schritt näherte er sich dem Ort, wo der Sänger sitzen mußte. Dann sah er ihn. Eine schmale Gestalt, die mit verschränkten Beinen und geradem Rücken auf den Klippen saß und aufs Meer hinausblickte – vollständig in sich und ihren Gesang versunken.

Kari trat näher – und wäre am liebsten wieder umgekehrt. Denn mit einem Mal wußte er, wem die weiche Stimme und der

Lockenkopf gehörten. Und obwohl es unsinnig war, tat es ihm leid um den Gesang und den Ärger, den es jetzt geben würde. Denn da er nun einmal hier war, mußte er auch für Ordnung sorgen. Sklaven hatten sich nicht herumzutreiben – das galt für alle und erst recht für junge, irische Querköpfe.

Er hatte sich weder geräuspert noch bewegt, aber der Gesang brach plötzlich ab, und der Junge drehte sich abrupt zu ihm um. Einen Herzschlag lang blickten sie einander an. Kari hatte nicht gewußt, daß man gleichzeitig singen und weinen kann. Der irische Sklave hatte das fertiggebracht, und nun konnte man sehen, wie peinlich es ihm war. Er drehte sich fort und fuhr hastig mit der Wolle seines Ärmels über das Gesicht.

»Was tust du hier?« Es klang weniger schroff, als Kari beabsichtigt hatte. Weinende Menschen bereiteten ihm Unbehagen – selbst wenn es sich um Sklaven handelte, von denen nichts anderes zu erwarten war.

Der Junge – Aedan? Ja, Aedan hatte er sich genannt – Aedan zuckte die Schultern.

Kari trat an ihn heran und stieß ihn locker mit dem Fuß an. »Die Sprache verloren?«

Die schwarzen Augen blickten zu ihm hoch, das Gesicht war verschlossen. »Ich suche Irland.«

»Hier? Dann suchst du in der falschen Richtung. Irland liegt im Westen, das ist auf der anderen Seite der Insel.«

»Ja, und dazwischen gibt es einen Sund, den niemand überqueren kann, und ein wildes Land, das Caithness heißt, und wohin man nicht kommen kann. Es ist egal, wo ich suche.«

Das klang patzig. Karis Stimme wurde schärfer. »Hat man dir keine Arbeit zugewiesen, daß du deine Zeit vergeudest?«

»Doch.« Wieder blickte der Junge hoch. In seinen Augen begann es zu glitzern. »Ich soll Hühner schlachten.«

»Und warum tust du's nicht?«

»Weil mir die Kleinen gesagt haben, daß sie kein Gefallen daran finden, in kochendem Wasser zu baden. Ich konnte sie verstehen. Man schwitzt, und so sauber wie jedermann hier sind sie sowieso.«

Es war – unglaublich. Kari schwankte, ob er lachen oder sich nach einem Stock umsehen sollte. Er beugte sich zu dem Jungen hinab. »Aedan Skräling – kann es sein, daß du noch immer nicht in den Kopf bekommen hast, was aus dir geworden ist? Wenn du dich besinnst – du bist als Teil einer Beute aus dem Bauch eines Schiffes geladen worden.«

Der Sklave schwieg.

»Ich werde mit Asgrim sprechen. Damit du endlich die Haare geschoren bekommst. Das wird dir helfen, dich zu erinnern, was du zu tun und wie du dich zu benehmen hast.«

Der Junge blickte auf seine braunen Finger und studierte sie, als gäbe es nichts Interessanteres auf der Welt. Wie kam es eigentlich, daß er noch immer bequem auf dem Hintern saß, während sein Herr stand und wartete? Langsam wurde Kari ärgerlich. Er wollte ihm in die Locken greifen.

»In Wahrheit bin ich mir gar nicht sicher, ob ich überhaupt nach Irland zurück will«, sagte Aedan.

Verblüfft ließ Kari die Hand sinken.

»Oengus ist ja nun tot«, erläuterte der Sklave so ernsthaft, als wäre es von Interesse. »Ich wüßte also gar nicht, wo ich hingehen sollte. Und wenn man ... ich meine, wenn niemand da ist, der auf einen wartet – dann ist es doch egal, wo man landet.«

»Ja, kann sein«, gab Kari widerwillig zur Antwort.

»Obwohl – Oengus wäre vielleicht anderer Meinung.« Der Junge nahm eine Handvoll Kies und ließ ihn stirnrunzelnd zwischen den Fingern hindurchrieseln. »Oengus würde etwas Klügeres denken. Etwas, worauf man gar nicht kommt. Er hatte erstaunliche Gedanken. Die Leute sind aus den Städten und sogar aus fremden Ländern gekommen, um seinen Rat zu hören. Er war – ein Weiser.«

Kari hob die Schultern. »Egal, wie weise. Am Ende haben deinem Oengus alle klugen Gedanken nicht geholfen. Da ist unser Schwert durch ihn hindurchgefahren wie durch jeden Hanswurst.«

»Das ist nicht wahr!« Aedan warf die restlichen Steine fort, und als er nun das Gesicht hochdrehte, war es eine böse Grimasse. »Leute wie ihr, mit ... mit euren jämmerlichen Prügeln – ihr hättet ihm *niemals* etwas antun können! Mit einer Handbewegung hätte er euch in die Hölle gefegt. Es war ein *Wolf,* der Oengus umgebracht hat. Ein ... verzauberter Wolf. – Hör auf! Laß das! Du sollst nicht lachen!«

Kari schüttelte noch immer lachend den Kopf. »Du bist verrückt, Mann, weißt du das?« Es war an der Zeit, dieser merkwürdigen Unterhaltung ein Ende zu bereiten. Und auch der Vertraulichkeit. »Du singst besser, als du redest, Aedan Skräling. Ich denke, du solltest dich bei Asgrim melden, daß er dir einen Platz in der Halle zuweist. Jarl Sigurd hat ein Ohr für gute Musik.«

»Ich kenne eure Lieder nicht.«

»Dann wirst du sie eben lernen.«

»Das kann ich nicht. Eure Worte und meine Melodien passen nicht zusammen.«

»Dann sing nach *unseren* Melodien! Verflucht, du gehst zu Asgrim und läßt es dir beibringen. Er kennt Dutzende von Liedern.«

»Oh! Du meinst solche wie den Lobgesang auf die ... Morde von Irland?«

»Auf ...«

Aedan hob schützend die Arme vors Gesicht, als Kari ihn packen wollte. »Verzeihung, Herr, bitte«, sprudelte er hervor. »Ich wollte das nicht sagen. Aber deine Sprache ist so fremd. Bei uns heißen sie *Mörder,* die Frauen und Kinder totschlagen.«

Er verspottete Kari. Lust am Streiten blitzte aus seinen Augen. Und ... Verachtung. Kari schlug mitten in das magere Gesicht.

»Geh!« brüllte er, während er die strampelnde Gestalt am

Kragen hochriß. »Ab nach Birsay und schlachte die Hühner. Ich komme nachsehen. Und wenn du es nicht getan hast... wenn du deine verfluchte Arbeit nicht erledigst, wie es einem verdammten Sklaven zukommt... Ich schwöre dir, Sklave Aedan, ich werde dir einen Grund zum Heulen geben, der tiefer geht als dein Gejammere um Irland!«

Er schleuderte den Jungen zurück ins Gras und machte sich mit heller Wut im Herzen auf den Heimweg.

Aedan hatte seine Arbeit *nicht* getan. Er *konnte* sie in der kurzen Zeit, die Kari zur Rückkehr auf den Hof brauchte, gar nicht erledigt haben. Dennoch stand er bei der Rückkehr seines Herrn neben der Stalltür, gemütlich ans Holz gelehnt, und schaute ihm entgegen. Grimmig stieg Kari den kleinen Hang hinauf und riß die Tür auf.

Die Hühner hingen säuberlich aufgereiht an einer Schnur im Vorraum. Ihre Köpfe waren als Schweinefutter in einen Korb sortiert, und auf dem Boden lag frisches Stroh. Er knallte die Tür wieder zu.

»Geh zur Bucht runter. Dort kochen Männer Salz aus dem Wasser! Hilf ihnen, bis sie fertig sind«, fauchte er. Der Sklave verbeugte sich, und wenn er lächelte, dann so, daß es auf den geschwollenen Lippen nicht sichtbar wurde.

Der Besucher

Zwei Wochen vor dem Sonnenwendfest kam das fremde Schiff. Die Wache auf Hoy hatte es über den Atlantik heransegeln sehen und Rauchzeichen gegeben. Daher waren bei seiner Ankunft halb Ross und alle wehrfähigen Männer vom Jarlshof am Ufer versammelt. Es war kein Drachenschiff, sondern eines von den robusteren, schwerfälligeren Handelsschiffen. Das sahen die Männer auf den ersten Blick, und es freute sie. Nicht, weil sie einen Kampf gefürchtet hätten. Aber nun gab es vielleicht Möglichkeiten zum Tauschen oder Kaufen. Händler verirrten sich nicht oft zu den Orkaden. Die Stimmung stieg. Doch als das Schiff anlegte und sein Führer über ein eilends hinübergeschobenes Brett an Land geschritten kam, setzte plötzlich ein Raunen ein.

Kari hatte keine Ahnung, was los war – der Mann war ihm völlig fremd. Es mußte sich aber um eine Person von Bedeutung handeln, denn seine Kleider waren aus feinstem friesischen Stoff und mit goldenen Filigranspangen zusammengehalten, und das Schwert, das ihm an der Seite baumelte, mit so vielen Steinen verziert, daß der Teufel wissen mochte, wie er im Kampf damit zurechtkam. Sein Bart war gestutzt und gewaschen, als käme er nicht vom Ozean, sondern geradewegs aus der Badestube.

Kari zuckte zusammen, als sich Finger in seinen Arm gruben. Amundi. Erstaunt blickte er in das zornige Gesicht des Stevenhauptmanns. Der Alte wollte sprechen, bekam vor Wut aber kaum einen Ton heraus. »Diese verdammte...«, zischte er blaß.

»Du kennst die Leute?«

»Bei Loki, und ob! Ich wußte es. Ich hab' gewußt, daß sie ihn nicht vom Haken läßt.«

Kari begann etwas zu ahnen. Er suchte das Schiffsdeck ab, konnte aber keine Frauengestalt entdecken. Außer den Ruderern fiel ihm nur noch ein weiterer Mann ins Auge, ein großer, knochiger Kerl, der in einen fußlangen schwarzen Mantel gehüllt am Bug des Schiffes stand und mit gekreuzten Armen die Gestalten auf dem Anlegesteg musterte. Er schien wichtig zu sein, denn niemand fuhr ihn an, obwohl er so ungünstig stand, daß er das Vertäuen behinderte. Aber er hielt sich ruhig, als wolle er nicht auffallen. Oder sich nicht vordrängen. Oder was auch immer.

Amundi zerrte an Karis Arm. »Hörst du mir zu? Aus Dublin sind sie, sag' ich. Ein irisches Handelsschiff. Und der Mann da vorn, der mit dem Angeberschwert, das ist ihr König Sitric Seidenbart. Ich wußte, daß die Hexe nicht aufgibt.«

»Das da ist der Sohn von...«

»Gormflath. Jawohl. Und wenn er dir vorkommt wie ein käseweicher Schönling, dann liegt es daran, daß er auch einer ist!«

Kari legte seinen Arm um Amundis Schulter und drückte sie, um den Alten zum Schweigen zu bringen. Es war dumm, den Gast zu beschimpfen, noch bevor er vom Jarl begrüßt worden war.

Sigurd ließ sich allerdings nicht blicken, und so nahm Kari es auf sich, den berühmten Ankömmling zu empfangen. Das war nicht weiter schwer. König Sitric entpuppte sich als liebenswürdiger Mann. Höflichkeiten plätscherten von seinen Lippen wie Märzregen. Er hakte sich bei Kari ein, und als er erfahren hatte, daß er mit dem Sohn des Jarls sprach, tat er, als wären sie ein Leben lang Freunde gewesen. Kari mißfiel das. Sitrics Geplauder war wie... Sahne mit zuviel Honig gemischt. Alles an diesem Mann kam ihm süß und klebrig vor. Er war froh, als sie den Geröllstreifen vor Birsay überwunden hatten und sein Vater den sonderbaren Gast übernahm.

Der Orkadenjarl bemühte sich um keinerlei Höflichkeit. Man hatte ihn in Irland mißachtet, und das hatte er nicht vergessen. Aber noch bevor die beiden Herrscher auf den Hochsitzen in der Halle Platz genommen hatten, hatte Sitric sich bereits entschuldigt für das Nichterscheinen seiner Mutter an jenem unglücklichen Tag in Irland. Wie sehr man es bedaure, sich verspätet zu haben, und wie gut man den Ärger des Orkadenjarls verstünde. Aber vielleicht ließe sich ja doch noch das eine oder andere richten. Gormflath sei untröstlich...

Kari, der inzwischen wieder bei Amundi stand, hörte den Alten fluchen. Das Unheil kam von den Weibern. Odin mochte Sigurd schützen, damit er es nicht aus den Augen verlöre.

Abends gab es ein Fest, und am nächsten Tag wurde lange geschlafen. Gegen Mittag erschien das Drachenschiff des Hebridenjarls. Kari mochte seinen Onkel nicht, aber seine Tante war nett, sie hatte bis vor zwei Jahren bei ihnen gewohnt, und er freute sich, sie wiederzusehen. Und auch Pantula war glücklich. Sie verschwand mit ihrer Schwägerin in einem Gastraum und überließ es Asgrim, die letzten Vorbereitungen für das Sonnenwendfest zu treffen.

Die Tage, die dann folgten, vergingen wie im Rausch. In der großen Halle wurde der Tisch für die Toten gedeckt, das Vieh bekam die Garben der letzten Ernte. Vermummte Männer zogen umher, pferdefüßig oder bocksgestaltig, und erschreckten die Kinder und verzückten die Mädchen, die kichernd vor ihnen davonliefen. Der kleine Thorfinn betrank sich in einem unbewachten Moment am Julmet.

Am Tag der Sonnenwende opferte der Jarl in einem eigens dafür angelegten Hain Schafe und Ziegen und sogar zwei seiner besten Pferde, denn die Götter waren dieses Jahr mit den Orkadiern gewesen, und dafür sollte großzügig gedankt werden. Sigurd ließ sich nicht lumpen.

»Er freut sich, daß der Bastard seiner Hure erschienen ist«, zischte Amundi.

Die ganze Feierei endete mit einem Festgelage in der großen Halle. Den beiden Jarlen und dem irischen König waren Hochsitze aufgestellt worden, in der Hallenmitte thronte das Faß mit dem Met. Die Orkadier bedienten sich reichlich, und die Hälfte von ihnen war betrunken, noch bevor die Sonne untergegangen war. Kari hatte sich zu Amundi gesetzt, der das Treiben von einem düsteren Platz aus am Hallenende beobachtete.

»Er teilt mit ihm das Trinkhorn, siehst du, Junge? Dein Vater. Er läßt die Schleimschnecke aus seinem eigenen Horn trinken.« Der Stevenhauptmann rülpste wehmütig. Er hätte selbst einen Platz in Sigurds Nähe beanspruchen können. Aber das wollte er nicht. Wer mochte dabeisein, wenn sich der eigene Jarl in einen Hanswurst verwandelte.

Grizur der Weiße hatte einen Freund aus Island mitgebracht, einen Mann ohne Nase, der sich neben dem Metfaß auf einem Fell niedergelassen hatte und von den Kämpfen seiner Leute daheim erzählte. Einige davon kannte man. Leif Haraldson zum Beispiel. Dem hatten die Männer aus Alptafjord seine Hütte niedergebrannt? Wegen eines Seehundhinterteils? Verrückt wie ein gespießter Köter! Jemand machte eine Bemerkung über Leifs Weib, und alles lachte. Es lief, wie es immer lief.

Kari sah, daß sein Vater eine Frage an Sitric richtete, die dieser mit einem Kopfschütteln und einer kurzen Äußerung beantwortete. Er merkte, wie die Stirn seines Vaters sich umwölkte.

»Der Seidenkloß läßt ihn zappeln«, knurrte Amundi. »Er will, daß Sigurd richtig heiß auf sein Irland wird. Durchtriebener Hund! Und unser verehrter Jarl springt darauf an. Das Weib bringt ihn um den Verstand. Sie hat Haare, Kari, die schimmern wie flüssiges Gold. Möge Loki sie daran packen und dem Fenriswolf zum Fraß vorwerfen!«

»Wer ist der Mann, der neben Sitric sitzt?« fragte Kari flüsternd, weil er den Geschichtenerzähler aus Island nicht stören wollte.

Amundi zuckte die Achseln. »Einer seiner Berater. Was weiß ich.« Er brummelte etwas in den Bart und schüttete einen weiteren Becher Met in sich hinein. Der Stevenhauptmann war ziemlich betrunken.

Kari lehnte sich an die Wand und beobachtete den Fremden. Er hatte ihn auf dem Schiff gesehen und nun bei der Feier, aber dazwischen war der Mann wie nicht vorhanden gewesen. Selbst jetzt schien er mit den schwarzen Bohlen in seinem Rücken zu verschmelzen, so daß man ihn aus den Augen verlor, wenn man den Blick von ihm wandte. Eine merkwürdige Person. Seine strähnigen Haare hatten die Farbe stumpfen, roten Tones, blasse Haut spannte sich über hagere Gesichtszüge, die Augen wurden von wimpernlosen Lidern bedeckt, als sei der Mann schläfrig oder als wolle er sich von der Festgesellschaft absondern. Alles an ihm war blaß und verschwommen, bis hin zu den dunklen Kleidern, die ihn mehr versteckten als schmückten. Und trotzdem – wenn man ihn lange genug betrachtete, begann er etwas auszusondern. Eine ... Atmosphäre. Eine Art Düsternis, die beklommen machte. In diese Düsternis eingeschlossen war der Hund, der zu seinen Füßen lag. Ein Tier wie ein Kalb. Schwarze, nackte Haut spannte sich über seinen muskulösen Körper. Aber das Tier schlief nicht. Mit überwachen Augen beobachtete es die Männer und Frauen im Saal – reglos, aber dabei die Muskeln wie zum Sprung gespannt, obwohl es weder Gefahr noch Unruhe in seiner Nähe gab.

Kein Mann, den man gern zum Freund hätte. Oder zum Feind, dachte Kari.

Pantula riß ihn aus seinen Gedanken. Sie stieß ihn mit dem Ellbogen an. »Dein Vater sieht nicht gerade lustig aus«, hauchte sie, und es klang, als sähe sie dem Rest der Nacht mit Bangen entgegen. Schon am Tag zuvor hatte es Ärger gegeben, weil sie an den Opferritualen nicht hatte teilnehmen wollen. Kari lächelte ihr aufmunternd zu.

Der Isländer war mit seiner Erzählung zum Ende gekommen und wurde mit einem Extraschluck Met aus dem großen Faß in der Mitte belohnt. Sigurd trommelte mit den Fingern auf die Lehne seines Sitzes. Da beugte sich der Dublinkönig zu ihm herüber.

Kari konnte die Worte nicht verstehen, aber er sah, wie der

massige Körper seines Vaters sich straffte. Sein Gesicht war plötzlich konzentrierte Aufmerksamkeit und aller Ärger daraus verschwunden. War es soweit? Bot Sitric ihm ein zweites Mal die Schätze von Irland? Und wenn – war das etwas Gutes oder Schlechtes?

Das Gespräch dauerte lange. Als Sigurd sich wieder in seinem fellbelegten Thronsitz zurücklehnte, waren seine Augen zu Schlitzen geworden. Nachdenklich blickte er über die Köpfe seiner Männer.

Natürlich, eine so wichtige Sache wie einen Zug gegen Irland würde er nicht allein entscheiden können. Zumindest wäre es nicht ratsam. Er würde die Stimmen seiner mächtigsten Bonden einholen müssen. Und dann ... dann würde er tun, was er wollte. Kari war das plötzlich sonnenklar. Sein Vater hatte sich etwas in den Kopf gesetzt. Irland. Oder auch, wie Amundi vermutete, dieses Weib Gormflath.

Sigurd hob die Hand, und seine Autorität brachte die Gespräche in der Halle zum Verstummen.

Das Kinn auf die Hand gestützt, lauschte Kari der kräftigen Stimme seines Vaters. Es war genau, wie er angenommen hatte. König Sitric von Dublin versprach den Orkadiern das Gold von Irland, wenn sie ihn im Krieg gegen König Brian Boru unterstützten.

Amundi rappelte sich neben Kari auf die Füße. Kari hatte gedacht, er wäre zu betrunken, um etwas mitzubekommen, aber der Grimm schien den Stevenhauptmann wieder nüchtern gemacht zu haben. Ohne Schwanken stapfte er in die Mitte des Raumes, wo vorher der Isländer seine Geschichten erzählt hatte, und stützte sich auf das Metfaß.

»Gegen Brian also?« donnerte er mit seiner befehlsgewohnten Stimme. »Das ist lächerlich! Dieser Krieg würde nicht gegen Brian Boru gehen, sondern gegen Irland. Gegen Brian aus dem Süden und gegen Malachy aus dem Norden. Das sind *zwei* Könige, und es sind *zweimal* so viele ...«

»Wir alle können rechnen, Amundi«, unterbrach Sigurd ihn schroff.

Aber es gab unwilliges Gemurmel unter den Männern. War dieser Punkt nicht wichtig?

Der Gast aus Dublin trug der Mißstimmung Rechnung. Er hob die Hand. »Du hast recht, alter Mann. In Irland gibt es viele Könige. Brian im Süden, der *gegen* uns kämpfen wird, Mael Morda von Leinster, der *für* uns kämpfen wird, und Malachy. Malachy würde für Brian kämpfen, das ist wahr, denn es geht ihnen beiden um Irland. Aber er ist angewiesen auf die Unterstützung der Prinzen des Nordens. Und die Prinzen glauben nicht mehr an Malachy. Er hat zu viele Schlachten verloren. Sie haben ihm schon einmal die Hilfe verweigert, und sie werden ihm auch diesmal nicht folgen. Der Norden wird neutral bleiben.«

»Das sind große Worte«, meldete sich eine skeptische Stimme aus dem hinteren Teil des Raumes, und wieder gab es zustimmendes Gemurmel. Sigurd hielt sich zurück, er beobachtete nur.

»Wenn die aus dem Norden sich zu Brian stellen, dann fegen sie uns aus dem Land«, ließ Amundi sich erneut vernehmen. »Was kannst du uns für eine Sicherheit geben, Sitric, daß sie sich tatsächlich aus der Schlacht heraushalten werden?«

»Ich habe es mit ihnen ausgemacht«, antwortete der König schlicht. Aber das konnte die Männer nicht überzeugen. Bei weitem nicht. Kari sah gerunzelte Stirnen und hörte den Spott in den Bemerkungen.

Da stand Sigurd auf. Er hob die Hand, und es wurde wieder still.

»Irland«, sagte der Jarl, während alle Augen an seinen Lippen hingen, »ist eine Insel, hundertmal so groß wie die Orkaden. Wir waren dort, und wir haben gesehen, daß sie im Gold schwimmt. Schätze, Sklaven – das Land wartet nur darauf, von seinem Reichtum befreit zu werden. Und Irland besitzt fruchtbaren Boden. Unmengen davon. Irland, das könnte bedeuten: ein Jarlstum für jeden von euch.«

Es war faszinierend. Kari hatte seinen Vater noch nie so sprechen hören. Er begann vor ihre Augen Bilder zu zaubern – von goldenem Altarschmuck, von Weibern, die sich in seidenen Betten wälzten, von Waffen, Wein und Gewürzen. Die Mienen wandelten sich. Die Männer im Saal schienen plötzlich alle mit einem Bein in der Seligkeit zu stehen. Aber eben nur mit einem. Und Amundi hatte noch gar keinen Fuß hineingesetzt.

»Schön«, polterte er in die Stille, als Sigurd eine Pause machte. »Vielleicht werden wir kämpfen. Vielleicht werden wir siegen. Aber danach, wenn Brian geschlagen ist – was wird dann? Wer gibt uns die Sicherheit, daß man uns auch die Frucht des Sieges pflücken läßt? Was könnte Gormflath...«, er war zu betrunken, um zu merken, daß dieser Name eine Ungeschicklichkeit bedeutete, »...daran hindern, uns anschließend hinauszuwerfen? Sie ist Irin von Geburt. Was, wenn sie nach Brians Tod die Männer ihrer Heimat um sich schart? Sie hat Malachy verraten und dann Brian, und warum sollte sie als nächsten nicht Sigurd...«

Die Faust seines Jarls sauste auf das Holz der Armlehne, und das gab einen solchen Knall, daß selbst Amundi erschrocken verstummte.

»Höre ich, Stevenhauptmann, daß du meinen Gast der Hinterlist beschuldigst?« Sigurds Stimme klang eiskalt, und Amundi griff sich verstört an die Stirn.

Natürlich hatte er das nicht gewollt. Aber er hatte, verflucht noch mal, einen Kopf, der vom Suff dröhnte. Und hatte er nicht die Wahrheit gesagt?

Kari stand auf. »Amundi wollte ganz sicher niemanden kränken«, erklärte er mit so viel Sanftheit in der Stimme wie möglich. Er wünschte sich, Sumarlidi wäre bei ihnen. Sein Bruder hätte bessere Worte gefunden. Aber Sumarlidi hatte sich schon lange zurückgezogen, und von den anderen würde keiner mehr den Mund auftun, wenn der Jarl in dieser Stimmung war. Es roch nach Beleidigung und Blutfehde.«Trotzdem kommt es mir angemessen vor – und da wird König Sitric sicher meiner Meinung sein –, wenn wir eine Garantie von ihm fordern.«

Kari sah, wie der irische König sich zu dem Lehmhaarigen beugte und etwas flüsterte. Wer war nur dieser merkwürdige Mann? Er zischte eine Antwort, knapp und schroff, als wäre nicht Sitric der Herr, sondern er selbst.

Aber schon sprach Sigurd wieder. »Mein Sohn hat recht. Und selbstverständlich habe ich diesen Punkt nicht außer acht gelassen. Wir brauchen eine Garantie, und ich weiß auch, welche.« Er wandte sich an Sitric. »Ich werde nach Irland kommen mit allen Booten, die wir haben, und mit allen Männern, die wir haben, wenn ich als Lohn der Kriegshilfe Königin Gormflaths Hand und mit ihr die Herrschaft über Irland bekomme.«

Seine Männer blickten skeptisch. Was für eine Garantie sollte die Heirat mit einer davongejagten Königin sein? Und überhaupt, konnte man sein Heil an eine Frau knüpfen? Das waren ihre Gedanken, aber keiner brachte den Mut auf, sie dem Jarl ins Gesicht zu sagen, denn Sigurds Blicke waren finster und dienten dazu, seine Leute in Schach zu halten. Nicht einmal Kari mochte mehr etwas sagen. Aufgewühlt ließ er sich auf die Bank zurücksinken.

Amundi zog an seinem Arm. Er wollte nichts von Kari, er brauchte etwas zum Festhalten, damit er wieder auf die Füße kam. Eigentlich war gar nicht mehr zu verstehen, was er in den Saal rief, denn er war wirklich betrunken, aber es erregte Aufmerksamkeit und – Zorn. Kari krampfte sich der Magen zusammen, als er die Wut im Gesicht seines Vaters sah. Sigurd hatte den unbequemen Mahner satt. Nur – das konnte doch nicht sein, einen Mann wie Amundi wegen einer . . . ränkespinnenden Frau anzugreifen.

Wieder sprang Kari auf. Er drückte Amundi beiseite in die Arme bereitwilliger Helfer und ging die paar Schritte bis zu den erhöhten Thronen.

»Wir haben...«, erklärte er mit einer höflichen Verbeugung in Richtung des fremden Königs, »einen irischen Sänger mit einer ungewöhnlich schönen Stimme hier bei uns. Leider hatten wir bisher noch keine Verwendung für ihn, denn er kennt unsere Lieder nicht, aber ich könnte mir vorstellen, König Sitric, daß du an ein paar heimatlichen Klängen Gefallen fändest.«

Sitric lächelte und nickte. Der Jarl entspannte sich und lächelte ebenfalls. Die Gefahr war vorüber.

Es dauerte eine Weile, bis sie Aedan herbeigeschafft hatten. Odin mochte wissen, wo er sich herumgetrieben hatte, denn sein Haar war verwuselt, seine Wangen heiß und die Kleidung voller Stroh. Verwirrt blinzelte er in den verrauchten Raum. Asgrim reichte ihm die kleine Harfe, die immer neben dem Jarlssitz hing, und drängte ihn zum freien Platz vor die hohen Herrschaften.

Kari hielt den Atem an. Er hatte keine Ahnung, ob Aedan die Harfe überhaupt spielen konnte. Und wenn er seinen Herrn jetzt vor den irischen Gästen lächerlich machte, dann würde er bestimmt eine üble Nacht verbringen.

Aber der Sklave schien mit dem Instrument vertraut. Er zupfte an den Messingsaiten und verstellte sie, und was er tat, wirkte durchaus vertrauenerweckend. Beruhigt lehnte Kari sich zurück. Der Junge hatte eine Stimme wie gesponnenes Gold. Nach seinem Gesang würden sich alle besser fühlen, selbst wenn er die Weisen auf gälisch vortrug, was womöglich sogar günstiger war, denn man konnte nicht wissen, ob ihm nicht doch noch irgendwelche Frechheiten über Helden herausrutschten. Die Saiten wurden gezupft, ein harmonischer Klang durchströmte den Raum...

Und dann war es auf einmal wieder still.

Kari war so in seine Gedanken versunken, daß er es erst gar nicht mitbekam. Er merkte nur, wie Pantula sich plötzlich kerzengerade aufrichtete. Erst da sah er auf den Knaben.

Das Gesicht unter den schwarzen Haaren hatte jede Farbe verloren. Kalkweiß, mit offenem Mund, starrte der Junge in den Raum. Sogar durch die Rauchschwaden der Halle wirkte er bleich wie ein Toter. Er hielt die Harfe in den Armen und drückte sie an sich, als wäre sie die letzte Planke in einem stürmischen Ozean. Er rührte sich überhaupt nicht. Seine Blicke schienen sich an dem irischen König festgesaugt zu haben. Oder doch nicht an Sitric, sondern an dem Mann, der neben ihm saß. Oder an dem Hund.

Kari stand auf. Er wußte nicht, was hier geschah, aber es würde in einer Katastrophe enden. Wenigstens für den irischen Sklaven, wenn er nämlich nicht schleunigst zu spielen begann. Sigurds Wut schwelte unter seinem Lächeln. Im Augenmerk seines Zornes starb es sich rasch. Mit wenigen schnellen Schritten war Kari bei dem Jungen. Er rüttelte an seiner Schulter. Er wollte nichts, als ihn ermahnen. Aber er hätte dabei gründlicher zufassen sollen. Aedan schreckte auf, die Harfe glitt aus seinen Fingern – und im nächsten Moment war er unter Karis Arm hindurchgeschlüpft und zur Tür hinaus. Das ging so schnell, daß Kari noch immer mit erhobenen Händen dastand, als er schon verschwunden war.

Natürlich gab es Tumult. Asgrim rannte zur Tür, war aber auch zu spät, um den Sklaven zu erwischen. Fluchend verschwand er in der Dunkelheit.

Sigurd rieb sich mit dem Fingerknöchel das Kinn. Sein Blick verhieß Böses. Diesmal war Kari dankbar, als König Sitric zu sprechen begann. Er konnte nicht verstehen, was der Mann sagte, aber der Jarl verzog die Lippen zu einem Lächeln, auch wenn es mühsam wirkte.

Da stand plötzlich der Schwarze auf. Er beugte sich über die Lehne zu seinem Herrn, flüsterte etwas, und Sitric nickte – erst erstaunt, dann zustimmend. Und weil alle neugierig waren und schwiegen, konnten sie hören, was er seinem Gastgeber zu sagen hatte. »Jarl Sigurd«, kam es von den honigweichen Lippen.

»Mein Begleiter, Mog Ruith, kennt einen Mann, der es sich zum Lebenszweck gemacht hat, Sänger heranzuziehen. Er findet, Euer kleiner Sklave hat die Harfe hübsch gezupft, und fragt sich, ob ihr ihn nicht dorthin zur Ausbildung schicken wollt. Wenn er es gelernt hat, seine... Scheu zu überwinden, könnte er Euch und Eurem Weib Gormflath noch große Freude bereiten.«

Kari hielt den Atem an. Es war nicht seine Angelegenheit, und möglicherweise würde Aedan sich freuen, nach Irland zurückzukehren. Und wenn er sich nicht freute, dann wäre es auch egal, besonders nach diesem Auftritt. Aber irgendwie hoffte er doch, daß sein Vater den Wunsch abschlagen würde.

In diesem Moment kam Asgrim zurück. Der Atem des Alten keuchte. Er schlurfte erst in Sigurds Richtung, bog aber ab, als er sah, daß der Jarl beschäftigt war, und kam zu Pantula.

»Fort«, stieß er heraus. »Einfach weggelaufen. Möge es in den Fluten ersäufen, das unverständige Kind! Ist der Herr aufgebracht? Recht hat er! Was für ein Benehmen! Einar ist gegangen, ihn zu suchen. Und wenn er ihn gefunden hat – dann wird er ihm schon zeigen, was von einem Sklaven erwartet wird, nicht wahr?« Asgrim blickte seine Herrin an. »Er kam mir sehr wütend vor – Einar, meine ich. Wirklich sehr aufgebracht. Er hatte einen höllischen Zorn.«

Pantulas hübsche Lippen zogen sich zusammen. »Kari!« Sie zog ihren Stiefsohn zu sich heran. »Ich will nicht, daß dein Bruder den Jungen totschlägt. Der Himmel mag wissen, er ist schwierig, aber im Grunde ein guter Kerl. Sicher hat ihn der Hund erschreckt. Vor Hunden fürchtet er sich zu Tode. Bitte, versuch ihn zu finden, bevor Einar ihn erwischt. Und verhindere, daß er deinem Vater unter die Augen kommt.«

Asgrim nickte eifrig zu den Worten seiner Herrin, und Kari hätte fast gelacht. So also sah es im Gesindehaus aus. Das war die Art, wie Pantula über ihren Haushalt herrschte.

Er schob die beiden beiseite und schlüpfte zur Tür hinaus.

Mog Ruith

Kari hatte Einar eines voraus: Er wußte, wo er zu suchen hatte. Oder er glaubte es jedenfalls. Aedan hatte panische Angst empfunden, als er fortgelaufen war. Und in seiner Angst würde er sich vielleicht dorthin wenden, wo er sich schon einmal versteckt hatte – zum Turm.

Der Geröllstreifen zwischen Birsay und Ross war kniehoch überspült. Kari fluchte leise vor sich hin. Die Nacht war sternenklar und kalt. Der Mond erleuchtete den Weg, aber mit den nassen Hosen war die Jagd alles andere als ein Vergnügen. Und es war nicht nur kalt, sondern auch windig. Auf den Orkaden, wo es kaum Bäume gab, blies es einem immer durch die Kleider.

Irgendwo im Süden hörte er die Hunde bellen. Wenn er recht hatte – und er hoffte es von ganzem Herzen, auch wenn dieser Aedan ein verfluchter Unruhestifter war –, dann würde Einar vergeblich suchen.

Der Weg zum Turm zog sich in die Länge. Am Anfang rannte Kari, weil er hoffte, den Sänger noch vor dem Turm zu erwischen, aber bald fiel er in sachten Trott. Merkwürdig war das schon mit Aedan. Was hätte ihm ein Hund zwischen all den Menschen antun sollen? Außerdem gab es jede Menge Hunde auf Birsay, und er hatte sich niemals so irrsinnig angestellt. Je mehr Kari darüber nachdachte, desto seltsamer kam ihm alles vor.

Es dauerte fast eine Stunde, bis er den Turm erreicht hatte. Irgendwann war das Hundegebell wieder lauter geworden. Einar mußte mit seinem Trupp nach Osten abgeschwenkt sein. Noch war er aber nicht in bedrohliche Nähe gerückt. Wenn alles nach Wunsch lief, dann würde Kari Aedan vor seinem Bruder erreichen.

Die letzten Schritte schlich er geduckt, um das Wild nicht aufzuscheuchen. Er war müde, seine Hose klebte wie eine Eisschicht um die Beine. Langsam hatte er es satt, egal, wie gut die Gründe sein mochten, die Aedan aus der Halle getrieben hatten.

Er erreichte das Tor und schlüpfte lautlos durch den tunnelartigen Eingang. Rechts und links in der Turmmauer befanden sich kleine Wachstuben, aber die schienen leer zu sein, soweit er das in der Finsternis beurteilen konnte. Er ging weiter und warf einen Blick die Treppe hinauf. Hatte Aedan sich auf die Turmspitze verkrochen? Dort wäre er ihm sicher. Andererseits... Plötzlich kam Kari sich vor wie ein Dummkopf. Es gab tausend Plätze auf Ross, wo man sich verbergen konnte.

Etwas klackte. Das Geräusch eines fallenden Steinchens über Fels. Nichts Lautes, er konnte es nur hören, weil er gerade angehalten und sich umgesehen hatte. Es kam von vorn aus dem Rondell in der Mitte des Turmes. Kari triumphierte. Leise schlich er weiter. Aber doch nicht leise genug. Der irische Sklave blickte ihm entgegen, als er in den mondbeschienenen Innenkreis des Turmes trat. Und er hielt ein Messer in der Hand.

Kari war ehrlich verwundert. Wie war Aedan an die Waffe gekommen? Und, bei Loki, woher nahm er den Mut... Er trat in den Lichtkegel und streckte die Hand aus. »Gib her!«

Der Junge schüttelte den Kopf. Seine Hand zitterte, wie man es bei einem Skräling erwarten konnte. Aber er ließ die Waffe nicht los. Im Gegenteil, er richtete sie auf Kari – die Spitze nach vorn, die Klinge am Daumen, was zwar zum Erbarmen ungeschickt war, aber doch seine Gesinnung klarstellte.

»Das schaffst du nicht«, erklärte Kari nüchtern. »Besser, du gibst mir das Messer freiwillig.«

Aedan legte die zweite Hand um die erste, so daß er das Messer jetzt mit beiden Fäusten umklammerte. Seine Augen waren groß wie Schwalbeneier. Kari war sicher: Wenn er gekonnt hätte, wäre er davongelaufen. Aber ihm war der Fluchtweg versperrt.

»Wovor hast du Angst?« Kari fragte, weil er es wirklich wissen wollte. Der Junge würde ihm nicht entgehen, es war unnötig, zu reden. Aber der Sklave hatte eine derart gespenstische Furcht...

»Er hat Oengus umgebracht.« Aedan biß sich auf die Lippe. Kari merkte, daß er nicht ihn, sondern die Türöffnung in seinem Rücken anstarrte.

»Oengus? War das nicht der Alte, bei dem du gelebt hast? Wer hat ihn umgebracht? König Sitric?«

»Nein. Der andere. Mit dem Hund.«

»Oh, das ... war das etwa dein verzauberter Wolf?« Es hatte nicht herablassend klingen sollen. Aber solch dämliche Angst vor einem Tier! Kari ging auf den Jungen zu. Er meinte, daß das Hundegebell lauter geworden sei. Vielleicht hatte die Meute Karis Fährte aufgenommen. Jedenfalls mußte er sich beeilen. Pantula war zu nett, um ihr eine Herzensbitte abzuschlagen.

Er hatte Aedan das Messer einfach fortnehmen wollen. Nicht im Traum hätte er geglaubt, daß der Junge wirklich zustechen würde. Er hatte damit gerechnet, daß Aedan versuchen würde, an ihm vorbeizuhuschen, und darauf hatte er sich eingestellt, aber nicht auf eine Attacke.

Glücklicherweise besaß der Junge weder Kraft noch Geschick. Die Klinge sauste an Karis Arm vorbei und ratschte ihm gerade eben Hemd und Haut. Kari packte Aedans Handgelenk und verdrehte es, bis der Junge die Waffe fallen ließ. Und dann noch ein Stückchen weiter und noch ein Stückchen, so lange, bis der Junge sich zusammenkrümmte, aufjaulte und nach Luft schnappte. Grimmig preßte Kari ihn zu Boden und gegen die Mauer.

»Ich...« Er verstellte das Bein, um mehr Kraft zu haben. »Ich brech' dir das Handgelenk. Ich brech dir jeden einzelnen Knochen, wenn du nicht aufhörst mit diesem ... diesem verdammten Mist! Verstanden?«

Der schwarze Schopf bewegte sich, was Kari als Nicken ansah. Er ließ den Sklaven los und stieß das Messer mit dem Fuß fort. Dann angelte er sich den Jungen und zog ihn am Kragen auf die Füße, bis er ihn auf gleicher Höhe hatte.

»Und nun will ich Antworten. Dieser Kerl mit dem Hund – wer ist das? Und warum ist er so erpicht darauf, dich mit sich zu nehmen?«

»Mitnehmen?« Wieder glomm Entsetzen in den schwarzen Augen. Aedans Blicke irrten umher. Aber natürlich hatten sich keine neuen Fluchtmöglichkeiten aufgetan. »Er ... ist zu Oengus gekommen«, keuchte der Junge, als Kari ihn an die Wand stubste. »In der Nacht, bevor ihr mich gefangen habt. Er ... hat ihn geschlagen und ... ich ... ich wollte fortlaufen, aber da war der Wolf. Er hat ihn auf mich gehetzt, und Oengus hat sich ihm in den Weg gestellt. Und da hat ihn der Wolf ... er ist ihm...« Aedan hob die Hand und wischte sich über Augen und Nase. »Ich weiß nicht, was er wollte, aber er ist ein Zauberer. Und ... ich geh' auch nicht zurück. Er will mich umbringen. Wie Oengus.«

»So ein Blödsinn. Der Mann konnte gar nicht wissen, daß du hier bist, und er wußte es auch nicht, bis er dich gesehen hat.«

»Aber wenn er ein Zauberer ist...«

»Und du ein Hasenfuß, dann seid ihr ein prächtiges Gespann. Es war Nacht, als der Mann deinen Oengus getötet hat. Also war es finster in eurer Hütte. Stimmt das? Natürlich. Und deshalb kannst du ihn gar nicht richtig gesehen haben. Du hast *irgendeinen* Mann und *irgendeinen*...«

... Hund gesehen, wollte er sagen. Er wußte selbst nicht, warum er stockte. Vielleicht hatte sich der Ausdruck in Aedans Gesicht geändert, vielleicht hatte er ein Geräusch gehört. Jedenfalls brach er mitten im Satz ab und lauschte, und er merkte, wie die Haare in seinem Nacken sich kräuselten.

Es war jemand im Turm. Hier, direkt in seinem Rücken im Rondell. Jetzt, wo er darauf achtete, war die Anwesenheit des Fremden fühlbar wie ein scharfer Geruch. Kari wollte sich umdrehen.

Da ließ Aedan sich fallen und riß ihn mit sich zu Boden.

Im selben Moment fiel ein schwerer, heißer Schatten über sie beide. Kari hörte es fauchen und knurren. Angestrengt drehte er den Hals. Das Gewicht, das auf ihnen lag, verrutschte. Er spürte das Strampeln von Hundepfoten und blickte in ein weißes, mit Dolchzähnen gespicktes Gebiß. Verzweifelt tastete er nach dem Messer. Der Rachen des Untiers öffnete sich, stinkender, warmer Atem senkte sich auf sein Gesicht.

Im selben Moment ertönte ein Pfiff.

Noch nie zuvor hatte Kari ein Tier erlebt, das so prompt gehorchte. Eben noch knackten seine riesigen Kiefer vor Gier, sich in die Kehle des Menschen hineinzubohren, und im nächsten Moment wälzte es sich von seinem Opfer und sprang zu seinem Herrn. Kari taumelte auf die Füße.

Er wußte, welcher Hund ihn angefallen und wer den Köter fortgepfiffen hatte. Natürlich. Und er hatte eine Mordswut auf Sitrics Begleiter. Was fiel ihm ein, nachts mit seiner Bestie durch Ross zu schleichen und Jagd auf Sigurds Sklaven zu machen? Schwer atmend griff Kari sich das Messer.

Der Hund stand wie ein schwarzes Monstrum neben seinem Herrn. Seine Lefzen waren zurückgezogen, und Geifer tropfte in langgezogenen Fäden von den Zähnen.

»Gib mir den Jungen!«

Es war das erste Mal, daß Kari die Stimme des unheimlichen Mannes hörte. Sie klang wie eingeölt, darin glich sie der des irischen Königs. Aber unter der glatten Oberfläche befand sich Stahl. Scharf geschliffen. Der Lehmhaarige wußte, was er wollte.

»Warum sollte ich das?«

Vielleicht hatte der Mann keinen Widerspruch erwartet. Er zog die Augenbrauen hoch und zögerte. »Du bist doch der Sohn des Jarls?«

»Kari Sigurdson, ja.«

»Dann solltest du wissen, daß dein Vater mir den Sänger geschenkt hat.«

»Tut mir leid, davon weiß ich überhaupt nichts.« Das war nicht einmal gelogen. Kari hatte Asgrim zugehört, als Sigurd mit Sitric über Aedan verhandelt hatte.

»Es ist so. Gib ihn mir.«

Es war der Ton, der Kari am meisten verärgerte. Wie kam dieser Mann, von dem er nicht einmal den Namen wußte, dazu, ihm auf seinem eigenen Land Befehle zu erteilen? Er spürte, wie Aedan sich hinter ihn drückte.

»Das wird mein Vater tun, wenn es wirklich sein Wunsch ist.«

Sie maßen einander mit Blicken. Der Hund begann zu knurren. Kari ging auf, wie seltsam das alles war. Drüben im Jarlshof hatten sie über die Hilfe der Orkadier beim Krieg gegen Irland verhandelt. *Das* war wichtig. Warum fing dieser Mann, Sitrics Berater, nun wegen einer Lappalie Streit mit dem Sohn seines Verbündeten an? Damit ein Sänger, den er noch nicht einmal hatte singen hören, eine Ausbildung bekam? Das paßte nicht zusammen.

Er wußte nicht, wie die Sache ausgegangen wäre, wenn nicht plötzlich draußen ein wütendes Gekläff angehoben hätte. Einars Meute hatte die Menschen im Turm gewittert.

Kari entspannte sich. »Vielleicht solltet Ihr lieber zum Jarlshof zurückkehren«, empfahl er höflich. »Die Winterluft ist gefährlich. Wie bedauerlich, wenn Ihr zu Schaden kämt.«

Der fremde Mann hatte keine Wahl. Einars Meute drängte bereits durch den Turmtunnel. Ohne ein Wort drehte er sich um. Die Hunde wichen ihm und seiner nackten Bestie aus und verzogen sich mit eingeklemmter Rute an die Turmwände, als er zwischen ihnen hindurchschritt. Ein beeindruckender Abgang. Und vielleicht hatte Aedan ja doch recht. Kari hatte noch niemals einen Zauberer gesehen, aber wenn es einen gab, dann mußte er so ähnlich wie dieser Finsterling sein.

Aber, ging ihm plötzlich auf – im Moment hatte er ein ganz anderes Problem. Er packte Aedan beim Kittel und zog ihn mit sich. »Ich hab' ihn!« knurrte er Einar und seinen Begleitern entgegen. Er schüttelte den Gefangenen, um seinen Besitzanspruch deutlich zu machen. »Habt Ihr den Fremden gesehen, der eben hier herausgekommen ist?«

Einar senkte unschlüssig den Knüppel, den er vorsorglich aufgelesen hatte. Er hätte sich gern über den Sklaven hergemacht, das war klar, aber er war auch neugierig.

»Ist ein merkwürdiger Kerl«, bemerkte einer seiner Männer, ein Glatzkopf mit einem verwachsenen Buckel, den Kari nur vom Sehen kannte.

»Er ist ein Mistkerl. Er hat mir gedroht.« Kari ging auf das Tor zu. Er wollte, daß sie sich bewegten, und sorgte dafür, daß Aedan sein Tempo mithielt. Einar und seine Mannen beeilten sich, an seine Seite zu kommen.

»Der hat den bösen Blick, wenn ihr mich fragt. Und dieser Hund, der bei ihm ist – der sieht aus wie der Fenriswolf.« Die Männer erwärmten sich für das Thema. Einar vergaß seinen Prügel.

»Was hat er denn zu dir gesagt?« wollte er von Kari wissen.

»Er konnte es nicht abwarten, unseren Sänger in die Klauen zu kriegen. Sogar seinen Hund hat er auf mich gehetzt.«

»Das ... das ist ja eine ganz verdammte Beleidigung!« Nun hatte Einar etwas, worüber er sich ereifern konnte. »Unser Vater ist der Herr von den Orkaden. Es hat sich noch niemand getraut, ihm oder einem von uns... Ich meine, da müssen wir doch...«

Kari hörte nicht mehr zu. Sein Arm tat ihm weh, weil Aedan ständig stolperte und er ihn halten mußte. Außerdem ging ihm so vieles durch den Kopf. Wenn der Lehmhaarige wirklich ein Zauberer war – und waren die Iren nicht als Volk der Zauberer bekannt? –, was wollte er dann von einem unwichtigen Knaben? Und Aedan, dieser Bengel: Wie hatte er es eigentlich fertiggebracht, in kürzester Zeit zwanzig Hühner zu schlachten und dann noch den Stall sauberzumachen? Niemand war so schnell.

Jedenfalls kein gewöhnlicher Mensch. Aber wenn er ... also, wenn tatsächlich etwas Besonderes an ihm war, wenn er vielleicht auch unheimliche Kräfte besaß – wieso hatte er dann nicht längst eine Möglichkeit zur Flucht gefunden?

Kari wußte es nicht. Er wußte nur, daß Aedans Schicksal, egal ob Zauberer oder nicht, an einem seidenen Faden hing.

Es war schon weit nach Mitternacht, als sie den Jarlshof erreichten. Die meisten Männer waren auf Ross zurückgeblieben. Nur Einar und ein Knecht, der auf dem Jarlshof wohnte, befanden sich noch bei Kari. Kari befahl dem Knecht, zum Gesindehaus zu gehen, und winkte Einar mit sich.

Eigentlich hatte er den entlaufenen Sklaven gleich Asgrim übergeben wollen, aber auf dem Weg den Geröllhang hinauf war ihm eine bessere Idee gekommen. Er zog Aedan in die dunkle Halle. Das Feuer war niedergebrannt, es roch nach kaltem Essen, nach Asche und Rauch und Schweiß. Die Luft war zum Ersticken. Von den Bänken tönte das Schnarchen und Gurgeln der Schläfer, in einer Ecke wisperte jemand. Kari drängte Aedan zu den Hochsitzen, wo er den Nagel wußte, an dem die Harfe hing. Der ordentliche Asgrim hatte sie wieder an ihren Platz gebracht. Er hob sie vom Haken und drückte sie dem Jungen in die Hand.

»Du wirst gleich singen«, raunte er und kniff dabei seinen Oberarm, um zu bedeuten, daß die Zeit der Mätzchen vorüber war. Dann schleppte er ihn in das Zimmer seines Vaters.

Sigurd war noch auf – kein Wunder. Irland und die schöne Gormflath geisterten durch seinen Kopf. Wahrscheinlich würde er die ganze Nacht kein Auge zutun. Kari gab Aedan einen Stoß, der ihn von der Aufmerksamkeit seines Vaters fort in eine Ecke beförderte.

»Hier hast du ihn also wieder. Und jetzt wird er wohl auch singen mögen. Ist Sitric schon zu Bett gegangen?«

Sein Vater verschränkte die Arme. »Ist er, ja. Möge Odin ihm einen guten Schlaf geben. Und mir auch. Ich bin, verflucht noch mal, müde. Warum störst du mich?«

»Ich habe den Rothaarigen getroffen, den Kerl, der Sitric berät. Er war draußen beim Turm an der Küste.«

Kari nickte Aedan zu, und der Junge begann verschüchtert, die Harfensaiten zu zupfen.

»Und was, bei Thors Hammer, hat er dort gemacht?« Sigurds schlaue Augen waren nachdenklich geworden. Kari sah es mit Erleichterung. Vielleicht wollte sein Vater Gormflath haben, aber doch nicht so sehr, daß ihn sein Mißtrauen im Stich gelassen hätte.

»Er hat den Sänger gesucht«, gab Einar an Karis Stelle Auskunft.

»Hm. Eine Menge Aufwand für einen liederkrächzenden Sklaven.«

Kari mußte lächeln. »Du kannst dem Jungen alles vorwerfen, aber krächzen tut er nicht. Los, Aedan, sing dein Lied vom Turm.« Er wartete einen Moment, bis Aedan angefangen hatte. Dann fuhr er etwas leiser fort. »Merkwürdig ist es aber trotzdem. Vor allen Dingen, wenn man bedenkt, daß er mir sogar drohte, um ihn in die Hände zu bekommen.«

»Wir sollten ihm den Kopf abhauen und damit Sitrics Morgenmahl schmücken«, schlug Einar, der ewig Phantasievolle, vor.

Sigurd schüttelte unwirsch den Kopf. »Warum liegt ihm soviel an dem Jungen? Haben wir vielleicht jemand Besonderen gefangen? He, Bursche, aus welcher Familie stammst du?«

Aedan verstummte. Er schaute auf, blickte zu Kari und schnell wieder fort und murmelte: »Mein Vater hat Pferde beschlagen. In Wicklow. Aber er ist schon lange tot. Und meine Mutter...«

»Äh! Spiel weiter.« Sigurd schwieg und dachte nach. Natürlich ohne Ergebnis. Sie wußten einfach nichts. Aber er war argwöhnisch geworden.

Und er lauschte dem Gesang.

Kari kam aus einer musikalischen Familie. Er wußte, daß

Sigurd selbst gesungen und gedichtet hatte, bis er sich bei einer rauhen Fahrt erkältet und seine Stimme den Wohlklang verloren hatte. Aber die Freude an schönem Gesang war ihm geblieben. Und dieser Aedan *konnte* singen. Die Töne flossen über seine Lippen und malten Bilder und weckten Gerüche und zauberten traurige, süße Gefühle. Es waren keine nordischen Lieder, aber sie klangen, als hätte man sie schon ewig gekannt. Wahrscheinlich, dachte Kari, durfte man sich solche Gesänge nicht zu oft anhören. Sie gingen ins Blut wie starker Wein.

»Tut mir beinahe leid, daß ich den Kerl verschenkt habe«, knurrte Sigurd halblaut.

»Versprochen?« fragte Kari.

»Ja, und da wir Kampfgenossen sein werden, muß ich mich daran halten.«

Kari nickte. Er dachte nach. »Du hast ihm also den irischen Sänger versprochen, und zwar, als Einar gerade draußen war, stimmt's?«

Sigurds scharfer Blick war unter den Wimpern verborgen, aber Kari wußte, daß er ihn beobachtete.

»Willst du es mich erledigen lassen?« fragte er seinen Vater.

»Ich will keinen offenen Streit.«

»Das weiß ich. Wann fährt Sitric ab?«

»Morgen gegen Mittag.«

»Dann verabschiede dich in der Früh von ihm. Sag ihm, es hat auf Rinansey Ärger mit den Bauern gegeben, und du mußt nach dem Rechten sehen. Den Rest kannst du mir überlassen.«

»Warum? Was hast du denn vor?« wollte Einar wissen.

Sigurd unterbrach seinen Sohn mit einer Handbewegung. Er begann zu lächeln. »Ich kann es nicht ausstehen, wenn man mich zu hintergehen sucht. Nimm den Sänger, Kari, und tu, was dir richtig erscheint.«

Es war schon Nachmittag, als Sitrics Schiff endlich beladen und mit Proviant und Wasser versorgt war. Pantula und Sigurd hatten sich schon am Morgen von König Sitric verabschiedet und waren mit dem Hebridenjarl und seiner Frau nach Rinansey gefahren. Wegen Aedan hatten sie den Lehmhaarigen an Einar verwiesen, der ihnen mit diebischer Freude beim Abschied half.

Mog Ruith hieß der unheimliche Mann. Kari hörte seinen Namen bestimmt hundertmal an diesem Morgen. Mog Ruith ließ fragen, wo der Sänger bliebe. Mog Ruith ließ fragen, ob man den Sänger nicht endlich aufs Schiff bringen könne. Mog Ruith riß sich wegen Aedan ein Bein aus. Einar tat zerstreut. Und Kari sorgte dafür, daß der Junge im Heu des Viehstalls versteckt blieb, und hielt sich selber unsichtbar.

Als die irischen Gäste ihr Schiff bestiegen hatten und nur noch der König und Mog Ruith auf dem Steg standen, ließ Einar Earc herbeischaffen, den Mann, den sie damals zusammen mit Aedan aus Irland gebracht hatten. Es war Kari ein Genuß, seinen Bruder und den Roten zu beobachten.

Wie bitte, das war der falsche Mann? Einar schüttelte seinen häßlichen Kopf. Sein Vater hatte nur von einem irischen Sänger gesprochen. Und Earcs Sangeskünste waren berühmt. Wollten sie es denn nicht mit ihm versuchen? Aedan wäre im Moment auch gar nicht verfügbar, irgend jemand hatte ihn losgeschickt, eine verirrte Kuh zu suchen. Es könnte noch Stunden dauern, bis er zurückkehrte, falls er nicht sowieso auf einem der Höfe in Ross übernachtete. Aber man konnte ihn ja nachschicken, falls sich herausstellen sollte, daß Earcs Künste ihren Ansprüchen nicht genügten...

Es war der reine Hohn. Mog Ruith wußte das und Sitric wahrscheinlich auch. Aber wer wollte den Sohn eines Verbündeten einen Lügner schimpfen? Noch dazu wegen einer Sache, die so bedeutungslos war wie ein Sklave. Die Leute am Kai begannen sich schon zu wundern, warum man so viel Aufheben machte.

Sitric gab den Befehl zum Aufbruch, und nichts in seinem

schönen, glatten Gesicht deutete auf Ärger. Aber Mog Ruith bebte vor Zorn. Und als Kari ihm von seinem Platz hinter dem Schuppen nachsah, eine starre Gestalt am Mast des Schiffes, da wußte er, daß er sich einen Feind fürs Leben geschaffen hatte.

Die Entführung

Es war fünf Tage später, daß Aedan verschwand. Jarl Sigurd war mit Pantula und ihrem Sohn in See gestochen, um die beiden zu seinem Schwiegervater, dem schottischen König Malcolm, nach Alba zu bringen. Anschließend wollte er in den Westen Schottlands, um auf den Inseln Schiffe und Krieger anzufordern. Seine Söhne hatte er zurückgelassen, damit sie alles für die Heerfahrt richteten.

Asgrim war es, der Aedans Verschwinden entdeckte. Anfangs hatte Kari den Verdacht, daß der Junge vielleicht doch heimlich eine Flucht gewagt haben könnte. Aber Asgrim brachte Aedans Mantel, der gefaltet auf seinem Strohhaufen im Gesindehaus gelegen hatte, und bei diesem Wetter wäre nicht einmal ein Schwachsinniger ohne Mantel fortgegangen. Kari schickte die Männer und Sklaven von Birsay auf die Suche. Es wurde jedoch bald dunkel, und am nächsten Tag stürmte es so fürchterlich, daß sie sich nicht aus dem Haus wagten. Erst am dritten Tag konnten sie die Suche wieder aufnehmen. Und da, gegen Mittag, brachte endlich einer der Knechte Brauchbares. Sie hatten einen blutigen Fetzen Stoff am Strand gefunden, unten bei Stromness, in den Zweigen eines Holunderbusches. Und es gab Spuren eines Kampfes.

Kari ging selbst, sich die Sache anzuschauen. Es mußte ein Schiff auf dem flachen Strand gelandet sein. Sie sahen die mit Regenwasser gefüllten Spuren, wo man es in den Sand gezogen hatte. Ein kleines Schiff, nicht stark genug für die Hochseeschiffahrt, aber doch brauchbar, um die Sunde zu durchqueren, die die Orkadeninseln teilten. Der Sand neben dem Schiff und der ganze Strand bis hinauf zu den Weideflächen waren aufgewühlt.

Hier hatte sich jemand verzweifelt gewehrt. Und dann, in einem Busch nahe des Schiffabdrucks, hing dieser blutige Stoffetzen. Niemand konnte sagen, ob er wirklich von Aedans Kleidern stammte, denn alle Sklaven trugen dieselbe ungefärbte graue Wolle. Aber wer sonst sollte hier geblutet haben? Der letzte Zweifel schwand, als einer der Männer zwischen den Fußspuren die Abdrücke von Hundepfoten fand.

»Verdammtes...!« fluchte Kari leise, blaß vor Zorn.

Mog Ruith hatte es ihnen heimgezahlt. Denn selbstverständlich würde auch Sigurd nicht wagen, den Verbündeten auf Grund so dürftiger Beweise des Diebstahls anzuklagen.

»Ich werde ihnen hinterherfahren!« erklärte er impulsiv. Die Männer, besonders Sumarlidi, widersprachen ihm. Was konnte er tun, vorausgesetzt, es gelang ihm überhaupt, Mog Ruith aufzuspüren? Ein Konflikt lag nicht im Interesse des Jarls. Und was, wenn das Schiff im Sturm des Vortages gesunken war?

Kari war zu aufgebracht, um auf Vernunftgründe zu hören. Er gab seine Befehle, damit die Arbeiten für die Heerfahrt weiterliefen. Dann holte er fünf starke Männer und stach mit einem der kleineren Boote in See.

Sie hielten kurz auf der Roegnvaldinsel, wo man aber von den Dieben nichts wußte, und fuhren dann nach Caithness hinüber. Das Wetter war ausgezeichnet. Der Himmel klar und die See ruhig, und gegen die Kälte trugen sie Felljacken, Mützen, wollene Umhänge und Kalbslederstiefel. Kurz vor dem Dunkelwerden landeten sie in Thraswik.

Sie übernachteten bei Skeggi, einem reichen Bauern, und dort erfuhren sie auch erste Nachrichten. Ja, es war ein Schiff gelandet, und zwar während des Sturmes. Es war leckgeschlagen gewesen, unterhalb des Steuerruders. Verfluchter Leichtsinn, fand Skeggi, bei solchem Wetter aufs Wasser zu gehen! Die Männer waren aber auch Fremde gewesen, Iren, und deshalb brauchte man sich über ihren Unverstand nicht zu wundern, denn jeder wußte, daß die Iren nichts vom Meer und seinen

Tücken verstanden. Sie hatten kurz bei ihm haltgemacht, um Pferde zu kaufen, aber er hatte ihnen nichts geben wollen, denn sie waren ihm verdächtig vorgekommen. Besonders der Anführer, der mit diesem Teufel von Hund. Und jetzt sah man ja, daß die Orkadier hinter ihnen her waren, und sein Instinkt hatte ihn also richtig geführt. Diesen letzten Punkt erörterte er ausgiebig mit seinem Weib, das wohl immer noch dem entgangenen Geschäft nachtrauerte.

Kari fragte, ob die Männer einen gefesselten Sklaven bei sich gehabt hätten. Ja, das hatten sie, und nicht nur einen, sondern zwei. Der ältere hatte ein bißchen einfältig ausgesehen, als wäre er nicht richtig im Kopf, von dem jüngeren hatten sie kaum etwas zu Gesicht bekommen. Die Männer hatten ihn draußen im Boot gelassen. Er war gefesselt gewesen, und scheinbar besaß er nicht die Gunst seiner Herren, denn auf seinen Kleidern war Blut gewesen. Mehr konnte Skeggi nicht berichten, und Kari ging sorgenvoll schlafen.

Sobald der Morgen graute, erhob er sich von seinem Lager. Skeggi hatte gesagt, die Fremden wären zu zwölft gewesen. Das waren doppelt soviel wie sie selber. Aber dafür bekamen sie Pferde und Proviant von dem Caithnessbauern.

Einer von Skeggis Schafhirten hatte die Fremden an der Küste entlang in Richtung Süden laufen sehen. Scheinbar wollten sie die Moore im Landesinnern meiden. Wenn Mog Ruith aber wirklich an der Küste entlangwanderte, dann würde er zwangsläufig zum Hof von Wick kommen, und von dort erhoffte sich Kari neue Nachrichten.

Seinen Männern gefiel die Entscheidung nicht, und damit hielt auch keiner hinterm Berg. Hjalti Haraldson, der Besitzer des Wickhofes, galt als unzuverlässig. Er zahlte seinen Tribut, weil ihm nichts anderes übrigblieb, aber man munkelte, er sei heimlich mit dem schottischen Jarl Finnleik im Gespräch gewesen, als dieser vor Jahren gegen Sigurd gezogen war. Hjalti hängte sein Fähnlein nach dem Wind. Außerdem gab es auf Ross noch jede Menge zu tun. Und schließlich war es nur ein Sklave, den Sitrics Ire mit sich genommen hatte. Warum der Aufwand?

Die Stimmung war schlecht, als die Orkadier die steinige Küste entlangzogen. Caithness im Winter war kein Spaziergang. Eisiger Wind blies ihnen durch die Haare, und sie duckten sich tief in ihre Umhänge und zogen ihre Mützen in die Gesichter. Gegen Mittag begann es zu regnen. Kari hörte das Fluchen seiner Männer, aber er mochte nicht umkehren. Mog Ruith hatte sie bestohlen. Waren sie Skrälinge, daß sie so etwas hinnahmen?

Nachmittags tauchte hoch über dem Meer auf einer Klippe die Silhouette des Wickhofes auf. Wie eine graue Riesenkatze kauerte das Gemäuer vor dem Winterhimmel. Der Regen fuhr in Böen darüber hinweg.

Kari wischte sich zum hundertsten Mal das Wasser aus dem Gesicht. Dort oben also wohnte Hjalti. Vielleicht war er tatsächlich unloyal, aber sicherlich kein Dummkopf. Jarl Sigurd war der mächtigste Mann im Norden Schottlands – niemand, der seine fünf Sinne beisammen hatte, würde einen seiner Söhne angreifen.

Entschlossen trieb er sein Pferd vorwärts. Sie kamen in ein Tal, wo der Regen nachließ und schließlich ganz aufhörte. Aber der Wind wurde noch heftiger und fuhr ihnen wie mit Eisnadeln in die Haut. Frierend folgten sie einem Trampelpfad, der sie wieder aufwärts führte. Ihre Pferde tappten durch nasses Kraut. Zur Rechten dehnte sich bis weit ins Landesinnere ein trostloser Sumpf mit Blänken, zwischen denen Latschen- und Krüppelkiefern und Büsche standen. Links wütete das Meer gegen die Steinklippen. Ein verfluchtes Land war das hier! Es gab nicht einmal Fußspuren, die ihrer Jagd Erfolg verheißen hätten.

Sie durchritten einen Hohlweg, und als sie sein Ende erreichten, lag Wick vor ihnen. Der Hof war kleiner, als es von unten ausgesehen hatte, aber aus soliden Steinquadern gebaut und somit zur Verteidigung bestens geeignet. Von der Seeseite her konnte man ihn nicht angreifen, denn er lag an die dreihundert Fuß über dem Meer, und zur Landseite schützte ihn der Hohlweg, der leicht zu verteidigen war. Aber Kari blieb keine Zeit, die strategische Lage des Hofes zu bewundern. Etwas abseits vom Hauptgebäude an der Seite des Weges, den sie ritten, stand ein windschiefes, mit Grassoden bedecktes Gebäude, ein Stall oder eine Scheune, und davor entdeckte er einen Mann.

Es mußte ein Sklave sein, denn sein Kopf war kahlgeschoren. Er stützte sich auf eine Forke, mit der er den Stall ausgemistet haben mochte, und wartete auf ihr Näherkommen. Merkwürdig, dachte Kari vage. Hätte er nicht zum Haus laufen und Nachricht geben müssen? Der Sklave verschwand in der Scheune und trat einen Moment später ohne sein Arbeitsgerät wieder ins Freie. Arglos kam er ihnen entgegen. Vielleicht hatte er sie erkannt. Die Männer von Wick kamen zweimal im Jahr nach Ross, um Hjaltis Tribut abzuliefern.

Kari zog am Zügel. Er wartete, bis der Sklave heran war. Der Mann zitterte in einem zerschlissenen, viel zu dünnen Kittel. Fragend hob er das Gesicht. »Du willst zu Hjalti, Herr?«

»Ist er zu Hause?«

Der Sklave schüttelte den Kopf und wischte sich mit dem Handrücken den Schleim von der Nase. »Hjalti kommt auch so bald nicht zurück. Da wollen welche ihre Abgaben nicht bezahlen, und da mußte er hin...« Der Satz endete in einem Genuschel. Dem Mann schien doch nicht ganz wohl in seiner Haut zu sein, denn er steckte nervös die Hände unter den Kittel.

»Sind heute oder gestern Fremde hier vorbeigekommen?«

»Ja, Herr. Männer mit einem Hund und einem kranken Sklaven. Den haben sie bei uns in die Scheune gelegt. Es lohnte nicht mehr, ihn mitzunehmen.«

Kari sank das Herz. »Ein Junge? Ungefähr fünfzehn Jahre alt, mit schwarzem Lockenhaar und dunklen Augen?«

»Ja.«

»Lebt er noch?«

»Aber nicht mehr lange.«

»Dort in der Scheune?« Kari wartete keine Antwort ab. Er sprengte zu der Scheune, ließ sich vom Pferd gleiten und stürzte durch die halboffene Tür ins Innere. Dort war es vollkommen dunkel, und es roch muffig nach feuchtem Stroh. Ungeduldig streckte Kari die Hände vor, um sich weiterzutasten.

Er kam keine drei Schritte weit.

Irgendwo in einer Ecke begann es zu knurren, Licht blitzte auf – und im nächsten Moment warf sich jemand von hinten auf ihn. Er wollte einen Warnschrei ausstoßen, aber der Angreifer preßte den Arm um seinen Hals, so daß ihm nicht einmal mehr ein Röcheln gelang. Kari versuchte, die Hände unter die Arme zu schieben und sie zur Seite zu drücken, er versuchte, mit den Beinen auszuschlagen – nichts half. Und die Luft...

Er konnte nicht mehr atmen.

Verzweifelt wand er sich, aber die Arme, die ihn hielten, waren hart wie Eisenklammern. Jemand packte seine Beine. Sternchen begannen vor seinen Augen zu tanzen, während man ihn von der Tür fortzerrte. Lichtblitze zuckten über seine Augäpfel. Als sie ihn losließen, war er halb besinnungslos. Er schnappte nach Luft – und hatte im selben Moment einen stumpfen Fetzen Stoff im Rachen. Wieder waren Hände da, diesmal, um ihm den Knebel im Mund zu halten und ihn hinter eine Dachstütze zu drängen.

Zwei Männer erschienen in dem grauen Rechteck der offenen Scheunentür. Bue und Ingvar.

Kari versuchte zu treten, um sie aufmerksam zu machen, aber die Kerle, die ihn umklammerten, waren mörderisch stark. Hilflos und vor verschwendeter Kraft zitternd, mußte er zusehen, wie seine Leute in die Scheune traten, wie sie, blind von der Dunkelheit, gegriffen und niedergestochen wurden. Es war eine Sache von Sekunden. Den beiden, die nach ihnen kamen und verwundert in den Raum fragten, erging es nicht besser. Einzig der junge Thorkel war mißtrauisch genug, im Scheunentor stehenzubleiben. Ihm gelangen noch einige Schritte zur Flucht, aber die Scheunenmörder stürzten ihm nach, und Kari hörte seinen Schrei.

Er bekam ein Bein frei und begann zu treten, wurde aber gleich wieder umklammert, und als Lohn stopften sie ihm den Knebel noch tiefer in den Rachen. Jemand preßte mit dem Daumen hinterher. Diesmal war er sicher, daß er ersticken würde. Schweiß der Erschöpfung und Angst durchnäßte sein Hemd.

Und dann tauchte wieder das Licht auf. Es kam näher, wurde bis vor sein Gesicht getragen. Als es ihn erreichte, ließ der Druck auf seine Kehle plötzlich nach. Finger quetschten sich an seinen Mundwinkeln vorbei und zerrten ihm den Lappen aus dem Rachen. Würgend drehte Kari das Gesicht zur Seite. Er wäre gefallen, wenn sie ihn nicht gehalten hätten. Schlaff wie ein Sack hing er in den Armen der Mörder. Aber trotz aller Benommenheit konnte er doch erkennen, wer die Fackel vor seinen Augen trug. Lehmrotes, stumpfes Haar. Irgendwo hörte er auch den Hund knurren, das elende Vieh.

»Du wirst dafür zahlen!« krächzte Kari und konnte nicht verhindern, daß seine Stimme zitterte.

Mog Ruith grinste. Er rief etwas, ein paar erstaunlich sanfte Worte, die dem Hund galten und ihn zum Schweigen brachten. Dann beugte er sich über seinen Gefangenen. Die Fackel kam so dicht an Karis Schläfe, daß die Hitze zu einem stechenden Schmerz wurde. Es begann nach verschmortem Haar zu riechen. Einen entsetzten Moment lang dachte Kari, der Ire wolle ihn mit dem Feuer in Brand setzen. Aber er holte nur aus und schlug ihm ein paarmal die flache Hand ins Gesicht. »Und nun«, flüsterte er, »werden wir uns unterhalten. Was weißt du von dem Sklaven?«

Von...? Oh, Aedan. Kari sah, wie zwei von Mog Ruiths Männern den Jungen aus einem Heuhaufen zerrten und zu ihnen herüberschleppten. Er sah übel aus. Seine Lippen waren aufgeplatzt, das Gesicht um das linke Auge bis zum Hals hinab verschwollen und dunkel gefärbt. Aber er lag nicht im Sterben, wie der Mann mit der Forke Kari hatte weismachen wollen. Immerhin hielten sie es für nötig, ihn festzuhalten.

Wieder schoß Mog Ruiths Hand in Karis Gesicht. »Also – was hat er euch erzählt?«

Nichts. Gar nichts. Aber Kari hätte sich eher die Zunge abgebissen, als das zuzugeben. Statt dessen spuckte er dem Mann ins Gesicht. Im nächsten Moment prasselten Schläge und Fausthiebe auf ihn nieder, daß er kaum noch Luft bekam. Er mußte sich ins Wangenfleisch beißen, um nicht loszuheulen.

»Ich habe gar nichts gesagt! Nichts!« hörte er Aedan brüllen. Der Schläger hielt inne.

»Was? Das soll ich glauben?«

Karis Kopf wurde an den Haaren nach hinten gerissen. Er blickte in prüfende Vogelaugen. Ihm war schlecht vor Schmerz. Aber noch größer war sein Haß. Sie hatten seine Männer umgebracht. Abgestochen wie Vieh.

»Du hast tatsächlich keine Ahnung?« Mog Ruith begann erneut zu grinsen. Wachs tropfte von seiner Fackel auf Karis Wange. Der Rothaarige blickte über ihn hinweg zu dem Mann, der ihn umklammerte. »Da hatten sie den Jungen – und haben ihn Schafe hüten und Schweinetröge leeren lassen. *Das* nenne ich Perlen vor die Säue werfen!« Er kicherte – ein unheimliches Geräusch voller Triumph. »Willst du die Wahrheit hören, Kari Sigurdson, bevor du stirbst?« Noch einmal das Lachen. »Ihr hattet den Königsmacher von Irland! Ihr Narren hattet den wichtigsten Mann von Irland in euren Händen – und ihr wußtet es nicht!«

Mit einer plötzlichen Bewegung fuhr er herum, griff sich Aedan und zog ihn zu sich heran. »Ich habe eine gute Nachricht für dich, Junge. Weißt du, was wir mit deinem ungnädigen Herrn machen werden? Wir werden ihn rösten. Bei lebendigem Leibe. Hier in der Scheune. Gefällt dir das? Er hat dich doch geschunden, der nordische Balg. Und du bist ein Ire. Los, schlag ihm die Faust ins Gesicht. Du darfst das. Es ist mein Geschenk für dich.«

Aedan schüttelte verschreckt den Kopf – die einzige Bewegung, die ihm möglich war. Verächtlich stieß der Rote ihn zu Boden. Seine Aufmerksamkeit war wieder bei Kari. »Bindet ihn dort an die Stütze«, befahl er den beiden Männern, die ihn hielten. Wieder wurde Kari über den Boden geschleift. Der Hund, die hassenswerte Bestie, strich geifernd und knurrend um seine Beine.

»Sigurd wird dich das büßen lassen!« ächzte Kari dumpf.

Mog Ruith hob die Hand. Die Männer hielten inne und warteten, bis ihr Herr heran war. Der Ire schob seine Finger um Karis Kinn und tätschelte ihn – eine Geste, so unendlich gönnerhaft, daß es Kari einen Klumpen der Wut in den Hals würgte.

»Das...«, sagte Mog Ruith, »wird dein Vater gewiß nicht tun. Und weißt du auch, warum? Weil er von deinem Schicksal überhaupt nichts hören wird. So lange, bis der Kampf um Irland entschieden ist. Und danach...« Die Haut um die wimpernlosen Augen legte sich in tausend gutgelaunte Fältchen. »...wird er tot sein.«

Eigentlich war nichts Besonderes an dem, was der Ire sagte. Eine Gehässigkeit, die wahr oder falsch sein mochte, aber jedenfalls nur dem einen Zweck diente, Kari das Abschiednehmen schwerer zu machen. Und doch. Plötzlich wurde ihm angst vor der lächelnden Grimasse. Vor diesem Mann, der tat, als wären Niederlage und Tod ein Schicksal, das er bestimmen konnte wie ein Gott.

Die Fackel senkte sich spielerisch über Karis Gesicht. Mog Ruith legte wieder ein Grinsen auf, als Kari versuchte, von der Hitze fortzukommen. Ja, auch davor hatte er Angst. Vor dem Schmerz des Verbrennens. Mühsam drehte Kari das Gesicht zur Seite, um seine Gefühle zu verbergen und auch, um endlich das Kinn aus den mageren Händen des Zauberers zu befreien.

Der Boden hinter Mog Ruith lag in seinem Blickwinkel, weil er den Hals bog. Und deshalb merkte er, was sonst keinem auffiel: daß Aedan sich auf die Knie schob und sich erhob. Der Mann, der den Jungen hatte bewachen sollen, blickte auf Kari, wie sie alle es taten, sogar der Hund. Deshalb hatte Aedan eine Chance. Er handelte erstaunlich schnell. Geschmeidig wie eine Maus flitzte er auf Mog Ruith zu. Sein Plan, falls er einen hatte, beschränkte sich darauf, dem Roten die Fackel aus der Hand zu schlagen. Der Teufel mochte wissen...

Mog Ruith stieß einen Schrei aus.

Und die Fackel...

Es dauerte kaum einen Lidschlag, da raste Feuer über den strohbedeckten Boden. Kari wurde zur Seite geschleudert. In diesem Moment dachte niemand mehr an Freund oder Feind. Innerhalb von Sekunden wurde die Scheune zur Flammenhölle, und alle rannten ohne Rücksichten zum Tor.

Kari wußte selbst nicht, wie er hinauskam. Die Arme vor dem Gesicht, hustend, mit brennenden Augen, lief er, bis er auf die Knie stürzte. Irgendwo bellte wie toll der nackte Hund.

»Aedan!«

Kari sah, daß der Junge nur wenige Schritt vor ihm stand und sich den Magen hielt und die Seele aus dem Hals hustete. Er rappelte sich auf, packte ihn und zerrte ihn mit sich den Weg hinunter. Ihre Pferde galoppierten weit vor ihnen mit hallenden Hufen über den Fels des Hohlweges. Sie hörten nicht auf Karis Rufe. Als der Hohlweg sich öffnete, stoben sie in alle Richtungen davon.

Aedan stolperte, und Kari blieb stehen, um ihm aufzuhelfen. Im Tageslicht sahen seine Wunden noch böser aus. Sie mußten ihn mit Ausdauer zusammengeprügelt haben. Er konnte kaum aus den geschwollenen Augen sehen. Aber es half nichts.

Sie mußten fort.

Kari nahm seinen Arm und hörte nicht auf zu rennen, bis sie schützendes Gebüsch erreichten.

Das Haus der Toten

Einer von Mog Ruiths Dienern lag im Hohlweg. Er war an seinen Brandverletzungen gestorben, und es mußte ein schlimmer Tod gewesen sein, denn der Mund in dem verkohlten Gesicht war eine Fratze des Schmerzes. Kari bückte sich und nahm ihm das Schwert ab, das zwischen seinen Beinen klemmte.

Von der Scheune waren nur noch schwelende Trümmer übrig, die alles, auch die Leichen der Verbrannten, unter sich begraben hatten. Der Platz zwischen den Gebäuden war leer. Mog Ruith, wenn er noch lebte – und Kari glaubte daran, daß es so war, denn das Böse verbrannte nicht einfach in einer Scheune –, schien sich für die Flucht entschieden zu haben. Um so besser.

Das Schwert in der Rechten ging Kari zum Haus hinauf. Neben einem geschichteten Haufen Brennholz, nur wenige Schritte vor der Tür, fand er Thorkel.

Kari spürte einen Kloß im Hals. Wenn er nicht darauf bestanden hätte, Mog Ruith zu verfolgen, wäre der Junge noch am Leben. Thorkel hatte nicht den Wunsch gehabt, einem Sklaven hinterherzujagen. Er hatte sich zu Hause mit den anderen jungen Männern im Kampf trainieren wollen, um im Frühjahr auf Heerfahrt zu gehen.

Kari kniete neben dem toten Kameraden nieder und drehte ihn auf den Rücken.

Thorkel war umgebracht worden, aber nicht von einem Menschen. Und obwohl das eigentlich belanglos war, kochte Karis Wut von neuem hoch. Das Vieh, die Bestie – es hatte dem Jungen die Kehle durchbissen. Sie hatten es nicht einmal für nötig befunden, ihm selbst das Eisen in den Leib zu jagen.

Kari merkte, wie ihm nun doch Tränen in die Augen stiegen. Mit zusammengekniffenem Mund zog er das Schwert aus Thorkels lederner Scheide. Es war nicht so leicht und schnittig wie das des toten Iren, aber für das, war er vorhatte, gerade richtig.

Das Haus stand leer. Jedenfalls sah es auf den ersten Blick so aus. Kari stieß die Tür, durch die er getreten war, gegen die Wand, um sicher zu sein, daß ihn dahinter keine unangenehmen Überraschungen erwarteten. Der Hof von Wick besaß keinen Flur. Mit dem ersten Schritt stand Kari im Wohnraum. Breite Holzplatten über aufgeschütteter, festgestampfter Erde umsäumten das Zimmer. Schaffelldecken lagen auf den Bänken, in der Mitte des Raumes glühten in einer Feuerstelle Torfreste, an dem Gestänge darüber baumelte ein eiserner Topf, aus dem es nach Angebranntem roch. Ein Korb mit Zwiebeln war umgestürzt und hatte seinen Inhalt bis an die Tür verstreut. Es sah aus, als wären die Hausbewohner nur gerade eben hinausgegangen.

Kari schritt durch den Raum. Er traute dem Frieden nicht. Der Haustür gegenüber, am anderen Ende des Zimmers, gab es einen mit Vorhang abgesperrten Durchgang. Er wischte den Stoff mit einem einzigen Hieb von der Holzstange und fuhr gleichzeitig zurück.

Eigentlich hätte er wissen müssen, was ihn erwartete. Die verstreuten Zwiebeln und das verbrannte Essen hätten es ihm verraten müssen. Stumm starrte er auf die Leichen der Wickleute.

Mog Ruiths Männer hatten ganze Arbeit geleistet. Hjalti, seine Frauen, Sklaven und Kinder – alle waren tot. Ihre Körper lagen auf den Getreidekisten und Fässern, vor dem mit Wolle bespannten Webstuhl, auf der Brüstung des steinernen Hausbrunnens – wohin auch immer sie sich geflüchtet hatten. Über den Rand eines geflochtenen Wollkorbes hing mit einem Holzschwert im Gürtel seines Kittels ein kleiner Junge, vielleicht so alt wie Thorfinn. Sie hatten ihm den Hals bis zu den Ohren aufgeschlitzt.

Kari fuhr herum, als ein Schatten den Hauseingang verdunkelte. Aber es war nur Aedan.

»Sie sind tot«, sagte Kari.

Der Ire nickte. Er kreuzte die Arme, schob die Hände unter die Achseln und blieb stehen. Er war ein Skräling. Er starrte auf die Wand gegenüber, um die Toten nicht ansehen zu müssen.

»Wir werden hier im Haus übernachten«, entschied Kari. Die Wickleute waren tot. Midgard gehörte den Lebenden. »Decken gibt es genug. Aber sieh zu, ob du draußen noch Waffen findest. Und ob von den Pferden eines zurückgekehrt ist. Die werden wir brauchen.«

»Das kann ich nicht. Hier schlafen.« Der Junge schüttelte den Kopf. Es war kein Aufbegehren. Er stand da wie ein Körper ohne Geist. Seine Schultern hingen herunter, als suchten sie bereits den Weg zur Schlafstätte. Aber er widersprach, und ...

Kari war mit drei langen Schritten bei ihm. Brüsk ergriff er den Kittel – oder die Fetzen, die davon noch übrig waren – und zog den Jungen zu sich heran. Überrascht starrte Aedan ihn an. Sein Kopf hing schief wie bei einer Puppe. Er machte keine Anstalten, sich zu wehren oder freizukommen. Ein Skräling eben.

»Du gehst«, flüsterte Kari. »Und du suchst nach den Waffen und Pferden. Und dann kommst du zurück, und dann wirst du hier in diesem Haus schlafen. Weil du mein Sklave bist, und weil ich es so will.«

Das Haus blieb kalt, obwohl Kari neue Torfscheite in die Glut des Backfeuers gelegt hatte, die so hell flackerten, daß ihr Schein bis an die Tür reichte.

Aedan kam von draußen herein. Er hatte eine Streitaxt gefunden, außerdem verschiedene Messer und einen Bogen mit einer Handvoll Pfeilen. Kari nahm ihm den Bogen ab – das Eibenholz war elastisch und die Sehne stramm. Er nickte befriedigt und legte ihn neben sich. Auch die Haselnußpfeile mit den eisernen Spitzen waren brauchbar. Und die Axt war so scharf, daß er sich die Daumenkuppe ritzte, als er mit der Hand über die Schneide strich. Sie würden also nicht wehrlos sein, wenn jemand es wagen sollte, sich dem Haus zu nähern.

Draußen war es inzwischen völlig dunkel geworden. Kari befahl Aedan, das Backfeuer in der Raummitte in Gang zu halten. Sie brauchten Wärme und Licht. Inzwischen war er gar nicht mehr sicher, ob es wirklich eine so gute Idee war, die Nacht hier in Hjaltis Burg zu verbringen. Sein Vater Sigurd und all die anderen, die an Odin und die alten Götter glaubten, behaupteten, daß es Unglück brachte, einen Toten über Nacht im Hause zu lassen. Wenn in Birsay jemand starb, dann wurde sein Leichnam noch vor der Dämmerung ins Freie geschafft. Meist durch ein Loch in der Wand, denn den Weg durch die Tür kannte der Tote, und da hätte er vielleicht ins Haus zurückgefunden. Jeder Leichnam wurde bei ihm zu Hause begraben oder mit Steinen bedeckt. Selbst Feinde und Sklaven.

Aber wenn Sigurd fort war und Pantula im Haus herrschte, dann gab es so etwas nicht. Die Christen hatten ihre eigenen Rituale. Karis Großmutter hatte zwei Tage im Haus gelegen, bevor man sie begraben hatte. Und war ihnen deshalb Schlimmes widerfahren?

Kari schüttelte den Kopf. Solche Dinge waren schwer zu entscheiden. Auf jeden Fall würden sie sich hier im Haus besser verteidigen können, falls Mog Ruith zurückkäme. Und außerdem hätte er Aedan gegenüber keine Erklärung gewußt, jetzt doch noch hinauszugehen.

Der Junge war neben dem Feuer knien geblieben. Er trug über der Hose nichts als den zerrissenen Sklavenkittel, und seine Lippen waren blaugefroren.

»Du kannst dir eine Decke nehmen, wenn dir kalt ist«, sagte Kari. Er mußte es noch einmal wiederholen, bevor Aedan sich aufrappelte und eine der Lammfelldecken von den Bänken holte. Umständlich wickelte er sie um die mageren Schultern und setzte sich Kari gegenüber auf die andere Seite des Feuers.

»Sind die Pferde zurückgekehrt?«

»Nein.«

Sie schwiegen. Der Junge hatte die Augen geschlossen. Er hockte da wie ... ein Haufen Lumpen, fand Kari. Ohne Stolz und Mut.

»Geh und hol dir was zu essen. Hinten in den Körben sind Äpfel«, sagte er.

»Ich habe keinen Hunger.«

»Blödsinn. Die haben dich nicht so geliebt, daß sie dich gemästet hätten.« Kari wartete. Als nichts geschah, stand er auf und holte einen von den verschrumpelten Winteräpfeln aus dem Korb. Er warf ihn dem Jungen in den Schoß und nahm wieder Platz.

Durch den offenen Türrahmen konnte man den Mond sehen. Vollmond, der die Brandruine und den Weg zum Haus mit Licht übergoß. Für diese Nacht waren sie sicher. Aber er glaubte sowieso nicht, daß Mog Ruith zurückkehren würde.

Obwohl – konnte der Mann es sich überhaupt leisten, sie ungeschoren davonkommen zu lassen? Kari war so müde, daß er Schwierigkeiten hatte, klar zu denken. Wenn er jetzt nach Birsay zurückkehrte und von den Machenschaften des Iren berichtete, würden dann nicht alle Pläne Sitrics scheitern? Und damit auch Mog Ruiths Pläne, wie auch immer die sein mochten? Mußte der Ire also nicht jedes Risiko auf sich nehmen, ihn, Kari, zum Schweigen zu bringen?

»Aedan?«

Der Junge hob um eine Winzigkeit die Augenlider, als er angesprochen wurde.

»Was ist das, ein Königsmacher?«

»Ein Königs...?« Der Apfel kullerte von Aedans Schoß und rollte zum Feuer. Umständlich beugte der Junge sich vor. Er nahm den Apfel und wischte die Schale an seinem Kittel sauber, wo sie einen weiteren schwarzen Fleck zurückließ.

»Also?«

»Was?«

»Ein Königsmacher. Warum hat Mog Ruith dich so genannt?«

Aedan ließ den Apfel in den Schoß seines Kittels gleiten. Er zog die Knie an und legte den Kopf darauf. Seine Rabenaugen schielten unter den Wimpern hervor. »Ich...«

Kari wartete. Er meinte zu sehen, wie die dunklen Augen sich mit Wasser füllten, aber er war nicht sicher, denn Aedan wandte sich ab und verbarg das Gesicht im Kittel.

»Ich... Ich bin müde«, nuschelte er. »Sie... haben mich nicht schlafen lassen... nie... die ganze Zeit... haben sie mich nie...«

Würde er doch noch heulen? Nein, er hörte einfach auf zu sprechen. Sein Nacken entspannte sich. Er schlief. Von einem Moment zum anderen. Er wachte nicht einmal auf, als Kari ihn auf die Seite legte und ein paar Felle über ihn breitete.

Kari suchte sich einen Platz in der offenen Tür. Die Nacht war kalt, aber es gab ja Decken zum Wärmen. Er setzte sich auf die Schwelle, lehnte den Rücken an den Türpfosten und schaute auf den mondbeschienenen Weg. Und in diesen Stunden des Wachens reiften seine Entschlüsse. Er würde *nicht* nach Hause zurückkehren. Nicht sofort jedenfalls. Mog Ruith würde vermutlich nach Süden wandern, fort von den Orkaden, denn er hatte die Rache der Orkadier zu fürchten. Wahrscheinlich würde er dorthin gehen, wo auch vorher sein Ziel gelegen hatte. Und wenn er bei Verstand war, würde er sich an den Küstenweg halten. Schließlich kannte er die Moore nicht. Ja, und wenn das alles zutraf – dann war er vielleicht einzuholen.

Dieser letzte Gedanke klebte wie eine fette Fliege in Karis Kopf.

Man konnte Mog Ruith einholen. Vielleicht. Er strich mit

den Fingern über Thorkels Schwert, das an seiner Seite lag. Natürlich war es auch möglich, nach Ross zurückzukehren und Hilfe zu holen. Wenn seine Leute vom Mord an ihren Verwandten erfuhren, würde ihm ein ganzer Troß bei der Verfolgung helfen. Aber abgesehen davon, daß damit Zeit verlorenging: Die Männer, die unter den Trümmern der Scheune lagen, waren durch seinen, Karis, Leichtsinn ums Leben gekommen. Bürdete ihm das nicht eine Pflicht auf? Und dann – da war noch etwas Besonderes zwischen ihm und Mog Ruith. Die Erinnerung an die Angst, die der Mann ihm eingejagt hatte. Dieses bittere Gefühl der Furcht vor... nicht vor dem Tod, aber vor dem Feuer, ging es Kari durch den Sinn, und er fühlte, wie ihm die Scham ins Gesicht kroch. Es war die Furcht vor den Flammen gewesen, die ihm den Angstschweiß ins Hemd getrieben hatte. Der Geruch, das Knistern... Er hatte Angst gehabt, wie der Skräling, der hinten im Raum unter den Fellen schlief. Kari Sigurdson, der Feigling. Einar hatte etwas in Gang gesetzt, und Ivars Tod hatte es nicht beendet. Er war gezwungen, etwas zu unternehmen. Um seiner selbst willen.

Von nun an gingen Karis Gedanken versponnene Wege. Manchmal stand er auf, um sich Bewegung zu verschaffen und nicht einzuschlafen. Er aß ein paar Äpfel. Dann, zwei Stunden vor Morgengrauen, weckte er Aedan und legte sich hin. Bei Odin, er war müde wie ein Hund.

Vielleicht lag es an dem scheußlichen Erlebnis in der Scheune oder an den Toten im Nebenraum – jedenfalls hatte Kari zum ersten Mal seit Wochen wieder seinen Fiebertraum, den er von der Schottlandfahrt mitgebracht hatte.

Vor ihm lag das Dorf, das sie in Brand geschossen hatten, und sie waren wieder dabei, vom Fluß her zu den Häusern zu stürmen. Kari lief durch einen Kräutergarten auf eine Kate zu. Seitlich der Tür standen ein paar Spielzeugmännchen auf einem mit Petersilie besteckten Sandberg. Dieses Detail kam in jedem

Traum wieder vor, als wäre es wichtig. Die Männchen stürzten in die Petersilie, als eine brennende Grassode vom Dach fiel.

Kari sah sich selbst das Schwert ziehen.

Mit der Bewegung kam die Angst, vielleicht, weil er aus den früheren Träumen wußte, was ihn erwartete. Trotzdem war er unfähig, sie zu unterlassen. Er tat, was er damals in Schottland und seither in jedem seiner Träume wieder getan hatte. Er hob den Stiefel und trat die windschiefe Tür ein.

Und dann...

Kari hörte sich selber stöhnen, im Traum oder in der Wirklichkeit. Er trat die Tür ein... und stand vor einem Berg aus Schnee. Es war nicht auszumachen, welche Gefahr von dem Schneeberg ausging. Aber immer, selbst dann, wenn er wußte, daß er träumte, versetzte der Berg Kari in heillose Panik.

Das weiße Ding begann, sich zu bewegen, zu rutschen, als wäre es Eisschmelze, und das steigerte Karis Entsetzen ins Unermeßliche. Gewöhnlich wachte er davon auf.

Dieses Mal hatte er allerdings Glück. Er wurde geweckt, bevor der Berg zu schmelzen begann. Aber er mußte tatsächlich gestöhnt haben, denn er fand eine Hand auf seinem Mund. Aedan kniete neben ihm, hielt ihn, schüttelte ihn gleichzeitig und versuchte, ihn wach zu bekommen.

Kari stieß seine Hände beiseite. »Was...?«

Aedan schüttelte den Kopf. »Da hinten!« Er griff nach Kari und hielt ihn fest, als er aufspringen wollte. »Nein, nicht draußen. Es kommt von... von drinnen. Von den Toten.«

Verblüfft blickte Kari in das magere Gesicht. Der Torf war niedergebrannt, aber die Glut reichte aus, das schillernde Entsetzen im Gesicht des Jungen zu entblößen.

»Ich hab' sie heulen hören.«

Kari streifte die Hand von seiner Brust. Er horchte.

»In dem Zimmer. Ein Wimmern. Wie... als wenn es aus der Hölle käme. Sie... sie wurden doch umgebracht. Ihre Seelen...«

Kari nahm das Schwert auf, das neben ihm gelegen hatte. Das Haus war still. Es gab nicht das geringste Geräusch. Jedenfalls nicht hier drinnen. Draußen im Moor schrie eine Eule. Unsicher trat er zur Tür. Nebel umhüllte den Boden. Es roch nach feuchter Erde. Aber Bewegung war nicht zu erkennen.

»Es kam aus dem Zimmer, in dem sie liegen«, wisperte Aedan. »Ich bin nicht taub!«

Und die Alten hatten die Toten vor der Abenddämmerung aus den Häusern geschafft. Sie würden ihre Gründe gehabt haben. Hjalti war nicht einmal in Frieden gestorben. Kari merkte, daß er schwitzte, obwohl es wahrlich nicht heiß in ihrem Schlafraum war. Skräling. Einar würde sich totlachen, wenn er hier wäre.

Andererseits – Kari kam eine tröstliche Idee. Was, wenn dort drinnen noch jemand am Leben war? Sie hatten die zusammengehauenen Körper schließlich nicht untersucht.

Grob schob er den Sklaven zur Seite.

In dem dunklen Nebenraum war kaum etwas zu erkennen. Es gab weder Fenster noch eine Tür nach draußen. Kari hatte aus einem Ast eine provisorische Fackel gemacht, aber die leuchtete nur wenige Schritt weit.

Er spürte Aedans Atemzüge im Genick. Sie lauschten beide. Aber die Toten blieben so still, wie es ihnen gebührte. Kein Wispern, kein Röcheln, kein Stöhnen.

»Gib mir die Fackel!« Aedan hatte in sich eine Spur von Mut entdeckt. Er nahm Kari das Licht ab. Wahrscheinlich ärgerte er sich. Grinsend, die Schulter am Türrahmen abgestützt, wartete Kari, während der Junge über die Leiber der Toten leuchtete. Die Fackel warf zitternde Schatten an die Wände.

»Nichts, ja?«

Aedan tat, als höre er nicht. Er umkreiste den niedrigen Zimmerbrunnen und überwand sich sogar, die Hand eines Mädchens anzufassen. Aber da gab es kein Leben mehr. Das mußte auch Aedan einsehen.

Kari machte ihm den Weg frei, um ihn zurück ans Feuer zu lassen. »Von draußen hast du aber nichts gehört?« vergewisserte er sich.

»Nein.«

Kari gähnte. Er konnte nicht lange geschlafen haben. Aber er mochte sich auch nicht wieder hinlegen. Eine Fortsetzung des Traumes war das letzte, was er sich wünschte. Fröstelnd holte er einen Apfel. Sie hatten gute Apfelbäume gehabt, die Leute von Wick. Er setzte sich zum Feuer und wickelte sich in die Felle.

Aedan stocherte im Torf herum. Funken lösten sich und stoben in die Luft, wo sie erloschen. Niemand hatte Angst vor Funken. Der Alptraum von der Hütte war in die Ferne gerückt.

»Und was ist das nun – ein Königsmacher?« fragte Kari den Jungen.

Die magere Hand, die den Stock führte, hielt inne. »Ein Königsmacher?«

Kari mußte grinsen, als er sah, wie Aedans Lippen sich zu einem angestrengten Lächeln verzogen. Sein Sklave hatte geschlafen und gegessen. Der Verstand war in seinen Kopf zurückgekehrt und brüllte Achtung.

»Du ... meinst wahrscheinlich das, was Mog Ruith erzählt hat?« Der schiefen Grimasse folgte ein vorsichtiger Blick aus den verschwollenen Augen. »Also – für mich ist der Mann verrückt.«

»Gewiß. Erzähl mir mehr davon. Von der Art seiner Verrücktheit.«

Umständlich zog Aedan seinen Stock aus dem Feuer und begann, die verkohlte Rinde abzupulen. »Er, dieser Mog Ruith, scheint sich etwas einzubilden. Keine Ahnung. Ich habe dir ja gesagt – er hat Oengus umgebracht. Oder sein Hund. Sein Hund hat das getan. Kann ich noch einen Apfel haben? Mein Magen ist wie ausgewrungen. Die haben mir nichts ... Ja, schon gut. Du willst wissen, was ein Königsmacher ist. Ich ... also ich weiß es nicht.«

»Du weißt es nicht.«

»Nein.«

»Keine Vorstellung?«

»Nnn ... ein.« Aedan nagte an der Unterlippe. Er traute sich nicht, sein Gegenüber anzuschauen. Er war ein erbärmlicher Lügner. »Kann ja sein, daß es mit Oengus zu tun hatte«, meinte der Junge gedehnt.

»Aber auf keinen Fall mit dir?«

»Nein. Sicher nicht.«

Kari wartete. Das war besser als fragen. Er ließ den Jungen nicht aus den Augen, und sie spürten beide, wie das Schweigen zu einer Last wurde. Aedan Skräling war nicht fähig, Lasten auszuhalten. Seine Wimpern – unglaublich lange Wimpern über den schwarzen Augen – hoben sich. »Du weißt, was ein Druide ist?«

Kari schwankte. War das der Anfang einer Lügengeschichte? »Nein.«

»Bevor die Christen nach Irland kamen, haben Druiden über unser Land geherrscht. Das heißt eigentlich natürlich die Könige. Aber die Druiden waren ihre Berater. Sie konnten in die Zukunft sehen und Zeichen deuten und wußten von den Geheimnissen der Unsterblichen.«

»Was für Geheimnisse?«

»Wie die Sterne über den Nachthimmel laufen. Die Größe der Welt. Sie wußten Antworten auf Dinge, für die ihr nicht einmal die Fragen kennt. Außerdem waren sie mit den Göttern vertraut. Sie brachten Opfergaben. Sie kannten die Geschichten über die Tuatha De Dannan, das sind die Väter der Elfen und Feen, die unter den Hügeln hausen. Und sie wußten, von wem die Könige abstammten. Früher waren die Druiden so mächtig, daß der höchste von ihnen, der Ollam, dem König an Ehren gleich war. Aber das hat sich geändert. Heute gehen die Könige zu den Bischöfen, wenn sie Rat brauchen ...«

»Und was ist nun ein Königsmacher?«

Vorwurfsvoll starrte Aedan ihn an. »Ich versuche doch gerade, es zu erklären. Noch keine drei Sätze – und du bist ungeduldig. Weißt du, wie lange ein Mann zuhören und lernen mußte, bevor er ein Druide sein kann? *Zwanzig* Jahre. Und du willst alles in einem Augenblick wissen.«

»Nicht alles. Nur, was ein Königsmacher ist.«

Aedan seufzte. »Wahrscheinlich weißt du auch nichts von Tara? Dem Hügel der Könige? Nein. Aber es nutzt gar nichts, wenn du mich drängst, weil du das eine ohne das andere nicht verstehen kannst. Tara liegt in der Mitte Irlands, bei der Stadt Dublin. Bevor der heilige Patrick das Christentum nach Irland brachte, wurden in der Königshalle von Tara die irischen Hochkönige gekrönt. Patrick ließ das verbieten. Für ihn war Tara ein heidnischer Ort, und deshalb fand die Krönungszeremonie fortan in Tailtiu statt. Aber es gibt Leute, die auch heute noch meinen, ein König kann nur dann ein richtiger König sein, wenn er in Tara eingesetzt wurde. Und Oengus – Oengus war der Druide von Tara.«

»Du ... hast mit einem Zauberer gelebt?«

Die Rabenaugen schillerten böse hinter den Schwellungen. »Er war kein Zauberer. Er war ein *Druide*. Ein ... weiser Mann. Ein guter Mann! Mit euren Zauberern hatte er so viel gemein ...« Mitten im Satz hielt Aedan inne. Er hob den Kopf.

»Dein Oengus war also der Königsmacher?«

Aedan starrte an Kari vorbei. »Hörst du nichts?«

»Nein, weil es nichts zu hören gibt. Warum ist Mog Ruith zu Oengus gegangen?«

Widerwillig konzentrierte der Junge sich auf sein Gegenüber. »Das habe ich doch gesagt. Weil Oengus der Druide von Tara ist. Mog Ruith wollte, daß er den nächsten König von Irland für ihn einsetzt. Mein Land befindet sich im Krieg. Deine Leute sind überall. Überall Brände und Tote. Viele sagen, Brian von Munster könnte euch aus Irland vertreiben. Er hat das versprochen. Er hat gesagt, er wird dafür sorgen, daß eine Jungfrau wieder unbehelligt in vollem Schmuck durch Irland ziehen kann.«

»Dann träumt er.«

Aedan war beleidigt.

»Er träumt, oder er träumt nicht«, sagte Kari. »Was hatte dein Druide mit Brian von Munster zu tun?«

»Es gibt Leute, die meinen, Brian wäre ein Emporkömmling, der keinen Anspruch auf den Thron von Tara hat. Mog Ruith und Gormflath glauben, daß sie diese Unentschlossenen auf ihre Seite ziehen können, wenn sie ihnen einen König präsentieren, der vom Druiden von Tara bestätigt wurde.«

»Zum Beispiel Gormflaths Sohn?«

»Ja, Sitric.« Aedan stand auf. Er begann einen unruhigen Marsch durchs Zimmer, der immer wieder von Blicken zur Tür der Toten unterbrochen wurde.

»Aber dein Oengus ist ja nun tot«, sagte Kari.

»Er wollte Gormflath nicht helfen. – Bist du sicher, daß du nichts hörst? Mir ist immer, als wenn da jemand...« Aedan ging zu der Tür. Zögerte. Und lauschte. Aber da war nur die ewig gleiche Stille. »Es ist das Haus. Es macht mich krank«, murmelte er.

»Und nun ist Mog Ruith hinter dir her. Warum?«

»Weil... Keine Ahnung. Wahrscheinlich bildet er sich ein, wenn ich bei Oengus gelebt habe, dann müßte ich auch so etwas wie ein Druide sein. Aber das ist alles gequollener Mist. Ich habe von Oengus gelernt, wie man Hirse malt und Hosen näht und Fische fängt ... und wie man singt eben. Er hat mir gezeigt, wie man auf der Harfe spielt und nach welchen Regeln Lieder geschaffen werden. Ich hätte ein Barde werden sollen. Kari Sigurdson – sehe ich aus wie jemand, der zaubern kann?«

Kari stützte den Kopf auf die Hände und blickte in die dunkel schimmernden Augen, die um Zustimmung warben. Er mußte an Birsay denken. »Wie hast du das eigentlich damals mit dem Hühnerschlachten so schnell hinbekommen?«

»Was?«

»Als ich dir bei dem Turm begegnet bin. Ich habe gesagt, du sollst nach Hause gehen und deine Hühner schlachten. Aber du hattest nie im Leben genug Zeit...«

»Ich ... o nein. Nein, das stimmt nicht. Ich hatte *Earc* um Hilfe gebeten. Ich wußte doch, daß ich nicht fortgehen konnte, ohne meine Arbeit zu tun. *Earc* hat die Hühner geschlachtet, und ich habe ihm dafür mein Abendessen gegeben. Earc hatte ewig Hunger. Er konnte...«

Schlagartig verstummte der Junge. Und nun riß auch Kari den Kopf hoch. Diesmal war da etwas. Ganz eindeutig. Ein Wimmern, pfeifend wie der Wind, wenn er durch einen hohlen Felsschacht fährt. Leise, als käme es aus der Ewigkeit. Eine ganze Nacht lang hatte Kari alles Übernatürliche, Unheimliche von sich gewiesen. Nun kamen die Ängste mit einem Schlag und doppelt heftig zurück. Er brauchte seine ganze Selbstbeherrschung, um nicht aufzuspringen und hinauszurennen. Und er tat es auch nur deshalb nicht, weil Aedan ihn ansah – voller Panik, aber doch mit einem gewissen Vertrauen.

Fluchend griff Kari sein Schwert. Er stürzte sich einfach in die Kammer. Nur nicht überlegen.

Drinnen war es noch immer dunkel, aber man konnte nun wenigstens die Richtung hören, aus der das Geräusch kam. Und die war so unheimlich, daß Kari ganz sicher davongerannt wäre, hätte Aedan ihm nicht den Weg blockiert.

Das Gejammer kam aus dem Bauch der Erde. Geradewegs aus der Unterwelt.

»Earc«, hauchte Aedan.

Wieso Earc?

Aedan schob sich an Kari vorbei. »Sie haben ihn in den Brunnen geworfen! O diese Mist... Earc?« Aedan huschte zum Brunnen. »Earc?« rief er in das Brunnenloch hinab.

Ein verängstigtes Glucksen kam als Echo.

Aedan antwortete darauf in seiner eigenen Sprache, auf gälisch. Wahrscheinlich etwas Beruhigendes, denn der Earc im Brunnenschacht brach in ein leises, verkrampftes Lachen aus.

»Er fürchtet sich, weil es dort unten so eng ist«, erklärte Aedan, während er an Kari vorüberlief, um nach einem Seil zu suchen. »Das hatte er schon immer. Diese Angst vor dem Eingesperrtsein. Damals im Schiffsbauch – das war schrecklich.«

»Es hat ihn ja nicht umgebracht.«

»O ja, das weißt du natürlich!« Aedan hatte ein geflochtenes Band gefunden, das einmal Hjaltis Boot gehalten haben mochte. Er lief zum Brunnen zurück, warf das Seil hinab und rief etwas.

Die Antwort war unverständlich, weil wieder auf gälisch.

»Er schafft es nicht.« Aedan drehte sich zu Kari um. »Er ist zu schwach. Er hat so wenig zu essen bekommen wie ich. Er kann nicht klettern.«

»Dann sag ihm, er soll sich das Seil um die Brust binden.«

»Das habe ich schon.«

Aber der Skräling mit dem losen Mundwerk war zu schwach, seinen Kameraden hinaufzuziehen. Und wand sich nun und tat demütig, weil er Angst hatte, Kari würde Earc in seinem Loch verhungern lassen.

»Er ist nützlich. Er kann kochen und tut alles, was man von ihm will.«

»Er ist so nutzlos wie ein Haufen Mist. Ich bedaure es jetzt schon, daß ich ihn mir auf den Hals lade.« Kari wand sich das Seilende um die Faust. Der Sklave Earc war leicht wie eine Feder.

Es war ihm peinlich, die beiden Iren weinen und sich umarmen zu sehen, als wären sie Weiber. Kari ging zur Tür und schaute nach dem Wetter. Draußen war es hell geworden, und die weißen Wölkchen über den Wäldern ließen blauen Himmel durchblicken. Eine blasse Sonne schob sich über das Moor. Kein

Sturm also, kein Nebel, sogar gutes Wetter. Das hieß, daß sie Mog Ruith ohne Verzögerung würden folgen können.

Und sie würden ihn erwischen.

Das hatte er Thorkel versprochen.

Die Verfolgung

»Ihnen folgen?« wiederholte Aedan entgeistert.
Es war respektlos. Nicht nur, *was* er sagte, sondern auch die Art, wie er es sagte. Sklaven urteilten nicht über die Anweisungen ihrer Herren. Und wenn sie es taten, war es ein Zeichen, daß mit ihrer Erziehung etwas nicht stimmte.

»Hol mir den Umhang«, befahl Kari. Er hatte versucht, die Trümmer der Scheune beiseite zu schieben, um zu sehen, wie viele Tote darunter begraben lagen. Und vor allem, ob sich eine Spur von Mog Ruith fand. Aber die Stämme waren ineinander verkeilt gewesen. Außerdem hatte es so schlimm nach Verbranntem gerochen, daß sich ihm der Magen umgedreht hatte.

Earc suchte im Haus Decken zusammen. Aedan hatte einen Proviantbeutel gepackt. Und nun sollte er den verfluchten Umhang holen, der irgendwo drinnen herumlag. Und wenn er ein brauchbarer Sklave gewesen wäre, hätte er sich längst von selbst darum gekümmert.

»Es ist ... das ist ein Wahnwitz, ihnen folgen zu wollen.« Aedan blieb, wo er stand. »Warum willst du es ihm so leicht machen? Dieser Mog Ruith ist mächtiger ...«

»Den Umhang!« Der Wind hatte gedreht und wehte von der Scheune erneut diesen Geruch herüber. Es gab nur noch den Gestank von verbranntem Fleisch und verkohltem Holz. Kari sah, daß ein Hund an den Trümmerhaufen schlich und schnüffelte. An die Toten unter der Scheune würde er nicht herankommen. Aber man mußte daran denken, das Haus zu versperren. »Mein Umhang!« Er drehte sich zu Aedan herum. »Ich habe dich geschickt ...«

»Warte, bis Hilfe kommt. Oder gehe selbst zurück nach Birsay, und hole deine Leute...«

Kari schlug ihm ins Gesicht.

Es hatte nicht so heftig sein sollen. Der Gestank war es, der ihn verrückt machte. Als würde das Feuer in seinem Kopf weiterbrennen. Er wartete, daß der Junge wieder auf die Beine kam. Es tat ihm leid, zu sehen, wie die alten Wunden aufgerissen waren. Er wollte auch nicht, daß Aedan Angst vor ihm hatte.

»Geh«, sagte er.

Manchmal mußte es die Sprache der Fäuste sein. Der Junge schlich zum Haus. Aber auf halbem Weg blieb er stehen. Er traute sich nicht in Karis Reichweite, kam aber bis auf ein paar Schritt zurück.

»Earc schafft das nicht. Er hat sich verletzt.«

»Dann muß er hierbleiben.«

»Und warten, bis deine Leute ihn finden? Bei den Toten?« Kari rührte sich nicht, trotzdem wich der Junge vorsichtig zurück. »Sie werden ihm nicht glauben, was er erzählt. Sie werden ihn prügeln, bis ihm etwas Einleuchtenderes einfällt. Aber es wird ihm nichts einfallen. Er hat nicht den Kopf dazu.«

»Er kann bleiben oder mitkommen.«

»Dann bringen sie ihn um.«

»Aedan!« Der Mann, um den es ging, erschien im Rahmen der Haustür. Er trug einen Sack in den Armen. Sein plattes, braunes Gesicht war eine Miene sanften Tadels, die sich in Respekt wandelte, als er sah, mit wem sein junger Freund sprach. Vorsichtig legte er den Sack zu Boden und wollte ins Haus zurück.

»Komm her!« Kari winkte ihm. »Los, sag dem Mann, daß er zu uns kommen soll.«

Aber Aedan brauchte nicht zu übersetzen. Earc kam von allein gelaufen. Er sah tatsächlich übel aus. Auf seiner Stirn prangte eine walnußgroße Wunde, die sich quer über das Gesicht als blutiger Striemen fortsetzte. Auch die Sorgfalt, mit der er es vermied, den rechten Arm zu bewegen, deutete auf Schlimmes hin.

Kari nahm ihm den Sack von der Schulter. »Zeig mir den Arm.«

Verängstigt blinzelte Earc ihn an.

Kari seufzte. »Dein Ärmel ist voller Blut. Komm schon. Man muß das verbinden.«

»Isses nich nötig, Herr.«

Aedan sagte etwas auf gälisch, und Earc nickte eingeschüchtert. Ungeschickt streifte er den Wollkittel über die Schulter.

Kari hatte kaum Ahnung von Verletzungen. Er betrachtete die schmutzige, dick angeschwollene Platzwunde über dem Ellbogen. »Kannst du den Arm bewegen?«

»Isses nich schön, aber isses möglich, Herr.«

Die Wunde stank und mußte zweifellos gereinigt werden. Pantula schwor auf Wein, wenn sie Wunden säuberte. Und Wein gab es in Hjaltis Vorratskammer krügeweise. Kari schickte Aedan, ihn zu holen.

Earc war tapferer, als Kari angenommen hatte. Er kniff Augen und Zähne zusammen und ließ die Prozedur über sich ergehen, auch wenn ihm die Tränen dabei unter den Lidern hervorquollen. Kari goß einen ganzen Krug über die Wunde.

»Geh, hol noch mehr davon, dann kann er auch was trinken«, wies er Aedan an.

Er versuchte, die Leinenstreifen, die Aedan geschnitten hatte, so gut es ging, um die ausgespülte Wunde zu wickeln. »Ich wußte gar nicht, daß du unsere Sprache sprichst.«

»Isses nich leicht. Aber isses besser jede Tag«, lächelte Earc, während er mit der freien Hand die Tränen durch den Schmutz seines Gesichtes zog. »Isses ein gutes Junge.«

»Was?«

»Aedan. Isses weileweise heftig. Aber immer gut.«

»Kann sein.« Kari knüpfte aus den Enden des Leinenstreifens einen Knoten.

Earc berührte ihn behutsam mit dem Finger. »Isses so.« Er vollführte mit der freien Hand ein Mimentheater, das wohl darstellen sollte, wie Kari dämmerte, daß man Aedan auf den Kopf geschlagen hatte. »Isses auseinander nu.«

»Was?«

»In't Kopf. Isses auseinander.«

»Durcheinander. Das meinst du. Er ist in seinem Kopf durcheinander.«

»Ey!«

»Gut möglich. Wahrscheinlich hat er ziemlich oft was auf den Kopf bekommen. Bei ihm ist eine Menge durcheinander.«

»Ey«, stimmte Earc befriedigt zu. Die Wickelei war fertig. Er erhob sich und machte eine Verbeugung mit der Hand am Herzen. »Bedanket mich, Herr, für Freundlichkeit.«

Nachdenklich beobachtete Kari ihn, wie er sich ins Haus zurückbewegte.

Ihr Weg führte sie den ganzen Tag am Meer entlang. Manchmal direkt über den weißen Sandstrand, wo ihre Füße die Muschelschalen zerknackten, dann an Klippen und Abgründen vorbei. Die schottische See gab sich zahm. Sacht rollte ihr blasiges Wasser gegen die Küste. Es roch nach Salz und Algen, und der Wind blies ihnen die Müdigkeit aus den Köpfen. Kari hätte Spaß an dem Fußmarsch gehabt, wenn nicht die Erinnerung an Mog Ruith und die Toten wie ein Schatten über ihm gehangen hätte.

Er war vorsichtig, die ganze Zeit. Noch war keineswegs heraus, ob sie die Jäger oder das Wild waren. Er lauschte, und er wartete ständig, daß von irgendwo Hundegebell oder die schemenhafte Gestalt des Zauberers auftauchen würde. Mog Ruith konnte sie nicht laufen lassen, das war unmöglich – es sei denn, er würde all seine Irlandpläne aufgeben. Und das hielt Kari für ausgeschlossen.

»Er beobachtet uns«, sagte Aedan, als sie sich nach einem

anstrengenden Abstieg auf einer in das Meer hineinragenden Landzunge ausruhten. Aber dafür gab es kein Anzeichen. Möwenschreie von den Klippen, das Rauschen der See – andere Geräusche waren nicht vorhanden, und das Land, egal ob man zu den Felsen hinaufblickte oder den Strand entlang, war so einsam, als wären sie die letzten Menschen auf Erden.

Skrälingsängste.

Kari legte sich zurück in den Sand. Seine Brandwunden schmerzten. Er bemühte sich, nicht darauf zu achten. Der Sand war weich, und wenn man die Augen schloß, konnte man sich vorstellen, man würde von einem Schiff in den Schlaf geschaukelt. Träge blinzelte er gegen den Himmel. Die Sonne hatte sich zu den Klippen geneigt. Was also nun? Weitergehen und die letzte Stunde vor dem Dunkelwerden verschenken? Wenn er selbst die Müdigkeit fühlte, dann waren die Iren wahrscheinlich halb tot. Sie würden bleiben müssen. Für diesen Tag war Mog Ruith ihnen entkommen. Falls er nicht sowieso ganz woanders hingegangen war und sie einer Schaumblase nachliefen.

Kari entdeckte einen Felsüberhang unter den Klippen und ließ die Sklaven dort das Nachtlager aufschlagen. Earc mußte Muscheln und Napfschnecken sammeln, Aedan Holz zusammensuchen. Er selbst holte mit seinem Bogen ein halbes Dutzend Sturmmöven vom Himmel. Das würde für ein Nachtmahl und für den nächsten Morgen reichen.

Später, es war schon dunkel geworden, saßen sie um den Feuerkreis, den Earc gebaut hatte, und sahen zu, wie das Fleisch auf den heißen Steinen garte.

»Er ist wie eine Ratte«, murmelte Aedan. Der Junge war so müde, daß er nicht einmal an ihrem Essen Interesse hatte, aber reden konnte er immer noch.

»Wer?« fragte Earc, während er liebevoll das Fleisch wendete.

»Mog Ruith. Ich stelle mir vor, daß jedem Menschen ein Tier entspricht. Oengus war wie eine Eule. Er war klüger als jeder, den ich kannte. Und du...« Aedan überlegte. »Wie eins von den Schafen, die wir in Irland haben, so wärmend, meine ich. Und Mog Ruith eben wie eine Ratte. Bei uns zu Hause war mal eine. Die ist jeden Abend gekommen und hat sich über unsere Fischtonne hergemacht. Ließ sich durch nichts abschrecken. Sogar als ich mit einem Knüppel neben der Tonne gewacht habe, war sie da. Hat irgendwie ein Loch ins Holz genagt und den Fisch geklaut. So was Hinterlistiges, Gieriges hab' ich mein Lebtag nicht gesehen. Am Ende hat sie mich gebissen, und Oengus sagte, das Fieber, das ich bald darauf bekam, wäre von ihr gekommen.«

»Isses ich ein Schaf? Warum?« wollte Earc wissen.

»So ein Schaf, das ist etwas Schönes. Meine erste Erinnerung ist ein Schaf. Sie haben es mir, als ich klein war, zum Schlafen ins Stroh gelegt, weil ich so gefroren habe. Es hieß Myrtle. Meine Mutter hatte es gegen ihre Hochzeitsbrosche getauscht. Sie hat Käse aus seiner Milch gemacht. Ist schon komisch, ich weiß fast gar nichts mehr von zu Hause. Nur an den Schafskäse und an Myrtle kann ich mich erinnern.«

Kari räkelte sich unter seiner Decke. »Schafe enden auf dem Schlachtblock.«

»Und Wölfe in der Falle«, knurrte Aedan bissig.

Kari stützte sich auf den Ellbogen und wendete mit einem Stock die Fleischstückchen. Ihr Schlafplatz gefiel ihm. Das Meer war nur wenige Meter entfernt. Nachts, fand er, sah es aus wie ein Raubtier, das sich in seinem Lager wälzte. Er liebte seine Kraft und Beständigkeit und sogar seine Unberechenbarkeit. Eine seiner eigenen frühesten Erinnerungen hatte auf dem Meer stattgefunden, auf dem Raben von Ross. Die See war rauh gewesen, und sein Vater hatte ihn am Mast festgebunden, damit er nicht über Bord gespült wurde. Die Gischt war ihm ins Gesicht geschossen, der Boden unter seinen Füßen hatte gewankt, daß es ihn in den Seilen hin und her riß, die Männer hatten gelacht und ihm Grimassen geschnitten. Es war großartig gewesen. Er hatte seine Begeisterung herausgebrüllt, und sein Vater hatte ihn – was nicht eben oft vorgekommen war – in die Arme genommen.

Als Kari an seinen Vater dachte, fiel ihm Irland ein. Und Mog Ruith. Der Zauberer hatte vom Tod seines Vaters gesprochen, als wäre das eine besprochene Sache gewesen. Und wenn es die Wahrheit war? Wenn Gormflath mit dem Zauberer unter einer Decke steckte und Sigurd nur benutzte, um ihre beiden Widersacher auszuschalten? Amundi hatte doch auch so etwas vermutet. Vielleicht hätte er doch umkehren und nach Birsay laufen sollen. Er wußte, daß sein Vater vor dem Kriegszug nicht nach Hause hatte zurückkehren wollen, aber sie hätten ein Boot bereitmachen und hinter ihm hersegeln können. Hatte die Rachsucht ihn geblendet? »Vielleicht wartet der Zauberer doch bei Thraswick auf uns«, murmelte er.

»Nein. Er ist irgendwo hier. Das spür' ich.« Aedan steckte seine spitze Nase unter der Decke hervor. Er hatte wohl noch etwas sagen wollen, verschluckte es aber, als er Karis Gesichtsausdruck sah. Sein Schopf verschwand wieder unter dem Fell.

Kari gähnte. Das Fleisch sah gut aus. Er nahm sein Messer und bohrte die Spitze in das größte Stück. Sachte fuhr sie in das graue Fleisch. Die nächsten Minuten waren sie mit Essen beschäftigt, und es war beinahe ein Jammer, das Ergebnis ihrer Mühen so ruck, zuck verschwinden zu sehen. Sie tranken von Hjaltis Wein, und als sie fertig waren, sah Kari, daß den beiden Sklaven die Augenlider zukippten. Seufzend fand er sich damit ab, daß er die erste Nachtwache würde halten müssen. Er stieß Aedan mit dem Fuß an.

»Du hältst mich also für einen Wolf?«

»Was?«

»Für einen Wolf. Das hast du vorhin gesagt.«

Aedan hob den Kopf. Er drehte sich auf die andere Seite und betrachtete Kari, als müsse er das jetzt erst einmal genau feststellen. »Nein. Nein, in Wahrheit ähnelst du mehr einer Raupe. Einer besonderen Art, die bei uns unter den Kiefern wohnt.«

»Hört sich ekelhaft an.«

»Sind sie gar nicht. Aber sie haben eine ... merkwürdige Eigenart. Sie gehen im Sippenverband auf Futtersuche. Jedes Tier wandert hinter seinem Vordermann her. Es sieht aus wie eine lange Kette. Und das sonderbarste: Wenn du sie auf eine Kreislinie setzt, so daß eines hinter dem anderen herlaufen muß, dann verhungern sie. Du kannst ihnen ihr Futter direkt in die Kreismitte legen, zwei Fingerbreit von ihrer Bahn – sie folgen immer nur ihrem Vordermann. Stundenlang. Keines verläßt die Kette.«

»Warum tun sie das?«

Aedan zuckte die Schultern.

Der Anschlag

Sie marschierten noch einen Tag und einen weiteren, aber bis auf ein verdrehtes Weiblein in einer heruntergekommenen Fischerhütte trafen sie keine Menschenseele. Das Weiblein horchte auf, als Aedan sie nach einem Mann mit einem Hund fragte. Aber als er nachhakte, fing sie an, von einem Specksteintopf zu brabbeln, was ihnen nicht im geringsten weiterhalf, und dann brach sie in Tränen aus.

»Mog Ruith war hier«, behauptete Aedan, als sie der Hütte den Rücken kehrten. »Die Frau hat den Hund gesehen, und deshalb war sie so sonderbar. Das ist ein ... widernatürliches Tier.«

»Isses möglich«, stimmte Earc ihm zu. Er war guter Laune, weil seine Armwunde heilte, oder vielleicht auch einfach so. Solange man ihn nicht ausgesprochen grob behandelte, war Earc immer glücklich. Ohne Murren trug er seine Last und kletterte die Felshänge hoch, um nach Bächen und Süßwasserseen auszuspähen. Als ihn die ungewohnten Stiefel, die Kari ihm in Wick verpaßt hatte, drückten, befreite er sich davon und zog barfuß weiter. Immer noch mit fröhlicher Miene. Earc war ein Glücksfall.

Bis zum späten Nachmittag wanderten sie weiter den Strand entlang. Dann zogen Wolken auf. Es wurde dunkel, und in der Nacht begann es zu regnen. Sie hatten Schutz in einer Felsspalte gesucht, die sich über ihren Köpfen zu einer Ritze verengte, aber der Guß wurde so heftig, daß das Wasser durch die Ritze strömte, und als es endlich tagte, waren sie bis auf die Unterkleidung durchnäßt und zitterten, daß ihre Kiefer klapperten.

Kari trieb seine Begleiter an. Es half nichts, sich unter den nassen Decken zu verkriechen. Sie brauchten Bewegung.

»Bis nach Dornoch«, erklärte er, als Aedan bitter fragte, an welches Ende der Welt er sie denn treiben wolle. Dornoch war sein Ziel. Das hatte er sich vorgenommen. Er kannte das Dorf, weil sein Vater einmal dort angelegt hatte, um Bier zu laden, damals, als sie den Breitfjord nach Dänenschiffen abgesucht hatten. Dornoch war ein Muß für jeden Wanderer aus dem Norden. Man konnte dort seine Vorräte auffüllen, zerbrochene Waffen reparieren lassen, sich in der Gaststube wärmen – eben alles tun, um sich für die weitere Reise zu rüsten. Wenn man in Dornoch nichts von Mog Ruith wußte, dann würde er umkehren. Das hatte er sich selbst versprochen. Sein Vater mußte gewarnt werden – Blutrache hatte dahinter zurückzustehen.

Die Sonne, die sie anfangs so verwöhnt hatte, steckte hinter grauschwarzen Wolken. Mal prasselten Regengüsse auf sie herab, dann nieselte es – eintönig und stumpfsinnig, Stunde um Stunde. Trocken wurden sie nie. Zu allem Überfluß trat ihnen weiter südlich ein Fluß in den Weg, ein flaches Gewässer, aber breit und schnell, das sie erst etliche Meilen bergauf überqueren konnten.

»Ein grausames Land«, jammerte Aedan. Seine Lippen waren blau gefroren. Er zitterte ohne Unterlaß. Earc tätschelte ihm teilnahmsvoll die Wange.

Und dann, als sie aus einem Waldstück traten, lag das Dorf plötzlich zu ihren Füßen.

Es war nicht so groß, wie Kari es in Erinnerung hatte, nicht so sonnig und auch nicht so imposant. Genaugenommen nicht mehr als ein Haufen heruntergekommener Hütten. Aber sie suchten ja auch keine Bleibe, sondern nur Auskünfte.

Kari wies den Hügel hinab, auf dem sie standen. »Da unten links – das lange Haus direkt am Meer, wo sie die gelbe Fahne aufgezogen haben, mit dem kleinen Stall an der Seite, ich glaube, das ist ihre Schenke.« Er warf seine Decken vom Rücken. »Earc...«

Der Ire sah ihn an.

»Du bist ein guter Mann, Earc. Ich möchte, daß du dafür sorgst, daß ihr beide hier an dieser Stelle auf mich wartet. Dafür trägst du die Verantwortung, klar?«

Earc nickte lächelnd.

»Sicher warten wir«, erklärte Aedan gedehnt. »Wir warten mit Freude und bis wir Schimmel angesetzt haben und vom Moos überwuchert sind. Nur...« Er maß Kari mit vorsichtigen Blicken. »Was ist, wenn du gar nicht wiederkommst?«

»Ich werde. Verlaß dich drauf!«

»Das würde ich gern. Aber – hast du dich niemals angeschaut?« Er tippte mit dem Zeigefinger auf Karis Fibel, die den Umhang an der Schulter zusammenhielt. »Das ist pures Gold. Und die Schnalle an deinem Gürtel auch. Deine Axt... dein Messer... Selbst wenn sie nur aus Bronze geschmiedet wären, was sie bestimmt nicht sind, würde sich jeder Tagedieb die Finger danach lecken. Und dieser Umhang... Mein lieber, guter Herr, alles, was du trägst, jeder Zipfel an deinem Körper, schreit danach, gestohlen zu werden.«

Earc nahm Karis Umhangsaum zwischen die Finger und begutachtete ihn. »Isses richtig. Isses gutes Tuch«, bekräftigte er, was sein Landsmann gesagt hatte. »Isses schöne Farbe auch. Himmelfarbe.«

Kari zögerte. »Ich bin keiner, dem man etwas wegnimmt.«

»Klar. Nicht solange du lebst«, stimmte Aedan ihm fröhlich zu.

Er hatte recht. »Dann tauschen wir eben die Kleider.« Kari warf seinen Umhang ab, er öffnete den Gürtel und zog sich erst den ärmellosen Rock und dann das Lodenhemd aus, bis er nur noch in seiner leinernen Unterwäsche dastand. Earc hatte etwa seine Größe. »Nun mach schon, runter damit!«

Earc schüttelte ungläubig den Kopf, als Kari ihm bedeutete, sich statt seines Kittels den Umhang seines Herrn umzulegen. »Du frierst dich sonst tot«, versetzte Kari ungeduldig.

Der arme Earc schrumpfte unter der prächtigen Kleidung

zusammen, als wollte er verhindern, sie mit seiner Haut zu verunreinigen. Sein Kittel war Kari zu eng, aber darauf konnte man keine Rücksicht nehmen. Nur auf den Gürtel und das Messer mochte Kari nicht verzichten. Er drehte die Schnalle nach innen, so daß man kaum noch etwas davon sehen konnte, und so mußte es gehen.

»Ich würde gern mit dir kommen«, sagte Aedan überraschend.

»Warum? – Damit du mir im Weg stehst?« Oder weil er hoffte, im Dorf Unterstützung zu finden? Kari beäugte ihn mißtrauisch. Wollte er mit Hilfe der Dorfbewohner fliehen?

»Weil ich meine«, sagte Aedan langsam, »daß sie dir in *deiner* Sprache wohl allerlei Nettigkeiten erzählen werden, aber in ihrer eigenen, in *meiner* Sprache werden sie beratschlagen, wie sie dir am besten das Fell über die Ohren ziehen können.«

»Warum sollten sie das wollen? Einem Mann, der nichts bei sich trägt als ein paar Läuse unter einem Fetzen Stoff?«

»Ja, kann man beinahe nicht begreifen. Aber wenn du deinen Mund auftust und sie deine nordische Sprache hören – könnte doch sein, ihnen kommen dann brennende Häuser in den Sinn. Mord und Räubereien und solcher Kram. Manche Leute regen sich darüber auf. Sonderbares Volk hier.«

Kari griff den Jungen am Arm. Es gab allerlei darauf zu antworten. Zum Beispiel, daß die Männer, die dort unten gälisch sprachen, selbst einmal vor gar nicht langer Zeit aus Irland herübergekommen waren, um die piktischen Bewohner zu unterwerfen. Daß jeder es so machte, der stark genug war. Und daß es, verdammt noch mal, nicht Sache eines Sklaven war, über seinen Herrn zu richten.

Aber er ließ den mageren Arm wieder los. Denn genaugenommen hatte er es nicht nötig, mit einem Niemand, einer Sache, die er jederzeit verkaufen oder totprügeln oder ersäufen oder in Stücke schlagen konnte, über die Ehre seines Volkes zu debattieren. Er hatte das nicht nötig.

Der Eingang des Gasthauses lag zu der dem Meer abgewandten Seite an dem Weg, der ins Dorf hineinführte. Kari schlug ein penetranter Gestank nach verbranntem Fett, Sauerbier und etwas wie Misthaufen oder Güllegrube entgegen.

Er seufzte.

Wie immer, wenn ihm etwas widerstrebte, versuchte er, es möglichst rasch hinter sich zu bringen. Ein dunkler Flur erwartete ihn, an dessen Ende sich eine Tür befand. Hinter dieser Tür klang gedämpft der Lärm von Stimmen. Dort würde also wohl die Gaststube sein.

Kari trat über die knarrenden Bodendielen. In der Mitte des Ganges sah er eine weitere Tür, ein zusammengenageltes Bretterding, durch dessen Löcher und Ritzen Licht drang. Vorsichtig schob Kari sie auf und verzog das Gesicht. Er war in einen Leichenraum geraten. Auf einem Tisch stand ein offener Bretterkasten mit einer Toten, die so fett war, daß sich das wallende Leichenkleid wie über einen Hügel ergoß. Ihr aufgedunsenes Gesicht war quittegelb verfärbt, was ihr das Aussehen eines Dämonen verlieh. Man hatte rechts und links von ihr Kerzen aufgestellt, die dem gelben Gesicht durch ihr Flackern geisterhaftes Leben verliehen. Auf ihrer Stirn lag ein eisernes Kruzifix.

Bei dem Raum schien es sich um die Schlachteküche zu handeln, jedenfalls baumelten über der Toten riesige Haken, und in einer Ecke stapelten sich Holzwannen. Außerdem stank es nach geronnenem Blut.

Kari zog die Tür wieder zu. Er beschloß, das Leichenhaus vor dem Dunkelwerden wieder zu verlassen. Das Betreten der Gaststube mit den Menschen darin war nun fast eine Erleichterung.

Er versuchte, nicht aufzufallen, aber das mißlang gründlich. Obwohl er nichts, aber auch rein gar nichts Spektakuläres tat, wandten sich ihm alle Köpfe zu. Im stillen dankte er Aedan für den Rat, sich umzuziehen. Die Männer, die ihn anstarrten, sahen aus, als wäre es ihr tägliches Brot, Leuten an dunklen Ecken Säcke über die Köpfe zu werfen und sie totzuschlagen. Schmutzig, mager wie die Krähen, zerlumpt. Wahrscheinlich war er ungerecht. Dreck an den Kleidern war kein Dreck im Herzen. Aber die Blicke, die ihn so unverhohlen einzuschätzen suchten, bereiteten ihm Unbehagen.

Kari schlängelte sich in eine Ecke, wo neben einem verrauchten Kamin ein freier Platz war. Wurden hier alle Fremden so angestarrt?

Der Wirt kam. Ein Kerl mit ungesunder Gesichtsfarbe und Stoppelbart, der aussah, als würde ihm die eigene Kost nicht bekommen. Mürrisch fragte er nach Karis Wünschen und brachte ihm einen Tonkrug mit düster schillerndem Bier.

Vorsichtig nippte Kari daran. Das Gebräu schmeckte schauderhaft. Sie hatten ein Gewürz hineingetan, das er nicht kannte und das ihm im Mund brannte.

Und Earcs Wollkittel kratzte zum Erbarmen.

Kari lehnte sich gegen die Holzbohlenwand, die warm vom Feuer war. Die Bank, auf der er saß, lief um den ganzen Gastraum mit seinen Tischen und Schemeln herum. Die meisten Männer tranken an den Tischen in der Mitte des Raumes, aber etwas entfernt von ihm saß eine weitere Person auf der Bank, ein älterer Mann mit einem taillenlangen Bart. Er sah einsam aus, so als hätte er mit den anderen Männern im Raum nichts gemein. Vielleicht konnte man den nach Mog Ruith fragen.

Kari spürte die Blicke des Wirtes und nahm noch einen Schluck Bier. Er hatte es für eine gute Idee gehalten, sich an den Kamin zu setzen, aber nun merkte er, wie das Feuer ihm einheizte. Und je mehr er schwitzte, um so ärger kratzte der Kittel.

Ob Aedan gehorchen und warten würde? Die Gelegenheit, sich davonzumachen, war günstig. Und Earc war nicht gewitzt genug, ihn aufzuhalten. Fuhren von diesem Hafen aus Schiffe nach Irland? Es war dumm gewesen, den beiden Sklaven den Goldschmuck zu lassen. Earc konnte man vielleicht trauen.

Aedan nicht. Die Gedanken des Jungen flitzten wie Küchenschaben. War seine Sorge um Kari gespielt gewesen? Ein Vorwand, um an das Gold zu kommen? Was hätte er selbst getan, an Aedans Stelle?

Kari schüttelte den Kopf. Er fand es schwer, in der heißen, verrauchten Luft nachzudenken. Und von dem Bier wurde ihm übel. Sacht beugte er sich vor und schob den Krug von sich.

Die Zecher, das spürte er, schielten zu ihm herüber. Er beschäftigte sie, sie sprachen über ihn, und vielleicht hatte Aedan mit seiner Einschätzung mehr recht gehabt, als einem lieb sein konnte. Kari war dankbar, als die Tür sich öffnete und plötzlich Unruhe aufkam, die nichts mit ihm zu tun hatte. Ein Weib trat auf die Türschwelle, eher noch ein Mädchen, obwohl das in dem Rauch, in dem sie sich bewegte, nicht deutlich auszumachen war, aber sie kam ihm jung vor. Schmuck baumelte um ihren Hals, und sie verharrte in der Türöffnung, wobei sie den Arm gegen den Türrahmen stützte. Kari war sich bewußt, daß er sie anstarrte. Es war ihm peinlich, aber er brachte es nicht fertig, den Blick von ihr zu wenden, obwohl sie nicht besonders hübsch war.

Mühsam zwängte er die Hand in den Ausschnitt seines Kittels. Das Wasser lief ihm in Strömen den Hals hinab.

Die Frau trat herein. Obwohl – es schien eher, als würde sie schweben, was aber nicht sein konnte. Sie war auch nicht allein. Jemand drängte sich an ihre Hüfte. Schwarze Augen unter schwarzem Kringelhaar und ein reichlich demoliertes Gesicht.

Aedan.

Ja, es war tatsächlich der Sklave, und Kari hätte es sofort bemerken sollen. Aber es dauerte etliche schwerfällige Momente, ehe er den Jungen erkannte. Er schwebte ebenfalls, und der Rauch umhüllte ihn und seine Gefährtin, als wären sie Geister. Die gelbe Dämonin, dachte Kari zusammenhanglos. Vielleicht hatte es ihr in der Schlachteküche nicht mehr gefallen. Nur hatte sie eben keine schwarzen Haare gehabt. Es war doch Aedan. Obwohl er ihm verboten hatte, ins Dorf hinabzukommen.

Aedan nahm die Leier zur Hand, die das Mädchen ihm kichernd reichte. Er grinste und machte eine knappe Bemerkung, etwas zweifellos Witziges, denn die Leute lachten, und ihr Lachen blubberte wie Wellen an Karis Ohr. Der Wirt kam in den Dunstkreis und reichte seinen Gästen Bier. Das Mädchen zwängte ihren Arm um Aedans Taille und flüsterte etwas in sein Ohr, wobei sie lächelte, daß sich ihr Gesicht bis zu den Ohren verzog, als würde es aufgeweicht.

Aedan sprach. Warum konnte man ihn nicht verstehen? Weil der Junge Gälisch sprach, natürlich. Kari war dankbar, daß er das begriff. Seine Gedanken stapften durch zähflüssige Sümpfe. Nur das Kratzen des Kittels und seine Magenschmerzen hinderten ihn zu glauben, daß er sich in einem Traum befand. Ihm war nicht mehr nur übel. Sein Magen schmerzte, als hätte er flüssiges Blei getrunken...

Aedan sagte etwas. Die Leute lachten darüber. Gefährlich? Der Sklave Aedan machte sich Freunde. Sicher tat ihm die Platzwunde an seiner Lippe weh. Wie töricht, ihn nicht gefesselt zu haben. Auf einen Jungen in Fesseln hätte Earc aufpassen können.

Kari legte die Hand auf den Magen. Sein Bauch vertrug keinen Druck. Er stöhnte leise.

Aedan begann zu singen. Nicht fein und leise wie am Turm. Er schnitt Gesichter und rülpste und verdrehte die Augen. Die Leute grölten, als er von dem Mädchen einen Kuß bekam.

Kari konnte den Jungen nicht mehr beobachten. Der Schankraum und alles, was sich darinnen befand, war in Bewegung geraten. Die Wände mit den billigen Webteppichen kreiselten. Er konnte den Kopf nicht mehr aufrecht halten. Verwirrt stützte er das Gesicht in die Hände.

Irgend jemand griff nach ihm. Er fühlte den Druck auf seinem Arm und drehte mühsam das Gesicht. Der Einsame mit dem Bart war neben ihn gerutscht. Kari blinzelte in fremde, feindselige Augen.

Er wollte seinen Arm befreien, aber der Fremde schlug seine Hand nieder. Und dann – Kari konnte das nur verschwommen erkennen, aber ein Irrtum war nicht möglich – schwebte plötzlich ein Messer auf ihn zu. Eine blitzende, seinem Magen zugewandte Messerspitze.

Ächzend versuchte er, sich fortzudrehen. Es war still geworden. Er riß die Augen auf. Aedan – schwarze Augen, schwarzes Haar – wie ein Kobold sprang er über den Tisch oder über mehrere Tische. Noch einmal hob Kari die Hände zur Abwehr, denn jetzt kamen zwei Körper gleichzeitig mit furchtbarer Wucht auf ihn zugeschossen. Er sah, wie der Bärtige das Gesicht verzerrte.

Dann wußte er nichts mehr.

Ein schmerzhaftes Rucken weckte Kari aus dem Schlaf. Ein Alp lehnte gegen seinen Rücken und verbog ihm den Nacken und bewirkte, daß sein Oberkörper nach vorn gedrückt wurde. Kari schluckte an seinem eigenen Stöhnen. Er versuchte zu widersprechen, aber dadurch wurde alles nur noch schlimmer. Der Alp war an ihn gefesselt. Mit aller Macht preßte er sich gegen ihn, bis seine Nase fast die Knie berührte und sich das Innerste seines Magens nach außen kehrte. Er konnte gerade noch den Kopf von den Beinen fortdrehen, ehe er sich erbrach.

»Ja, ja, sieh zu, daß alles rauskommt. – Himmel, stinkt das. Geht es besser?«

Nichts ging besser. Kari hatte ein Gefühl, als hätten sich Fäuste in seinen Leib gebohrt, die ihm den Magen auswrangen. Er wußte nicht, wie lange er würgte. Zum Schluß kam nur noch Galle, und trotzdem konnte er nicht aufhören. Sein Hemd war klitschnaß geschwitzt.

»Besser?« wiederholte die Stimme in seinem Rücken.

Er mußte grinsen, trotz der Erschöpfung. »Sei froh, Skräling, daß sie uns mit den Rücken aneinandergefesselt haben.« Kari legte den Kopf in den Nacken, um Luft zu bekommen. Aedans Sklavenohr berührte kühl seinen Hals. Um sie herum war es stockfinster. »Wo sind wir?«

»Nicht in Walhalla jedenfalls.«

Sie schwiegen, und Kari versuchte, sich umzusehen. Das einzige Licht in ihrem Kerker drang durch ein paar Risse und Löcher ein paar Schritte von ihnen entfernt. Astlöcher. Die hatte er schon einmal gesehen, das wußte er, während er daraufstarrte. Und dann fiel es ihm wieder ein. Der Schlachtraum. Er stöhnte ein weiteres Mal.

»Haben sie die Tote rausgebracht?«

»Aber woher denn. Wir sind in lieblichster Gesellschaft. Es ist das Weib des Wirts, und wenn es stimmt, was Annis über sie erzählt, dann war sie ein Ungeheuer und wird sich einen Spaß daraus machen, uns das Warten zu verkürzen.«

»Du hast vor nichts Respekt, Aedan Skräling. Wenn sie dir den Hals umdreht, wird ihr keiner etwas vorwerfen.« Kari versuchte, seine Gedanken zu ordnen. »War es im Bier?«

»Das Gift? Ja. Eigentlich hättest du gar nicht mehr aufwachen sollen. Dein Glück, daß du nur so wenig getrunken hast.«

»Wer ... ich meine ... haben sie so was immer für unsereins bereitstehen?«

Er fühlte, wie Aedan den Kopf schüttelte. »Mog Ruith hat sie dafür bezahlt. Oder wenigstens den Wirt und den Bärtigen. Das hat mir Annis erzählt. Er muß heute morgen hier gewesen sein. Und hat Silberstücke zurückgelassen, damit sie dich beseitigen und mich gefangennehmen.«

»Und der Mann mit dem Bart ...«

»Hat dich erstechen wollen. In aller Stille, während die anderen zu mir schauten. Wahrscheinlich hat er gesehen, daß du nicht trinken wolltest.«

»Und da hast du ... ja ...« Kari drehte den Kopf über die Schulter, um sich zu bedanken. Aber dann verschluckte er die

Worte. Bedankte man sich bei Sklaven? Er hatte fürchterliches Kopfweh.

Seine Augen hatten sich an die Finsternis gewöhnt. Er meinte, neben ihren Schultern die Beine des Tisches zu sehen, auf die sie das Weib des Wirts gebahrt hatten. »Sind unsere Messer fort?«

»Wie alles andere. Und daß sie uns nicht ausgezogen haben, liegt nur an der Reizlosigkeit unserer Lumpen. Freu dich, Kari, daß du auf meinen Rat gehört hast, sonst wärst du jetzt nackt wie ein Frosch.«

Etwas stimmte nicht an dem, was der Ire erklärt hatte. »Warum hat der Wirt mich nicht umgebracht?«

»Einige von den Männern in der Schankstube waren dagegen. Sie hielten es für möglich, daß du nicht allein ins Dorf gekommen bist. Hasenherzen«, sagte Aedan, und es klang, als täte ihm das weh, was nach allem, was er für Kari getan hatte, unsinnig war. Kari hörte ihn lachen. »Aber verlaß dich drauf – der wird es noch in der Nacht nachholen.«

Kari versuchte, seine Handgelenke in den Stricken zu drehen. Es war zwecklos. Man hatte ihnen die Hanfseile so fest um die Arme gewickelt, daß nicht einmal das Blut mehr fließen wollte. Seine Hände waren eiskalt. Er fluchte leise. Und nichts in der Nähe, womit sie sich behelfen könnten.

»Versuch, gleichzeitig mit mir aufzustehen«, befahl er. Man hatte ihnen die Füße ebenfalls gefesselt, aber hüpfen würden sie können.

»Und die Tür? Sie hat einen Riegel. Ich habe gehört, wie der Wirt ihn zugeschoben hat.«

»Egal.« Erst mal hochkommen, das war das wichtigste. Und dann, während sie die Rücken aneinanderpreßten und schwankend versuchten, auf die Beine zu gelangen, hatte er die eine, die großartige, zündende, alles herausreißende Idee. »Der Christengott wird uns zur Hilfe kommen.«

Aedan lachte sein krauses, spöttisches Lachen. »Was für ein

wunderlicher Gedanke, Kari Sigurdson. Der Gott der Christen hat ein Herz aus Stein, das hat mir ein Mönch erzählt, der bei Oengus zu Besuch war. Er läßt sich nicht bestechen. Er liebt seine eigenen Leute und haßt die Götzendiener, und so einer bist du, weil du nämlich Odin anrufst. Er wird sich totlachen, während er zuschaut, wie sie dir dein Leben auspusten.«

»Ich werde ihn benutzen«, erklärte Kari kühl und tat dem fremden Gotte gleichzeitig heimlich Abbitte, für den Fall, daß er doch mehr Macht besaß, als Sigurd behauptete. Er drängte Aedan zu dem Tisch mit dem Sarg. Das Kruzifix, das kleine Eisending mit den scharfen, plattgehämmerten Kanten, damit würde er sie retten. Er mußte es nur in die Hände bekommen.

Und das war gar nicht so einfach.

Das Band, das ihn an Aedan fesselte, schnitt in sein Fleisch, als er sich vorbeugte. Er trug das Gewicht des Jungen an seinen Handgelenken. Und weil er das Kruzifix nicht sehen konnte, mußte Kari mit der Nase nach ihm tasten. Erst das Totenkleid, das nach Urin und kaltem Schweiß stank, dann die Haut der Leiche. Sie fühlte sich an wie Wachs. Kari merkte, wie ihm erneut übel wurde. Aber er hatte Erfolg. Seine Nase berührte etwas Hartes. Klirrend fiel das Kruzifix auf den Steinboden.

»Laß mich. Laß mich einen Moment stehen«, keuchte Aedan.

»Wir müssen sowieso zu Boden.«

Kari tastete über den Lehm, der ihm klebrig vorkam, was sicher an dem Schweineblut lag, das hier vergossen wurde. Er bekam das Kreuz zu fassen, klemmte es zwischen die tauben Glieder und drehte es, bis er damit an die Stricke kam.

Was folgte, war ein Alptraum. Bestimmt fünfmal fiel ihm das Werkzeug aus den Händen und mußte mühsam wiedergesucht werden. Er schnitt sich und Aedan die Hände kaputt, daß sie vom Blut glitschig wurden. Aber eine der Hanffasern, die sie fesselten, wurde dünner. Und am Schluß konnte Kari das ganze Band entzweisprengen.

Torkelnd kamen sie auf die Füße. Kari schwankte, und Aedan griff nach ihm. »Aber die Tür?« fragte der Junge besorgt.

»Wird uns jetzt nicht mehr aufhalten.« Kari begann mit dem Eisen an einem der Astlöcher zu kratzen. Es war ein hübscher Lärm, und er horchte ein Dutzend Mal, weil er glaubte, daß das Gemurmel aus dem Gastraum lauter wurde. Mit den tauben Händen, durch die das Blut pochte, war es schwierig, das Eisen zu halten.

»Der Christengott muß schlafen«, flüsterte Aedan.

»Oder er liebt die Heiden mehr, als seine Mönche glauben.« Triumphierend zwängte Kari seinen Arm durch das Loch, das er erschaffen hatte. Er spürte den Riegel. Und sagte beiden, Odin und dem gemarterten Christengott, Dank für ihre Hilfe, als er ihn zurückschieben konnte.

Lautlos schlichen sie den Flur entlang. In der Schankstube ging es noch immer lärmig zu, aber jederzeit konnte ein Gast hinein- oder herausspaziert kommen. Sie mußten sehen, daß sie verschwanden.

Kari ärgerte sich über seine kraftlosen Beine. Er taumelte und konnte nichts dagegen tun. Nicht einmal protestieren, als Aedan Skräling ihn erneut stützte. Arm in Arm wankten sie auf die Straße. Dort war glücklicherweise keine Menschenseele. Sie schlurften quer über die matschigen Fahrrillen. Vor ihnen lag der Wald, in dem Earc sie erwartete. Dazwischen stand eine Hecke, und dann kam eine Wiese. Er sorgte sich um die Spuren, die sie hinterließen, aber das Gras war so naß, daß es sich wahrscheinlich vor dem Morgen wieder aufrichten würde.

»Du hast keine Muskeln«, murmelte Kari. Er spürte, daß Aedan unter seinem Gewicht wankte, und machte sich los. Er würde selbst sehen müssen, wie er den Hang hinaufkam. Das verfluchte Gift war noch immer in ihm, und es machte ihn so benommen, als wäre er betrunken. Mit einer Grimasse hielt er sich den Magen.

Und dann schien das Glück sie doch noch verlassen zu wollen.

So plötzlich, daß sie gar nicht reagieren konnten, tauchte aus dem Schatten der Hecke eine Gestalt auf. Kari griff zum Gürtel, wo sich natürlich kein Messer mehr fand. Er fluchte stumm. Aber der Fremde, wer auch immer es war, schien nicht minder erschrocken. Und als er losschrie, merkten sie, daß es eine Frau war.

Aedan rettete die Situation. Er sprang zu dem Weib, preßte die Hand über ihre Lippen und flüsterte hastige gälische Laute. »Es ist nichts. Nur Annis«, raunte er. War das das Mädchen, mit dem er in die Schankstube gekommen war?

»Frag sie...« Kari drängte Aedan beiseite. »Hör, kannst du mich verstehen?«

Annis legte die Hand auf seine Lippen und nickte.

»Mog Ruith, der Mann, der heute gekommen ist, der mit dem Hund – was hat er zu deinem Herrn gesagt?«

»Nichts, als daß er dich gern tot säh', Herr. Und deinen Freund gefangen.« Annis' Gesicht war in der Nacht verborgen, aber Kari meinte, daß ihre Augen auf dem Sänger ruhten.

»Und dann? Wollte er zurückkommen, um Aedan abzuholen?«

»Ich... nein. Ich konnte natürlich nicht alles hören. Aber wenn ich nachdenke...«

»Tu das. Bitte!«

»Also er hat etwas gesagt. Vom Heiligen Columba hat er gesprochen.«

»Was?«

»In Inver Ness. Dorthin sollte der Herr dich... nein, nicht dich, deinen Freund schaffen. Sobald er ihn in die Finger bekommen hat.«

»Inver Ness? Aber das liegt ein paar Tagesmärsche von hier.«

»Nicht für meinen Herrn. Der hat nämlich ein Boot. Oder sag' ich lieber: Sein Bruder hat eins. Und das leiht er ihm. Wo mein Herr für die Müh doch einen ganzen Becher Hacksilber bekommen hat.«

117

»Verschwinden wir.« Aedan hörte sich nervös an. »Wirst du Stille bewahren, Schätzchen? Bis morgen früh? Außer dir scheint uns niemand hier zu lieben.«

Annis' Worte waren wie ihr Lachen voller Zärtlichkeit. Sie drückte dem verdutzten Iren einen Kuß auf die Lippen, und im nächsten Moment huschte sie davon.

Inver Ness

Aedan lachte Tränen, als er Earc von dem dicken Weib in der Holzkiste und dem Kruzifix und Annis erzählte. Aber Earc war der falsche Zuhörer. Er beobachtete Kari sorgfältig, und sobald sie ihm die Möglichkeit gaben, machte er sich daran, die Schnitte an ihren Händen auszuwaschen.

Trotz seiner Erschöpfung beschloß Kari, den Schlafplatz zu wechseln. Eine Handvoll Hacksilber war ein guter Grund, um eine Verfolgung in Gang zu setzen. Sie liefen durch die Nacht, bis die Sterne am Himmel verblaßten, und dann machten sie im tiefsten Dickicht eines verkrauteten Waldes halt, wo Kari in einen von Schmerzattacken unterbrochenen Schlaf sank.

Loki mochte wissen, welches Höllenzeug sie ihm ins Bier geschüttet hatten. Es verursachte ein Brennen in den Gliedern und Sehstörungen, Schwindelanfälle und Bauchkrämpfe, die erst nachließen, als sich sein Darm entleerte.

Erschöpft lag er in den Decken, die Earc über und unter ihm ausgebreitet hatte, und starrte durch das dürre Geäst in den trüben Himmel. Nach Inver Ness wollte er gehen. Das war nicht weit. Und Mog Ruith würde dort warten. Kaum anzunehmen, daß der Wirt ihn aufsuchen würde, nachdem seine Gefangenen davon waren. Thorkels Blut schrie aus dem Steinhaufen vor dem Wickhof, es gab jetzt kein Zurück mehr.

Er hatte alles unterschätzt: die Länge des Weges, seine Kräfte, das Wetter. Das Wetter besonders. Der Wind fauchte unter schwarzen Gewitterwolken, die von der See ins Land getrieben wurden. Es begann zu stürmen. Dann, etliche Stunden später, als eigentlich die hellste Stunde des Tages sein sollte, hagelte es.

Daumennagelgroße Kristalle zerschnitten ihre Gesichter. Der Hagel erwischte sie auf freiem Feld, und es war so schlimm, daß sie Schutz suchen mußten. Zähneklappernd drängten sie sich unter den Decken aneinander, während die Hagelkörner auf sie niederprasselten und die Kälte in ihre Leiber kroch, bis sie meinten, selbst aus Eis zu bestehen. Das Unwetter dauerte den Rest des Tages und die ganze Nacht. Sie waren von Herzen erleichtert, als der Niederschlag endlich nachließ und den Weitermarsch ermöglichte. Aber das Wetter ließ ihnen nur kurze Ruh. Bald schnaubten neue Windböen, die an ihren Kleidern zerrten wie Kobolde. Sie erreichten einen Fjord und konnten sehen, wie der Ostwind mannshohe Wellen das Ufer hinaufpeitschte.

Kari blieb stehen.

»Wir erfrieren«, sagte Aedan.

»Niemand erfriert, wenn er sich bewegt.«

Es war nicht möglich, dem Jungen einen Teil von Karis Gepäck aufzuladen. Aedan hatte keine Kraft. Sein Oengus hatte es versäumt, ihn abzuhärten. Ihm liefen Tränen der Schwäche aus den Augen.

Kari legte den Arm um Earcs Schulter. Er bemühte sich, ihn möglichst wenig zu belasten, aber ohne Hilfe hätte auch er selbst keinen Schritt mehr vor den anderen bekommen. Die Krämpfe hatten wieder eingesetzt.

Sie schleppten sich den Fjord entlang, überquerten einen Fluß – daß sie dabei nicht ertranken, grenzte an ein Wunder –, sie stapften durch knöcheltiefen Matsch. Was sie weitertrieb, war Karis verbohrter Starrsinn. Er wollte nach Inver Ness.

Sie schliefen, manchmal auch bei Tage. Die Folgen der Vergiftung begannen nachzulassen, und Kari wartete ungeduldig, daß seine Kräfte zurückkehrten. Earc war zäh, aber nicht ohne Ende fähig, ihn zu stützen. Sie brauchten viel zu lang für ihren Weg.

Am Morgen des vierten Tages, als sie schon nur noch aus Erschöpfung, Kälte und Hunger bestanden, überraschte Schottland sie mit einem milden, freundlichen Sonnenaufgang.

Kari wrang das Wasser aus den Haaren und streckte sich den zaghaften Strahlen entgegen. »Wir werden heute ankommen«, versicherte er Aedan, der ihn mit grauen Lippen beobachtete. Seine Vorstellung von der schottischen Geographie war verschwommen. Er wußte, daß das Land durch eine Schlucht zerschnitten wurde, die sich von der irischen See bis hinüber zum Nordmeer zog. Sie teilte Schottland wie mit einem Messer quer in zwei Teile. In dieser Schlucht sollte es Seen geben, die bis in den Bauch der Erde reichten und in denen Ungeheuer hausten, Seedrachen. Der östlichste der Seen hieß Ness, und an seinem Ende befand sich eine Stadt – Inver Ness. Es konnte nicht mehr weit sein.

»Auf die Füße, Skräling.« Er stubste den Iren mit der Fußspitze und grinste über seine Grimasse.

Das Glück kehrte zu ihnen zurück. Sie waren nicht einmal eine Stunde unterwegs, da tauchte hinter einer Bodenwelle auf einmal glitzerndes Wasser auf, breite Ströme, die aus mehreren Richtungen ineinanderflossen, und am Ende dieses strahlenden Blaus lag auf einer Halbinsel eine Stadt. Kari atmete tief durch.

In Inver Ness würden sie willkommen sein. Wenigstens bei einem seiner Bewohner. Der Mann hieß Folke Breitnase und war Norweger wie er selbst. Er versorgte Birsay mit dem Torf zum Heizen. Folke war kein Krieger, sondern ein Händler, und in Ross sprach man mit gerümpfter Nase über ihn, aber das war egal. Sie würden zu essen bekommen, trockene Kleider, vielleicht sogar ein Bad und – Auskunft über Mog Ruith.

Folkes Haus lag am Strand. Genaugenommen war es kein Haus, sondern ein ganzer Gebäudekomplex, groß genug, um einen Hof und einen Garten mit Gemüsebeeten in seiner Mitte zu beherbergen. Kari trat mit den beiden Sklaven durch das gemauerte Eingangstor und blickte auf ein Giebelhaus, von dessen Wänden ihnen buntbemalte Drachenköpfe entgegenfauchten.

Zur Linken hatte Folke eine offene Scheune gebaut, in der sich die Torfballen, Grundlage seines Reichtums, stapelten, rechts standen ein Badehaus, Küche, Molkerei und ein paar Ställe. Vor dem Badehaus lehnte eine hölzerne Sitzwanne. Kari hoffte von ganzem Herzen, daß Folke die Höflichkeit hatte, ihm ein Bad anzubieten.

Er wartete mit Aedan und Earc, während der Torsklave sie bei der Herrschaft anmeldete. Die Kleider klebten naß auf seiner Haut. Außerdem hatte er einen Mordshunger. Aus dem Küchenhäuschen strömte der Geruch von gedünstetem Fisch, und das zwang ihn fast in die Knie.

Er hörte Rufe. Folke, um einiges rundlicher, als Kari ihn in Erinnerung hatte, stürmte aus dem Haus. Man hatte ihm Kari Sigurdson gemeldet, und der Anblick der drei verdreckten Jammergestalten ließ ihn verblüfft innehalten. Er musterte sie mit zusammengekniffenen Augen, seufzte – und schloß Kari endlich doch noch in die Arme.

»Ein Norweger und auf Wanderschaft! Gibt es keine Schiffe mehr in Birsay, Sigurdson? Du siehst, verzeih die Offenheit, erbärmlich aus. Aud! Wo steckt das Kind? Tauen wir dich erst einmal auf. Ich lasse Holz nachlegen. Hier entlang.«

Willenlos ließ Kari sich in die Wohnstube führen und auf das Fellager drücken. Folke begann ihn auszufragen, aber viel antworten konnte er nicht. Jetzt, wo er am Backfeuer saß und die Wärme durch seine Glieder fühlen strömte, wurde er erst richtig schwach. Folke hatte dafür Verständnis. Er rief wieder nach seiner Aud, und Augenblicke später trat ein Mädchen durch den Vorhang, das eine Schale mit etwas trug, aus der es so köstlich duftete, daß sich Kari förmlich die Eingeweide umdrehten.

Er war so erschöpft, daß er blinzeln mußte, um sehen zu können, und eigentlich galt sein Interesse der Suppe, aber dann sah er die Trägerin.

Und ... das Wesen, das zur Tür hineinschritt ... sie trug – so bildete er sich ein – einen Lichtkranz um den Kopf. Der Glanz der Sonne war in einem um ihr Haupt gewundenen Zopf eingefangen. Noch nie hatte Kari so goldene Haare gesehen wie die des Mädchens, das mit konzentrierter Miene eine Schüssel balancierte. Haare wie gehämmertes Messing.

Sie schaute hoch, als sie die Suppe auf einem Tischchen abgesetzt hatte, und Kari stellte fest, daß ihre Augen die Farbe des Meeres an einem warmen Sommertag hatten. Er starrte sie an wie ein Idiot, und als sie es bemerkte, errötete sie, und ihre Armreifen begannen zu klingen, als sie unwillig eine Haarsträhne hinters Ohr schob.

Folke lachte.

Er schickte sie nicht hinaus, sondern bot ihr einen Platz an seiner Seite, woraus Kari schloß, daß es sich um seine Tochter handeln mußte. Oder sein Weib?

Nein, eine Tochter, denn Folke begann über das Unglück zu lamentieren, das ihm im vergangenen Jahr die vierte Frau dahingerafft hatte, und welches Glück für ihn, daß sein Mädchen so umsichtig den Haushalt versorgen konnte, nicht wahr? Schlimm, wenn sie einmal heiraten würde. Aber wen es traf, der war ein Glückspilz.

Aud errötete wiederum, und Kari, dem es vorkam, als würde sie sich ärgern, wünschte sich eine kluge Erwiderung in den Kopf. Aber in der Wärme des Backfeuers schmolz sein Verstand dahin. Er murmelte etwas. Ihm wurde bewußt, daß seine Hände beim Essen zittern würden, so klapprig, wie er war, und er hoffte, daß die goldhaarige Aud wieder ging, bevor er sich blamierte. Stumm starrte er auf die Schüssel.

Aud erhob sich und schritt zu einem Webstuhl an der Längswand des Raumes. Sie hob das Schiffchen und ließ es durch die gespannten Fäden gleiten. Folkes Tochter webte ein Bild, und der Händler erläuterte, damit sein Gast es würdigen konnte, wie schwierig solche Arbeit sei, im Vergleich zu den gewöhnlichen Mustern und so. Kari ahnte, daß Aud seine Prahlerei schrecklich fand, auch wenn sie ihnen den Rücken kehrte.

»Ich habe mich gewundert, als man dich von der Pforte meldete«, sagte Folke. »Ich dachte, Sigurd ist auf dem Weg nach Irland.«

Kari wurde wachsam. Er wandte den Blick von Auds zierlichem Rücken. »Ist es der Wind, der solche Gerüchte nach Inver Ness bläst?«

Sein Gastgeber lachte gemütlich. »Gerüchte sind mein halbes Geschäft, und das würdest du begreifen, wenn du Händler wärst, Kari Sigurdson. Iß. Frauen können es nicht leiden, wenn man ihre Künste mißachtet. Und Aud versteht etwas vom Kochen, du wirst sehen.«

Während Kari den Löffel zum Mund führte und sich bemühte, nicht allzusehr zu kleckern, kamen Knechte und Mägde und holten sich von Aud Anweisungen. Einkaufen, Schlachten, ein Bad. Ja, es sollte ein Bad vorbereitet werden für den Gast. Aud warf ihrem Vater einen schrägen Blick zu. Es schien, als wäre sie gern hinausgeschlüpft und hätte selbst für alles gesorgt, aber Folke tat, als sähe er nichts. »Man flüstert, euer Heerzug soll nach Dublin gehen. Sigurd will die ganze Insel. Ist da was dran?«

»Wind eben – wie alles, bevor es besprochen und entschieden ist«, sagte Kari und gähnte. Es war unangenehm, mit müdem Kopf ausgehorcht zu werden, und er war tatsächlich so müde, daß er nicht einmal mehr für die hübsche Aud die Augen offenhalten mochte.

Folke nahm ihn beim Arm und führte ihn über den Hof ins Badehaus.

Aud hatte in einem Steinbett in der Mitte des Baderaums ein gewaltiges Feuer entfachen lassen, dessen Rauch durch ein Loch in der Decke abzog. Über dem Feuer hing der Wasserkessel. Dampf vernebelte den Raum. Buntgefärbte Streifenvorhänge an Holzstangen schmückten die Wände, geflochtene Strohtreter den Boden, und auf der Bank hinten im Raum stapelten sich Badelaken und gewebte Tücher.

»Aud weiß, wie man es einem Mann gemütlich macht«, erklärte unvermeidlich Karis Gastgeber.

Ein halbnackter Sklave beugte sich über eine Eisenschale mit erhitzten Steinen, auf die er parfümiertes Wasser goß. Bei Odin, welche Düfte! Neben dem Sklaven in einer Bodenvertiefung befand sich das Wichtigste: ein bauchiges Faß mit heißem Wasser, die Wanne.

Augenzwinkernd klopfte Folke seinem Gast auf die Schulter und verließ ihn.

Der Sklave drehte sich um.

»Isses Euch gut, Herr?« fragte er mit breitem Lächeln. Sie hatten Earc geschickt, um ihm beim Baden zu helfen, und Kari freute sich darüber, obwohl er auch mit jemand Fremdem vorliebgenommen hätte, denn er konnte sich vorstellen, wie erschöpft sein Sklave sein mußte. Earc schloß hinter Folke die Tür, zog den Vorhang darüber, um die Zugluft fernzuhalten, und half Kari beim Auskleiden.

In der Badestube war es dämmrig. Licht kam nur von dem Feuer, mit dem das Wasser nachgewärmt wurde. Kari war so müde, daß die Wandbehänge vor seinen Augen verschwammen. Die Wanne war groß genug, um sich zu setzen. Er rutschte sich zurecht, schloß die Augen und verschlief die Zeit. Undeutlich nahm er wahr, wie Earc ihm den Schmutz von der Haut wusch.

»Laß. Leg dich hin und mach die Augen zu«, murmelte er.

Earc goß heißes Wasser über seinen Kopf, schmierte etwas in seine Haare und begann, ihm die Kopfhaut zu massieren.

»Das muß nicht sein. Earc, wirklich.« Erschöpfung tat weh. Und Earc war so lange gelaufen wie Kari selbst. Er hatte ihn einen Teil der Strecke fast getragen. Kari mochte nicht über Earcs Befinden grübeln. »Laß mich in Ruhe.«

»Isses aber nötig«, protestierte Earc und spülte ihm mit einem neuen Schub heißen Wassers die Seife aus dem Haar. Kari tauchte unter, und als er wieder hochkam, hielt er Earcs Arm fest. Das Gesicht des Sklaven hing weiß über seinem eigenen.

»Du gehst mir auf die Nerven«, sagte Kari.

Earc nickte.

»Verschwinde.« Kari stieg aus der Wanne und riß dem Sklaven das Badetuch aus der Hand, um sich selbst trockenzureiben. Die Bank an der Wand lud zum Schlafen ein. Earc huschte aus dem Schatten, kaum daß er sich niederlegte. Er deckte ihn mit den Tüchern zu und stopfte sie fest, erst unter Karis Bauch, dann um die Beine. Er konnte nicht anders. Sein verschwitzter Körper roch nach Sklavenfurcht.

Verstimmt schlief Kari ein.

Es mußten Stunden vergangen sein, als er aufwachte. Jemand, wahrscheinlich Earc, hatte das Wasser ausgeschüttet, den Boden gewischt und saubere Kleider für ihn bereitgelegt.

Schläfrig zog Kari sich an.

Er traf Folkes Tochter in der Wohnstube. Aud stand wieder vor ihrem Webrahmen, und Kari sah nun, daß sie das Bild des Christengottes am Marterkreuz nachwebte. Als er eintrat, blickte sie auf, verwirrte sich mit den Fäden und bat ihn, nein, sie wies ihn an, Platz zu nehmen. Aud wußte, was sie wollte. Sie klatschte in die Hände, und bald darauf kamen zwei Mägde und trugen Schüsseln mit pfeffrigem Lammfleisch, Sauermilch, Kochzwiebeln und Käsestreifen herein.

Kari seufzte innerlich. Die Suppe hatte ihn nicht satt gemacht. Ihm knurrte der Magen. Aber gleichzeitig lag ein Druck darauf, der ihm den Appetit verleidete. Lustlos starrte er auf die Schüsseln. Aedan und Earc fielen ihm ein.

»Weißt du...« Er unterbrach sich und wartete, bis die Mägde das Mahl auf dem kleinen Tischchen angeordnet hatten. »Weißt du, wo der Sklave ist, der bei mir war? Der mit dem schwarzen Haar?«

Aud, die schon wieder am Rahmen stand, warf ihm einen Blick über die Schulter zu. »Du meinst den Jungen? Folke hat ihn zu den anderen in die Scheune geschickt. Sie wenden dort

Torf. Ich hoffe, es ist dir recht?« Eine verlegene Pause trat ein. Sklaven waren kein Gesprächsthema. Und von dem Essen hatte Kari auch noch nichts angerührt. Verfluchter Magen.

Aud räusperte sich. »Wie geht es deiner Stiefmutter? Sie ist einmal hier in Inver Ness gewesen, kurz bevor sie geheiratet hat.«

»Oh, Pantula geht es gut, danke. Sie hat einen Sohn bekommen.«

Aud nickte, und wahrscheinlich fand sie, daß er ein anstrengender Gast sei. Aedan wendete also Torf. Es war blödsinnig, sich über ihn den Kopf zu zerbrechen. Sklaven wurden geschunden, seit Odin die Welt besucht und die Stände eingeteilt hatte. Das bißchen Arbeit würde ihn nicht umbringen.

»Wenn du es gewohnt bist, ihn um dich zu haben – er kann auch hierherkommen«, sagte Aud, als hätte sie seine Gedanken gelesen. Sie wartete keine Antwort ab, sondern klatschte erneut in die Hände und schickte eine Magd zur Torfscheune. Ihre Stimme klang weich. Es tat gut, bei ihr zu sitzen. Man fühlte sich, als wäre die Welt weniger rauh.

»Hattet ihr ein schönes Julfest?« fragte Kari.

Aud nickte. Sie schaute auf die Schüsseln, und Kari begann von dem scharf gewürzten Lammfleisch zu essen. Er hatte einen Widerwillen gegen den Geruch, und er nahm auch nur wenige Bissen, aber schon das war zu viel. Sein Magen schien sich mit Feuer zu füllen. Etwas stimmte damit nicht. Wahrscheinlich hatte das Gift seine Magenwände verätzt. Kari war froh, als die Magd mit Aedan zurückkehrte und er die Schüssel unauffällig fortschieben konnte.

Aedan, Mog Ruiths kostbarer Königsmacher, schlich durch die Tür, als wäre er ein geprügelter Hund. Seine Haare klebten am Kopf. Sie mußten ihn in der Torfscheune tüchtig gescheucht haben. Die linke Wange war knallrot, als hätte ihm jemand eine Ohrfeige verpaßt.

Kari merkte, daß Aud etwas gefragt hatte, und ärgerte sich,

weil er sie bitten mußte, ihre Frage zu wiederholen. Aud hatte nur wissen wollen, ob er noch eine weitere Portion von dem Lammfleisch haben wolle. Nein, das wollte er nicht. Wahrhaftig nicht. Sein Magen schmerzte fast so schlimm wie in der grauenvollen Nacht, nachdem er das Gift getrunken hatte.

Sie kam zu ihm herüber und setzte sich neben ihn, um ihm Kochzwiebeln auf einen Holzteller zu füllen.

Karin winkte Aedan herbei. »Schenk uns Wein ein!« Er merkte, daß seine Stimme schroff klang. Er wollte den Jungen nicht anbrüllen. Es war nur, weil ihm vom Anblick der Zwiebeln schlecht wurde und weil er hoffte, daß der Wein die Gewürze von den Magenwänden spülen würde.

Aedan rührte sich nicht.

»Der Wein!« fauchte Kari.

Diesmal wurde der Junge wach. Er fuhr erschreckt zusammen. Und Aud runzelte die Stirn. Wenn sie ein Kreuz webte, dann war sie Christin. Christen machten Umstände um Sklaven. Pantula hatte sich um Aedan gesorgt – und Aud gefiel es auch nicht, daß er grob zu ihm war. Es hatte ja auch gar nicht in seiner Absicht gelegen, nur...

Aedan griff nach dem Krug. Die Lippe beleidigt vorgeschoben, hob er die Kanne. Aber ungeschickt. Der Wein schwappte über den Rand und tropfte über den Tisch und zu Boden. »O nein.« Seine hübschen, schwarzen Augen mit den Seidenwimpern hoben sich zu der jungen Hausfrau. »Tut mir leid«, murmelte er.

Aud nickte. Sie hatte Augen im Kopf. Der schwarzäugige Sklave war zu Tode erschöpft. Er hatte ihr Mitgefühl, und sie machte keinen Versuch, das zu verbergen. Aedans Augen begannen zu glitzern. Umständlich wischte Aedan die Hand an seinem Kittel ab. Er wollte wieder nach der Kanne greifen, aber Kari hatte das Gefühl, es wäre besser für den Tisch und den Boden, ihm die Arbeit abzunehmen. Er beugte sich vor.

Verdutzt sah er, wie Aedan zusammenschrak. »Nein, Herr,

ich mach' das...« Der Junge riß sich darum, ihnen einzuschenken. Heftigster Eifer. Aber zu hastig. Noch ein Platsch.

»Was hast du vor? Darin zu baden?« knurrte Kari.

Besänftigend legte Aud ihre Hand auf seinen Arm. Es war nicht nötig. Er hatte überhaupt nicht die Absicht, Aedan etwas anzutun. Er war sanft wie ein Kalb. Hatte er den Jungen nicht selbst hierhergeholt, um ihn von der Arbeit zu befreien?

Aedan beugte sich über die Becher. Umständlich hob er die Hand unter die Kanne – Spielerei, denn das Gefäß hatte kaum Gewicht – und goß ihnen ein. Aud nickte so gütig, als hätte er ihr einen Riesendienst erwiesen, und Aedan erwiderte ihr Lächeln mit einem zutraulichen Strahlen, das so falsch war wie seine Angst. Der Junge wollte die Kanne zurückstellen. Wie dumm nur: sein Ärmel streifte Karis Becher. Er kam so unglücklich dagegen, daß sich der Wein – wie dumm ebenfalls – über Karis Hose ergoß.

Kari rührte sich nicht. Er hatte viel zu schlimme Magenschmerzen. Daher gab es keinen Grund für Aedan, die Arme über den Kopf zu reißen und sich auf den Boden zu stürzen, als wolle ihn jemand verprügeln. Und auch nicht für Aud, Kari festzuhalten.

»Es ist ja nichts geschehen«, flüsterte sie, was der Wahrheit entsprach, wenn man einmal von dem nassen Fleck auf Karis Hose absah. Aud hatte keine Augen für den Fleck. Ihre Aufmerksamkeit galt Aedan, der zu heulen anfing, und sie rutschte noch dichter an Kari heran. »Der Zorn ist ein schlimmer Ratgeber«, sagte sie vorwurfsvoll.

Waren weibliche Augen unfähig, Spott zu erkennen, wenn er in samtenen Augen schwamm? Kari drückte die Hand – die freie, die von Aud nicht festgehalten wurde – auf den Magen. Seine Magenwände standen in Flammen. Salz auf offener Wunde, so fühlte sich das an.

Aud klatschte in die Hände. Eine Sklavin kam, um die Bescherung, die Aedan angerichtet hatte, zu beseitigen. Aud hatte ebenfalls einige Spritzer auf ihr Kleid bekommen. Sie verschwand, um es zu wechseln.

Als Kari ihr nachsah, stand Aedan plötzlich neben ihm und beugte sich auf ihn herab. Ein Wunder hatte seine Augen getrocknet. Nachdenklich sagte er: »O je!«

»Du hast dir Schläge verdient, das weißt du.«

»Gewiß. Aber vorher solltest du ein Kamillengebräu trinken, mein zorniger Herr. Mag sein, du könntest sonst nicht die Feder heben, die du zum Prügeln bräuchtest. Hast du von dem Würzfleisch gegessen?«

Auch wegen seiner losen Zunge hätte er geschlagen gehört. »Hole Earc!« ächzte Kari.

»Earc heilt jede Krankheit mit Wein. Und der bekommt dir sowenig wie das Fleisch. Das kannst du mir glauben, Kari Sigurdson.«

Aedan rief nach der Sklavin. Er tat, als hätte er das Recht zu einem eigenen Willen. Kari ließ ihn seufzend gewähren. Er schloß die Augen und hoffte, daß Aud in ihrem Zimmer blieb. Er schwitzte vor Schmerz.

Irgendwann flößte Aedan ihm einen Kamillentrank ein. Die Kamille gehörte zu Baldurs neun heiligen Kräutern. An dem Trank konnte nichts Schlimmes sein.

Folke horchte sich in Inver Ness um. Kari hatte ihm nicht alles von Mog Ruith erzählt, der Mann war schließlich kein Verwandter, genaugenommen nicht einmal ein Freund. Zwei Norweger in der Fremde, das war das einzige Band zwischen ihnen. Er hatte ihm von den ermordeten Wickleuten und von Thorkel berichtet, damit er die Dringlichkeit der Suche verstand, und das reichte dem Mann.

Es gab in Inver Ness ein Gasthaus, das sich Zum Heiligen Columba nannte. Dorthin sandte Folke seine Spione. Aber im Heiligen Columba war man ratlos. Gäste hatte es eine Menge gegeben, wenn auch nicht ganz so viele wie im Sommer, aber an einen Hund – zumindest an ein außergewöhnliches Tier – wollte sich niemand erinnern.

»Sie sagen die Wahrheit«, entschied Folke. Sein Fischlieferant war mit dem Wirt des Columba verschwägert und schwor darauf. Diese Spur war also im Sande verlaufen. Dann fiel Aud ein, daß es noch eine kleine Kapelle oben in Richtung der Berge gab, die dem Heiligen Columba geweiht war. Folke schickte gleich am nächsten Tag einen seiner Knechte dorthin. Aber bei der Kapelle lebte nur ein alter Eremit, der seit Wochen keinen Besuch mehr bekommen hatte. Das war also auch nichts gewesen.

Konnte es sein, daß Annis sie angelogen hatte?

»Ich fürchte, ich muß zurückfahren«, entschied Kari mutlos. Der lehmhaarige Zauberer war ihnen durch die Finger geschlüpft, daran war nichts zu ändern. Aber dann gab es eine Schwierigkeit, mit der er nie gerechnet hätte. Folke, sein Helfer, besaß kein Schiff. Er könnte wohl eines auftreiben, aber erst in zwei Monaten. Sein Neffe, mit dem er zusammenarbeitete und dem die beiden Torfschiffe gehörten, war im Winter in Irland unterwegs, wo der warme Strom die Fahrt erleichterte.

Kari seufzte. Das hieß, zu Fuß nach Birsay zurückkehren. Oder reiten, was zumindest einige Grade besser war.

Da hatte Folke eine Idee. Er ließ seine Tochter einen auf Leder gezeichneten Plan herbeischaffen und erläuterte an Hand der blauen Linien und schraffierten Flächen, daß der Weg von Inver Ness nach Ross mindestens ebensoweit und wahrscheinlich gefährlicher war, als wenn Kari an den Seen entlang und quer durch Schottland gleich zur Westküste wandern würde. Vielleicht würde er seinen Vater dort treffen oder hören, wo er sich befand. Ganz sicher aber würde er verläßliche Hilfe bekommen, denn alle Westinseln waren Sigurd tributpflichtig.

Ausführlich erörterten sie Vor- und Nachteile dieses Weges. Kari Sigurdson war ein angenehmer Gast gewesen, da scheute Folke keine Gedanken. Es gab Bären und Wölfe in den Bergen, erklärte er, aber die kamen selten zu den Seen hinunter, und eigentlich sah Kari auch nicht aus, als würde er sich davor fürchten. Und mit Schnee und Stürmen hatten sie überall zu rechnen.

Aud meinte, daß man Kari einige Männer zur Seite stellen könnte, aber das lehnte Kari ab, und er merkte, daß er seinem Gastgeber damit eine Last von der Seele nahm. Sklaven, die nicht arbeiteten, waren totes Kapital. Folke konnte rechnen, und selbst die beste Freundschaft hatte ihre Grenzen. Sie kamen überein, daß Kari das gute Wetter nutzen und sich schon am nächsten Tag auf den Weg machen sollte. Eine Woche marschiert, und sie wären an der Westküste in Kintyre, meinte Folke.

»Hast du schon einmal etwas von Druiden gehört? Von diesen irischen Priestern?« fragte Kari in einer Eingebung. Eigentlich hatte er mit nichts gerechnet, aber Folke, oder vielmehr sein Neffe, war ein vielgereister Mann, und das zeigte sich nun.

Der Neffe hatte von Druiden erzählt. Es gab nicht mehr allzu viele. Die meisten waren in die Klöster gegangen, nachdem Patrick mit seinem Christentum die Insel erobert hatte. Dort hatten sie Handschriften kopiert oder Studien getrieben. Aber auf Kintyre lebten noch einige und wohl auch an der Westküste und in Irland.

»Sie sind Zauberer«, erklärte Aud schaudernd. »Es heißt, daß sie Menschen opfern, wenn sie in die Zukunft sehen wollen. Sie stoßen ihnen ein Messer in den Bauch, und während die Armen sterben, lesen sie aus ihrem Blut und ihren Zuckungen die Zukunft.«

»Nicht in den Bauch. In den Rücken«, widersprach Folke. »Manchmal sehen sie die Zukunft auch im Flug der Vögel. Ja, und es heißt, daß sie die Eiche verehren. Früher opferten sie darunter in bestimmten Nächten weiße Stiere.«

»In magischen Nächten. Und nur, wenn auf dem Eichenbaum eine Mistel wuchs.«

Folke nickte. »Daran kann man erkennen, von welcher Art sie sind. Ist nicht Baldur, der Götterliebling, durch eine Mistel getötet worden? Und beweist das nicht, welch ein gräßlicher Geist die irischen Zauberer treibt? Ihr größtes Heiligtum ist, was den Lichtgott tötete und das Gute von der Erde verbannte.«

Darauf hätte man antworten können, daß die Mistel auch den Odinsanbetern als heilig galt. Aber Kari mochte ihm nicht widersprechen. Aud saß neben ihm, und ihr Haar, das sie jetzt offen trug, berührte seinen Hals. Es war ihm egal, welchen Göttern Folke diente.

Wölfe

Sie machten sich an einem sonnigen Morgen auf den Weg. Verlaufen konnten sie sich kaum. Solange sie sich an die Seen hielten, würde nichts schiefgehen, hatte Folke gesagt. Aud hatte sie noch einmal vor den Seedrachen und Wölfen gewarnt und ihnen Vorräte und warme Schaffellsäcke zum Schlafen eingepackt und dafür gesorgt, daß sie Lederhüte, Stiefel, Wollhandschuhe und doppelt genähte Umhänge trugen. Auch die beiden Sklaven hatte sie eingekleidet, was Kari in seiner Überzeugung bestärkte, daß niemand ihr an Liebenswürdigkeit und Güte gleichkam.

Er genoß die Wanderung. Der Ness-See war lang. Man hätte ihn für einen breiten Strom halten können, wenn sein Wasser sich bewegt hätte. Den ganzen Tag wanderten sie westwärts das Ufer entlang. Das Wetter meinte es gut mit ihnen. Eine gelbweiße Sonne hatte die Wolken vom Himmel gesogen und überstrahlte Tal, See und Wälder. Fels, der ihnen bisher schroff entgegengestarrt hatte, schimmerte in warmen Rot- und Goldtönen, Bäche sprudelten über die Steinbetten, an geschützten Uferstellen reckten Schneeglöckchen die Blütenköpfe aus der Erde.

Karis Stimmung erreichte einen Höhepunkt. Er war noch nie längere Strecken gelaufen. Die Orkaden boten dazu nicht genügend Platz, und in die Länder, die er sonst betreten hatte, war er als Feind und Plünderer gekommen. Er genoß die Weite und Helligkeit, die Kraft der schneebedeckten Berge und die klare Luft. Wenn es nach ihm gegangen wäre, dann hätte das alles ruhig noch ein paar Wochen andauern können. Aber – und das verlor er bei aller Freude nie aus den Augen – Sigurd mußte vor Mog Ruith gewarnt werden, und wenn sie ihn auf einer der Westinseln erwischen wollten, dann mußten sie sich ranhalten.

»Wohin gehen wir?« fragte Aedan, als sie sich kurz vor der Dunkelheit in der Ruine einer verlassenen Bauernkate einquartiert hatten. Kari wies ihn an, Holz zu suchen. Als sie um den Steinkreis mit den flackernden Flammen saßen, satt gegessen von Auds Vorräten, holte er den Plan heraus.

Aedan begriff schnell, worauf es ankam. Er nahm seinen Finger zur Hilfe und maß den Weg aus, den sie vor sich hatten.

»Fünfzehn, vielleicht zwanzig Tage«, schätzte er.

»Und nur halb soviel, wenn die Wölfe aus den Bergen kommen und dir Beine machen«, scherzte Kari. Aedan war in Inver Ness von einem Norbottenspitz verbellt worden, der sich bei den Ställen herumtrieb, und Kari war dazugekommen, wie er sich leichenblaß an den Stamm des Kirschbaumes geklammert hatte. Kari hatte den Hund verscheucht, und sie hatten kein Wort darüber verloren – um so überflüssiger jetzt die Bemerkung. Er sah, daß der Junge sich darüber ärgerte.

Aedan beugte seinen schwarzen Kopf wieder über den Plan. »Wo wohnt der Jarl, zu dem du gehen willst?«

Karis Finger fuhr am Ufer des großen Westfjords entlang und dann weiter bis zur Spitze der Halbinsel Kintyre.

»Wie heißt das alles? Ich kann eure Sprache nicht lesen.«

Kari konnte es auch nicht. Aber er nannte Aedan die Orte, die er im Gedächtnis hatte: Iona, Mull, Islay, Arran, lauter Inseln, besetzt und bewohnt von den Norwegern.

»Früher war das irisches Land«, sagte Aedan. »Die Dalriada sind aus Nordirland hinübergefahren und haben es besiedelt. Wenn man hier unten ist...«, er zeigte auf das äußerste Ende der Kintyre Halbinsel, »... dann kann man bei gutem Wetter bis nach Irland sehen. Oengus hat mir das erzählt.« Er fuhr mit dem Finger weiter, wieder landeinwärts zum Fjord hinauf, verharrte, als wäre ihm etwas eingefallen, aber im nächsten Moment warf er Kari den Plan in den Schoß.

»Ich bin müde.« In seinem Fellsack lag er sowieso schon, er mußte sich nur tiefer hineinverkriechen. »Soll ich nachher Holz nachlegen?«

»Das sollst du, und es ist ein gutes Zeichen, daß du von allein darauf kommst.« Kari blickte auf die Karte. Er wußte selbst nicht, woran es lag, jedenfalls packte ihn plötzlich ein häßliches, kleines Mißtrauen. Er stieß mit dem Fuß gegen den Sack. »Aedan Skräling – du hast doch nichts Verbotenes vor?«

»Bitte?«

»Es wäre aussichtslos.« Kari rollte den Plan zusammen und stopfte ihn in seinen Sack. »In Kintyre und überall, auf jeder Insel und an jedem Fleck der Westküste leben Norweger. Und du mit deinem gälischen Akzent – keiner würde dir helfen, die See zu überqueren. Sie würden dich schnappen und dafür sorgen, daß du den Rest deines Lebens für sie schuftest. Schlag dir also jeden Übermut aus dem Kopf.«

Aedan warf ihm einen seiner rätselhaften Blicke zu. »Hab' ich nicht gesagt, daß in Irland niemand auf mich wartet? Warum sollte ich zurückwollen?«

Kari zuckte die Achseln. Es war ein Fehler gewesen, den Sklaven die Karte zu zeigen. Nicht Earc, der wußte damit nichts anzufangen. Aber Aedan war voller Klugheit – und Unruhe. Müde verkroch Kari sich in seinen Schlafsack. Er sah zu, wie Earc eine Ratte verjagte, die am Sack mit dem Salzfleisch knabberte, dann wurde es still. Bald war er in tiefen Schlaf versunken.

Aedan unternahm keinen Fluchtversuch. Aber es änderte sich etwas. Nichts Bestimmtes, auf das man den Finger hätte legen können. Doch die Stimmung schlug um.

Die drei Reisenden wanderten mehrere Tage an den Ufern der Seen entlang, und immer öfter mußte Kari, der voranlief, stehenbleiben und warten. Das war ärgerlich. Noch mehr reizte ihn aber, wie unbeteiligt Aedan seine Vorwürfe über sich ergehen ließ. Er war in seine Gedanken versponnen und gleichgültig gegen alles. Sigurd hätte so ein Benehmen nicht geduldet. Er schlug für jeden falschen Atemzug. Und deshalb wurde er respektiert. Das Leben mußte eine Ordnung haben.

Das Wetter verschlechterte sich. Am Nachmittag eines besonders anstrengenden Tages verzog die Sonne sich früher als gewöhnlich hinter die Wolken. Kari drängte zur Eile, denn er wollte noch etwas fürs Nachtmahl schießen. Ihre Salzfleischvorräte waren begrenzt, mußten also geschont werden. Niemand konnte garantieren, daß das Wetter sich hielt. Und Schnee oder Stürme konnten sie tagelang zwischen den beiden großen schottischen Bergrücken festhalten.

Er suchte eine Uferhalbinsel als Lagerplatz aus. Büsche und kniehohes Queckengras gaben Windschutz. Trinkwasser bot der See. Bevor er sich zur Jagd aufmachte, befahl er Aedan – nicht Earc, sondern Aedan, wie er betonte –, Buschwerk und Unkraut auszurupfen und freie Erdfläche für ein Feuer zu schaffen. Earc arbeitete ohnehin immerzu.

Mit Pfeil und Bogen schlich Kari in die abseitigen Hügel. Aber es war eine schlechte Zeit zum Jagen. Der Wetterumschwung machte die Tiere nervös. Ein Rebhuhn, das er schon vor dem Pfeil hatte, entwischte ihm, weil er mit dem Fuß in ein Erdloch abrutschte. Am Ende erbeutete er nichts als einen Schneehasen, der mit einem humpelnden Bein zu langsam für die Flucht war. Das reichte nicht einmal für zwei zum Sattwerden. Für einen weiteren Jagdversuch war es aber zu spät.

Vielleicht war es Zufall, daß ausgerechnet Earc mit den Füßen das Erdreich für das Feuer auseinandertrat, als er zum Lagerplatz zurückkehrte, und vielleicht war es Zufall, daß Aedan gerade jetzt am Wasser lag und trank. Aber es war die Kleinigkeit, die Karis Galle zum Überlaufen brachte.

»Nimm ihn aus!« brüllte er, während er den erschrockenen Aedan am Kragen packte und auf die Füße stellte. Aedan wollte sich losreißen. Nicht wirklich, aber er machte eine abwehrende Bewegung mit dem Arm und...

Sigurd tötete für Trotz.

Ich bin nicht Sigurd, dachte Kari und kam sich gleichzeitig töricht vor. Die Welt brauchte eine Ordnung. Er ließ Aedan fallen und warf den Hasen auf ihn herab.

Angeekelt stieß der Junge das Tier von sich. Das Blut klebte fettig auf seinem Bauch und an den Händen. Dies bemerkte er aber erst, als er aufstehen wollte. Entsetzt stierte er auf die roten Flecken.

Earc griff nach dem Hasen.

»Nein«, sagte Kari.

Aedan starrte noch immer auf das Blut. Im nächsten Moment jagte er wie von Dämonen gehetzt zum See hinab. Er stürzte sich hinein – ein Glück für ihn, daß er eine flache Stelle erwischt hatte, denn er zappelte wie jemand, der nicht schwimmen konnte – und rieb sich, als er auf die Füße gekommen war, wie verrückt den Kittel.

»Mach Feuer«, sagte Kari zu Earc.

Earc beeilte sich. Er machte ein großes Feuer und wollte – wie offenkundig er das auch zu verbergen suchte – seinen Freund aufwärmen. Aber Aedan hockte sich, als er aus dem Wasser kam, ins Ufergras. Kari ging mit dem Hasen zu ihm hinüber. Er warf ihm das tote Tier und ein Messer vor die Füße.

Der Mond stand schon am Himmel, ehe Aedan zum Feuer zurückkehrte. Der Braten, den er Earc zum Aufspießen reichte, war das verstümmeltste Stück Fleisch, das Kari jemals untergekommen war. Und so naß, als hätte Aedan es im Wasser gehäutet.

Earc hatte es den Appetit verschlagen, Aedan bat um kein Essen – am Ende warf Kari halb abgenagte Knochen hinaus in den See.

Es kühlte sich weiter ab und begann zu nieseln. Am Mittag des folgenden Tages, als sie eine kurze Rast machten, um ihr Gepäck umzuverteilen, kam Aedan zu Kari und entschuldigte sich. Kari nahm die Entschuldigung an und hoffte, daß sich die Wolken der Zwietracht verziehen würden. Sie hatten das Glück, fürs Nachtlager eine verlassene Bärenhöhle zu finden, und nachdem sie vom Salzfleisch gegessen hatten, lauschten sie dem Plätschern der Regentropfen gegen ihr Felsendach. Auds Fellsäcke hielten sie warm.

»Glaubt ihr, daß Mog Ruith noch an uns denkt?« fragte Aedan.

»Sicher«, sagte Kari. »Aber es wird ihm nichts nutzen, denn er weiß nicht, wo wir sind.«

»Manchmal träum' ich von ihm. Dann steht er plötzlich vor mir mit seinem Hund und fängt an, auf diese gräßliche Art zu lachen.«

»Isses zum Fürchten«, stimmte Earc ihm bei.

»Er hat sich wahrscheinlich irgendwohin verkrochen und wartet ab, welches Ende der Krieg in Irland nimmt«, sagte Kari.

Am nächsten Morgen schliefen sie lang. Die Sonne warf schon Lichtbahnen in ihren Unterschlupf, als Kari die Augen aufschlug. Draußen war es kälter als die Tage zuvor, er spürte einen eisigen Luftzug und hatte nicht die geringste Lust, seinen warmen Sack zu verlassen. Earc hustete im Schlaf, sonst war es still.

Wohlig streckte Kari die Muskeln. Und dann war er plötzlich hellwach. Er drehte sich auf die Seite. Aber auch ohne in Aedans Winkel an der Felswand zu blicken, wußte er auf einmal, daß der Junge verschwunden war. Er reckte den Hals – und befreite sich mit einem Fluch aus dem Fell.

Gerechterweise ging er erst nach draußen und zum Seeufer, bevor er ein endgültiges Urteil fällte. Aber es stimmte: Aedan war fort.

Earc blinzelte und drehte verwirrt den Kopf, als Kari in die Höhle zurückstürmte.

»Er ist weg«, sagte Kari knapp. »Beeil dich. Ich will ihn vor

Mittag erwischen.« Er stopfte seine Habseligkeiten zusammen. Aedan hatte den Fellsack mitgenommen, aber nichts vom Essen. Das war dumm von ihm und würde die Sache beschleunigen.

»Er isses ohne Gedanken. Isses wie ein Kind«, traute Earc sich einzuwerfen, während er seinen Sack zuband.

»Eines, dem das Fell juckt!« Kari warf sein Gepäck über die Schulter. Er hielt Earc an, als der an ihm vorbeiwollte. »Ich habe eine Menge Rücksicht auf ihn genommen, Earc. Keiner hätte das gemacht. Aber wenn du ihn das nächste Mal heulen siehst, dann wird er einen Grund haben, das schwör' ich dir!«

Sie verloren keine Zeit. Einen Schluck am See, das war alles, was Kari sich und Earc noch gönnte.

Was hatte Aedan vor? Wahrscheinlich wollte er nach Kintyre. Und dann hinüber nach Irland. Wie restlos blöde von ihm. Erstens würde er es sowieso nicht allein durch die Berge schaffen, zweitens würde man ihn, wenn doch, an der Küste erwischen, und drittens, dachte Kari grimmig, hätte ich ihn sowieso freigelassen. Nach der Irlandschlacht. Wer konnte schon einen Sklaven brauchen, der nichts als Ärger machte!

Während er zornig voranschritt, begann er über diese Frage nachzudenken. Was hatte Aedan denn nun wirklich fortgetrieben – aus der relativen Sicherheit, die er in Karis Gesellschaft genossen hatte, hinaus in eine möglicherweise tödliche Einsamkeit? Er war doch kein Idiot.

Wütend zertrat Kari die zarten Reifgebilde. Mog Ruith hatte den Jungen einen Königsmacher genannt. Und etwas mit ihm vorgehabt. Hatte Aedan ihn genarrt und betrogen? Von Anfang an? War ja auch so einfach. Der blöde, gutgläubige Kari. Einer, dem man alles erzählen konnte. Wahrscheinlich hatte sein Sklave sich heimlich über ihn totgelacht.

Sie holten den Flüchtigen nicht ein. Weder am Vormittag noch später. Der Junge mußte sich schon in der Nacht auf den Weg gemacht haben, wahrscheinlich, als seine Gefährten eingeschlafen waren. Oder hielt er sich vielleicht gar nicht an die Seenroute?

Kurz bevor die Nacht ihnen die Sicht nahm, fand Earc eine rote Kordel. Eines von den Dingern, mit denen Aedan sich die Hosenbeine über dem Fuß zusammengeschnürt hatte. Kari lächelte grimmig. Sein Zorn hatte sich durch den Gewaltmarsch nicht gelegt. Im Gegenteil.

»Wir gehen weiter«, befahl er und besorgte sich einen dicken Ast als Fackel.

Das Panorama hatte sich geändert. Sie waren in Waldgelände geraten. Buchen und Fichten mit nackten Stämmen verstellten ihnen den Weg wie schwarze Säulen. Über dem Geäst flirrten die Sterne. Der Boden war von Unkraut und Dornenzweigen bedeckt, in dem sich ihre Hosen verfingen.

»Kein Grund, haltzumachen!« knurrte Kari, obwohl Earc sich gar nicht traute, etwas Derartiges anzudeuten. Sie verstrickten sich im Unterholz und mußten umkehren und einen Umweg machen. Kari war froh, als endlich der See wieder auftauchte.

»Siehst du jetzt, was für ein Schwächling dein Aedan ist?« fragte er, als sie, inzwischen völlig außer Atem, anhielten und auf die glitzernde Wasserfläche starrten.

»Kann es sein, er ist hinter uns. Hat er vielleicht Rast gemacht«, gab Earc zu bedenken.

»Nein. Er läuft. Der läuft, bis er umfällt.«

»Isses vielleicht schon geschehen?«

»Was soll das, Earc? Du heulst ja schon um ihn, bevor ich ihn erwischt habe.«

»Isses das Blut«, meinte Earc schüchtern. »Macht Aedan verrückt.«

»Oder es gibt etwas, das er in Irland erledigen will.«

Es war zu dunkel, um Earcs Mimik zu erkennen. Aber Kari glaubte ohnehin nicht, daß Aedan sich dem Sklaven anvertraut hatte. Aedan war ein Schwächling, aber ein durchtriebener.

»Isses der Mond weg.« Earc wies zum Himmel.

Kari nickte. Widerwillig schnallte er den Fellsack vom Rücken und rollte ihn inmitten fauligen, nassen Laubes aus.

Er erwachte von einem Kitzeln in seinem Gesicht. Verwirrt schlug er die Augen auf – und mußte sie gleich wieder schließen, weil ihm etwas Nasses auf die Lider fiel. Es schneite.

Kari wußte nicht viel von Schnee. Auf den Orkaden hatte es das letzte Mal geschneit, als er ein kleiner Junge gewesen war, und seine ganze Erinnerung an dieses Ereignis war die Schelte seiner Mutter, weil er sich die Schuhe verdorben hatte.

Stirnrunzelnd schälte er sich aus dem Fell. Die Temperaturen waren empfindlich gefallen. Die Zweige und Äste des Waldes bogen sich unter einer fingerdicken Schneeschicht. Tausende winziger Sterne glitzerten in dem Weiß und blendeten die Augen. Er bückte sich und zog den Finger durch das Gefrorene. Es war kalt und irgendwie pappig. Norwegen und Island sollten voll von dem Zeug sein. Angeblich konnte man mit Holzbrettern darüberfahren, und das sollte eine schnelle Art zu reisen sein. Aber sie hatten natürlich keine solchen Bretter. Und Kari konnte sich auch nicht vorstellen, wie das funktionierte.

»Beeil dich, Earc. Wir brauchen Bewegung.«

Es ging langsamer als am Tag zuvor. Ihre Füße versanken bis zu den Knöcheln im Schnee, und es kostete Mühe, sie wieder herauszuziehen. Kari hätte trotzdem einen flotten Marsch versucht, aber Earc pustete vor Anstrengung.

»Isses dummes Kind«, murmelte er, und Kari hatte den Verdacht, daß er gelegentlich weinte.

Er schnaufte verächtlich. Sein Zorn glühte nicht mehr. Er war kalt geworden wie der Schnee, der unter seinen Füßen barst. Ihre Schuhe wurden naß, und ihre Füße begannen zu frieren. Nicht einmal die Wollsocken, die Aud ihnen mitgegeben hatte, schützten dagegen. Aber ein Gutes hatte der Schnee doch. Das ging Kari auf, als sie den Wald verließen und vor ihnen wieder freies Feld auftauchte: Sie konnten Fußspuren erkennen.

Und sahen auch welche.

Gar nicht weit voraus. Aedan mußte sich dichter als sie an den See gehalten haben. Vielleicht war er am Ufer entlanggegangen, um sich nicht zu verirren. Aber das hatte ihn Zeit gekostet. Kari stapfte weiter. Über ihm krächzte ein Rabe und zog einen weiten Bogen, bevor er in Richtung Wald verschwand.

»Beeil dich, Earc!«

Es ging einen Hügel hinauf, eine weitläufige Steigung, die aber bald ein Ende haben mußte. Karis Zehen waren taub vor Kälte. Irgendwann würden sie Feuer machen und sich aufwärmen müssen, wenn sie keine Erfrierungen riskieren wollten.

Und dann – er hatte die Kappe des Hügels gerade erreicht – sah er Aedan. Wahrscheinlich hatte der Junge sein Rufen gehört, jedenfalls rannte er wie von Kobolden gehetzt. Kari warf das Gepäck ab. Die Wut, die bis jetzt von der Kälte in Schach gehalten worden war, flammte wieder auf, und zwar heftiger als je zuvor. Er jagte durch den Schnee ohne Rücksicht auf die schmerzenden Füße.

Aedan war ihm nicht gewachsen.

Hundert, hundertfünfzig Schritt, und er hatte ihn eingeholt. Mit der ganzen Kraft seines Körpers warf er sich auf ihn, bohrte ihm die Finger in die Schultern, riß ihn hoch und wälzte ihn auf den Rücken. Sagen konnte er nichts, der Zorn steckte ihm wie ein Pfropfen im Hals. Aber er schüttelte den Jungen, daß sein Kopf ein Dutzend Mal mit Wucht in den Schnee knallte. Wenn er etwas zur Hand gehabt hätte, hätte er auf ihn eingeprügelt, auf diesen ... Winseler, der einem mit seinem Getue den Verstand verdrehte, um einem anschließend ins Gesicht zu spucken.

Aedans Gesicht war so weiß geworden wie der Schnee, in dem er lag. Er würgte. Kari hatte ihm das Knie in den Magen gebohrt, und wahrscheinlich bekam er keine Luft, aber noch nicht einmal jetzt machte er den Versuch, sich zu wehren. Ein Skräling eben. Eine ... kleine verlogene Ratte, die sich mit Verrat und Treulosigkeit durchs Leben schwindelte.

Kari ließ von dem Jungen ab. Er sprang auf und riß ihn mit. Weiter hinten, dort, wo ein paar Bäume die Erde vor dem Schnee beschirmt hatten, gab es einen braungrünen Fleck. Bis dahin stieß er ihn und warf ihn gegen einen der Stämme. Er war außer Atem, aber nicht so, daß er hätte ausruhen müssen.

»Also? Warum?« keuchte er.

Aedan schüttelte den Kopf. Sein Mundwinkel blutete, und er preßte die Hand darauf. Kari sprang zu ihm und packte ihn erneut. »Was ist los? Noch keine geeignete Lüge im Kopf? Wo wolltest du hin? Was hattest du vor mit... mit dieser verfluchten Davonlauferei?« Er schüttelte ihn wie ein Lumpenstück.

Vielleicht hätte er ihn geschlagen oder ihn noch einmal gegen den Stamm geworfen, wenn nicht plötzlich Earc hinter ihm aufgetaucht wäre. Mit ungewohnter Kraft legte der Mann Kari die Arme um die Brust und zog ihn von dem Jungen weg.

Er sagte nichts. Wahrscheinlich gab es in seinem begrenzten Wortschatz für eine solche Ungeheuerlichkeit keine Worte. Aber sein Rücken war gerade und seine Arme kraftvoll.

Kari sprengte die Umarmung.

Ach, Earc. Er taugte für keinen Aufstand. Er sank in sich zusammen und stand da wie ein Haufen Elend, und seine runden Augen strömten über vor Tränen.

»Also gut«, stieß Kari hervor. »Nimm ihn. Nimm du ihn, und paß auf, daß er sich nicht rührt. Er soll sich nicht rühren, hörst du? Er soll still sein...«

Selbst zitternd, bis in den Rücken verkrampft, machte Kari sich davon. Das Gepäck mußte vom Hügelkamm geholt werden, und außerdem brauchte er Luft. Er brauchte ganz dringend Luft, verflucht noch mal.

Als er zurückkam, saß Aedan mit dem Rücken an den Stamm gelehnt. Earc hatte ihm einen schneegekühlten Lappen gegeben, den er sich gegen den eingerissenen Mundwinkel hielt. Sein Atem ging stoßweise und schnell.

»Isses gut, ausruhen, Herr«, wisperte Earc. Er nahm Kari die

Bündel ab und knüpfte den Fellsack auseinander. »Füße kalt. Besser wärmen.« Mit einem bittenden Lächeln drängte er Kari, sich ebenfalls unter einen Baum zu setzen, und legte ihm das Fell über die Beine. »Isses gut, Feuer machen. Isses kalt nu. Isses aber furchtig kalt...«

Kari lehnte den Hinterkopf gegen den Stamm. Seine Brust tat weh, er war zu schnell gelaufen. Durch seine Adern wälzte sich bleierne Müdigkeit. »Du wolltest also nach Hause«, stellte er fest.

Aedan schüttelte den Kopf. Der Lappen rutschte ihm aus den Fingern, und er griff danach und legte ihn zurück auf die Wunde.

»Dann ist es ein Spaziergang gewesen. War ich dir zu langsam?«

Aedan schwieg.

Nun mischte Earc sich ein. »Isses nich richtig, Kind. Isses ein guter Herr, Kari. Immer freundlich. Immer hilft. Warum dies Dummheit...?« Bekümmert fuhr er ihm mit den Fingern durchs Haar.

»Und vielleicht willst du ihm noch die Nase wischen?« Kari stand auf. Er drängte Earc zur Seite und hob Aedans blutverschmiertes Kinn. »Ich bin ein Norweger, Junge. Und ich habe eine Menge Wut im Bauch. Mir jucken die Finger, dir das einzubleuen, bis du es niemals mehr vergißt. Also raus damit: Wo wolltest du hin?«

Die Seidenwimpern hoben sich von den schwarzen Augen. Von einem Moment zum anderen verzogen sich Aedans Lippen zu einem ... unglaublich herablassenden Grinsen. »Wenn ich dir das sagen würde, Kari Sigurdson«, flüsterte er, »dann würdest du mich für einen Lügner halten und mich verprügeln. Und wenn ich es dir nicht sage – dann tust du es sowieso. Also«, seine Stimme schwankte vor Verachtung, »schlag schon zu!«

Kari horchte auf das Pochen seines eigenen Herzens. Ihm tat die Faust weh, so heftig ballte er sie zusammen.

»Nein, ich schlage dich nicht. Ich will deine Geschichte hören.«

Und warum zögerte der Sklave immer noch? Weil er so schnell nicht die Lüge zusammenbrachte, mit der er sich herauswinden wollte?

Aedan setzte zum Sprechen an. Er stockte beim Reden. »Ich ... wollte jemanden besuchen. Einen Freund von Oengus, einen Iren, der in der Nähe von Kintyre wohnt. Du kennst ihn nicht, und ... und er würde deinesgleichen auch nicht interessieren, denn er ist so arm, daß man ihn nicht ausplündern kann.«

Kari blieb ruhig.

»Ich wollte dem Mann sagen, daß Oengus tot ist.«

»Und darum bist du fortgelaufen.«

»Ja, um es ihm zu sagen.«

Das war alles erlogen. Kein Mensch mit Verstand brachte sich für einen Anstandsbesuch in solche Schwierigkeiten.

»Du hast recht. Ich glaube dir nicht.« Kari erhob sich. »Bind ihm die Hände zusammen, Earc«, sagte er. »Und zwar nach hinten auf den Rücken und so fest, daß er sie nicht rühren kann. Ich werde das kontrollieren.«

Es war an einem der nächsten Tage, als sie zum ersten Mal die Wölfe hörten.

Aedan machte sie darauf aufmerksam. Zuerst dachte Kari, der Junge sei einer Täuschung aufgesessen oder wolle ihn ärgern, aber bald vernahm er es selbst. Ein klagendes, gefährliches, langgezogenes Geheule, das der Wind über die Hügel zu ihnen trug.

Aedan reckte sich unruhig in den Fesseln. »Hört sich an, als wären das ziemlich viele.«

»Genug jedenfalls, um ein Kleckerchen wie dich in einem Haps zu verschlingen«, spöttelte Kari.

Sie liefen weiter. Bis zum Abend. Zum ersten Mal, seit sie unterwegs waren, machten sie ein großes Feuer. Aber die Nacht blieb ruhig. In unregelmäßigen Abständen hörten sie die Wölfe jaulen, aber noch waren sie zu weit entfernt, um gefährlich zu sein. Kari schüttelte die Sorgen ab und schlief. Er war sicher, daß Aedan wach bleiben und ihn wecken würde, wenn sich irgend etwas tat.

Das Wolfsgeheul blieb während der kommenden Tage ihr Begleiter, aber das Rudel hielt sich fern, als wäre es noch zu ängstlich oder nicht hungrig genug. Sie erreichten einen neuen See und einen weiteren, von dem Kari hoffte, daß es der letzte auf Folkes Karte war. Und dort erwartete sie eine böse Überraschung: Ein Fluß schnitt ihnen den Weg ab. Er mündete in den See, seine Quellen lagen oben in den Bergen. Und nirgends gab es eine Furt, wo sie ihn hätten durchqueren können. Sie waren gezwungen, flußaufwärts ins Gebirge zu wandern. Das war ein schlimmer Weg. Felsblöcke, rutschige Sandhänge, Dornengestrüpp, alles, wovon sie bisher nur gelegentlich gestört worden waren. Kari sah sich gezwungen, Aedans Fesseln zu lösen. Fortlaufen würde er sowieso nicht, mit den unsichtbaren Wölfen im Rücken.

Als es an diesem Tag Abend wurde, geschah dies mit unangenehmer Plötzlichkeit. Sie schlugen ihr Lager auf einer Felsklippe auf, die wie eine Schuhspitze über den Fluß ragte, was zwar ungemütlich war, weil der Wind darüberpfiff, aber zumindest waren sie nach drei Seiten hin gesichert. Die ganze Nacht hindurch hörten sie die Wölfe drohen, und keinem von ihnen gelang mehr als ein gelegentliches Dösen.

Der Morgen empfing sie mit dichtem Nebel. Über dem Fluß schwebte ein schwerer, silbriger Glanz, in dem sich zaghaft die Sonnenstrahlen brachen. Fröstelnd wickelte Kari sich aus seinem Sack. Aedan stand mit umschlungenen Armen auf der Spitze der Klippe und versuchte, die Hügel auszuspähen.

»Kannst du was sehen?«

Der Junge versuchte sich in einem Schulterzucken, das diesmal nicht ganz so lässig ausfiel.

Kari grinste. »Es ist nur ein Haufen wilder Köter. Sie reichen dir nicht mal bis ans Knie.«

»Bis zur Kehle, wenn sie springen.«

»Willst du mein Messer haben? Dann hast du etwas, womit du dich wehren kannst.«

Aedan blickte zweifelnd auf die Waffe, die Kari aus dem Gürtel zog. »Ich kann damit nicht umgehen.«

Kari stellte sich hinter ihn. »Komm. Nimm es in die Hand. Es beißt nicht, faß schon zu. Also, so mußt du es halten. Und nun versuche, es durch die Luft zu schlagen.«

Stirnrunzelnd betrachtete er Aedans Versuche. »Du mußt Kraft dahintersetzen. Und sehen, wohin du treffen willst. Du mußt dir ein Ziel vorstellen.«

Aedan nickte lustlos. Die Klinge beschrieb einen Kreis in die Morgenluft. Nicht einmal die Bachstelze, die sie vom Ast eines Schwarzdorns aus beobachtete, war dadurch zu erschrecken. »Ich kann das nicht. Ich habe so was noch nie gemacht.«

»Deshalb zeige ich's dir ja.«

»Ich ... will das aber auch nicht. Die Wölfe sind viel zu schnell.«

»Mich hast du nicht schlecht getroffen, damals im Turm.«

Aedan wurde rot bis unters Kinn. »Du hast mit der Hand gegen die Klinge geschlagen.«

»Hier, dein Daumen. So anfassen, näher beim Schaft.« Kari bestand darauf, daß Aedan wenigstens ein paar Hiebe übte. Wer konnte wissen, ob es nicht von Nutzen sein würde.

Bald nach dem Aufbruch erreichten sie eine Untiefe, wo sie den Fluß überqueren konnten, und dann marschierten sie in umgekehrter Richtung zurück. Mittags hatten sie den See wieder erreicht.

»Ich fange an, dieses Land zu hassen«, sagte Kari, als sie nach wenigen Meilen durch einen weiteren Fluß aufgehalten wurden. Der See zur Rechten hatte sich zu einem Fjord gemausert, und nur das gab zu Hoffnung Anlaß, denn es bedeutete, daß sie sich der Küste näherten. Aber erst einmal galt es, das neue Hindernis zu bezwingen. Müde wanderten sie das Ufer entlang. Bei jedem Schritt versanken sie knöcheltief in glitschigem Unkraut. Es war Kari schleierhaft, wieso die Wölfe ihnen immer noch folgten. Hatte Folke nicht gesagt, daß sie in Revieren lebten, die sie nicht verließen?

Die Sonne ließ sich den ganzen Nachmittag über nicht blicken. Es dämmerte, bevor es Abend war. Besorgt hielt Kari nach einem gut zu verteidigenden Lagerplatz Ausschau. Das Gejaul in ihrem Rücken war lauter geworden. Aedan und Earc liefen so dicht neben ihm, daß er Mühe hatte, auszuschreiten.

Wieder erklommen sie einen Hügel. Das letzte Stück mußten sie klettern, weil es so steil aufwärts ging. Wenn dahinter nichts Besseres kommt, bleiben wir hier oben, beschloß Kari für sich.

Und dann machte sein Herz einen Sprung.

Sekundenlang glaubte er an ein Trugbild, das ihm seine Nervosität bescherte. Aber dort, am Ufer des Flusses auf einer Kieselbank, lag ein Schiff. Und zwar ein nordisches mit flachem Kiel und hochgezogenen Steven.

Er hatte keine Ahnung, wie das möglich war. Er hatte auch keine Zeit, darüber nachzudenken. Denn im selben Moment, in dem er das Schiff entdeckte, schrie Aedan auf, und sein Schrei mischte sich mit einem zornigen Knurren.

Kari war auf keinen Angriff vorbereitet. Er wußte nicht, woher die beiden Wölfe kamen, die mit gesträubtem Nackenhaar den Felsen hinaufhetzten. Das Rudelgeheul klang immer noch fern. Einzelgänger? Oder hatten die Wölfe sie absichtlich irregeführt?

Sie standen auf einem wenige Schritt breiten Hügelkamm. Der Untergrund war rutschig und ihre Hände steif. Aber wenigstens kletterten die Wölfe auf tieferem Niveau. Kari wog das Schwert in der Hand. Im Grunde waren es Hunde. Ausgehungert. Zornig. Aber doch nur Hunde. Wenn der Rest des Rudels wirklich fern war...

Ohne auf Gefahren zu achten, robbten die Tiere den Stein hinauf.

»Aedan...« Kari warf einen schnellen Blick über die Schulter. Die beiden Iren standen wie angewachsen. Aedan hatte das Messer nicht einmal zur Hand genommen.

Als Kari sich zurückdrehte, flog das erste Tier bereits auf ihn zu. Er hieb es beiseite. Sein Gejaul erfüllte die Luft. Ein mageres, pelziges Stück Gier, das noch im Fallen und Sterben die Zähne bleckte. Kari hatte keine Zeit, sich für den zweiten Hieb zurechtzustellen. Er mußte losschlagen, ohne planen zu können, und er traf auch, aber nicht tödlich. Aus den Augenwinkeln sah er einen weiteren Wolf über den Fels klimmen. Das ging zu schnell. Es gelang ihm nicht mehr, die Waffe hochzureißen. Er konnte nichts tun, als sich mit der Faust vor dem geifernden Kiefer zu schützen, der auf ihn zuflog.

Die Wucht des Angriffs war so groß, daß es ihn von den Beinen warf. Im Stürzen sah Kari den Wolf erneut zum Sprung ansetzen. Das Schwert, verflucht... es hing ihm schief zwischen den Fingern, er bekam es nicht richtig zu fassen. In panischer Angst bog Kari die Schwertspitze in Richtung des Tieres.

Und das Glück war ihm treu. Mit der Wucht seines eigenen Sprunges rammte der Wolf sich die Waffe in den Hals. Er hinkte davon – nur wenige Schritte an Karis Schulter vorbei, aber das Schwert schlenkerte ihm nach. Kari versuchte, an den Griff zu kommen. Er lag immer noch auf dem Rücken und hatte auch keine Zeit, auf die Füße zu springen. Der zweite Wolf, den er nur verwundet hatte, kroch heran.

»Aedan!« Kari mochte den Blick nicht von der Bestie wenden, die ihn tückisch anknurrte. »Das Schwert.« Er streckte sich danach, aber der sterbende Wolf war zu weit gekrochen, es lag außer Griffweite, und die andere Bestie schien daraus ihre Schlüsse zu ziehen. Sie ließ sich Zeit. Sie schlich heran, und die Schlitzaugen schienen Kari auf den Fleck bannen zu wollen.

»Aedan...«

Es ging um keine Heldentat. Der Wolf, in dessen Hals die Klinge steckte, wälzte sich im Todeskampf. Sein Geheul war nur noch ein Winseln.

Kari wußte, daß er nicht mehr warten durfte. Er tastete mit dem Arm seitwärts über den Kopf. Seine Fingerspitzen trafen auf das Eisen des Schwertes. Er reckte sich. In diesem Moment war er wehrlos, und als hätte der Wolf das verstanden, nutzte er den Augenblick. Er wollte an Karis Kehle, aber die Wunde hatte ihn geschwächt. Sein Sprung war zu kurz. Kari fühlte das Gewicht auf den Beinen landen, und im nächsten Moment durchschoß ihn ein grausamer Schmerz, der im Oberschenkel begann und bis in den Bauch raste.

Kari brüllte auf. Er wälzte sich zur Seite, aber das Tier hatte sich in sein Bein verbissen, und seine Zähne zogen Furchen der Qual. Panisch bäumte Kari sich auf. Er faßte nach dem Hals der Bestie. Eine Reaktion auf den Schmerz, aber ohne Aussicht auf Erfolg. Der Wolfshals war zu dick, seine Hände hätten doppelt so groß sein müssen, um ihn ersticken zu können.

Halb irr vor Schmerz versuchte Kari, sich die Bestie vom Bein zu reißen. Er brüllte nach Aedan. Das Messer.

Und er bekam es in die Hände geschoben.

Aufgelöst rammte er die Klinge in den pelzigen Körper. Er konnte damit nicht aufhören. Auch nicht, als das Tier erschlaffte. Earc war es schließlich, der die Wolfszähne auseinanderbog und Kari von dem leblosen Kadaver fortzerrte. Ja, Earc, der bei ihm stand und ihm wohl auch das Messer zugeschoben hatte.

Kari hielt sich an ihm fest, um auf die Füße zu kommen.

»Aedan?«

Der Wolf, in dessen Hals sein Schwert steckte, lebte noch. Seine Rute zuckte, das Blut pulste in Stößen aus der klaffenden Wunde, aber die Augen waren blind. Der irische Junge stand einen Schritt von ihm entfernt, den Mund halb offen wie in Trance. Er hatte die Hände ausgestreckt und das Schwert herausziehen wollen, davon war Kari überzeugt.

Aber er hatte es nicht getan.

Statt dessen starrte er wie ein Schwachsinniger auf das sterbende Tier. Auf sein Blut. Wie jemand, der ... etwas sieht, ging es Kari durch den Kopf, während er sich an Earc klammerte und kaum wußte, wie er den Schmerz aushalten sollte.

Er machte sich von Earc los. Mühselig humpelte er zu dem Jungen. Er bückte sich und zog das Schwert aus dem Hals des Wolfes. Er drückte es Aedan in die Hand.

Der Junge reagierte nicht.

Kari umschloß seine eiskalten Hände und rammte die Klinge senkrecht hinab in das sterbende Fleisch. »So macht man das«, flüsterte er.

Das Blut auf dem Fels kam nicht mehr nur von dem Wolf. Ein dicker Strom sickerte aus seinem eigenen Hosenbein. Der Wolfskadaver verschwamm vor Karis Augen. Er hielt sich an Aedan fest und drehte sich um, denn hinter ihnen, unten am Fluß, hatte ein Schiff gelegen, nicht wahr?

Er sah die Masten. Die Sonne hing darüber wie eine aufgespießte, blutgefüllte Blase. Kari konnte Gestalten erkennen. Einige lagen am Boden, aber die meisten kamen auf ihren Hügel zugerannt. Sie brüllten etwas. Und der Dialekt klang fremd in seinen Ohren. Orkadier waren das nicht.

Irgendwie hatte er darauf vertraut, daß hier, in Westschottland, wo alles Land seinem Vater gehörte, ein nordisches Schiff Gutes bedeuten mußte. Was aber, wenn das dort unten Dänen oder Schweden waren? Oder Leute, die mit Jarl Sigurd nichts im Sinn hatten?

Er klammerte sich an Aedan. Der Schmerz trübte seinen Blick. »Wie sehen sie aus?« fragte er.

»Ich ... weiß nicht. Wild. Sie haben Hunde.«

»Halte mich«, sagte Kari.

Der erste Mann, ein Hüne mit einem Kettenhemd über nackten, muskulösen Armen, war die Anhöhe hinaufgekommen. Jetzt, wo er heran war, sah Kari, daß er einen Eisenhelm trug, der ihm bis über die Nase reichte und nur die Augen freiließ. Sein Haar war lang bis zum Gürtel und so schwarz und zottig wie sein Bart. In der Hand schlenkerte eine Streitaxt.

Kari tastete zum Gürtel, aber die Öse für das Schwert war leer. Er verlor das Gleichgewicht, als er sich vorbeugte, um es zu suchen. Aedan bewahrte ihn vorm Fallen. Und dann ging alles sehr schnell.

Der Eisenhelmschädel tauchte vor seinem Gesicht auf, ein Lächeln ließ den Bart auseinanderklaffen und entblößte Zahnstümpfe, der Arm mit der Axt hob sich. Kari konnte nur noch verfolgen, wie die Klinge einen Bogen beschrieb und auf ihn zusauste.

Brodir

Der Eisenmann mußte mit der stumpfen Seite zugeschlagen haben, so viel war klar, denn als Kari wieder zu sich kam, lag er mit dem Gesicht im Matsch, aber trotz aller Schmerzen lebte er.

Es war Nacht.

Verwirrt starrte Kari in die Dunkelheit, die für ihn hauptsächlich aus Unkraut und einer Ecke Fels bestand. Ihm war entsetzlich kalt. Er versuchte, sich zusammenzurollen, aber das rächte sich bitter. Es war, als explodiere etwas in seinem Leib. Er hätte schreien mögen vor Schmerzen. Alles tat ihm weh, nicht ein Fleckchen seines Körpers schien heil zu sein. Er mußte die Stirn in den Schlamm pressen, um nicht loszuheulen.

Was hatten sie mit ihm angestellt?

Die Hände waren hinter seinem Rücken gefesselt, die Füße oberhalb der Knöchel aneinandergebunden. So weit, so schlecht. Aber außerdem war etwas mit seinem Bein. Dort ging es zu, als drehe sich ein Messer im Fleisch.

Ihm fielen die Wölfe ein.

Richtig. Sie waren von Wölfen angefallen worden. Und dann war der Mann mit der Axt gekommen.

Kari biß sich auf die Lippen, als jemand in seine Haare faßte und seinen Kopf anhob. Schmerz und Hitze durchschossen seinen Körper und trübten seinen Blick. Trotzdem erkannte er eine vernarbte Schnauzbartfratze, die verkehrt herum über seinem Gesicht schwebte und ihn prüfend anblickte. Im nächsten Moment wurde er fallen gelassen. Es raschelte, der Schnauzbart entfernte sich wieder.

»Sie wissen, wer du bist«, hörte er raunend Aedans Stimme.

Kari drehte den Kopf. Er hatte Erde im Mund und spuckte aus. Sie hatten den Iren neben ihn gelegt, und er war genauso gründlich gefesselt wie Kari selbst. Die Haare hingen ihm ins Gesicht, seine Augen waren riesig vor Verzweiflung.

»Woher?«

»Was?«

»Woher sie's wissen?«

»Keine Ahnung. Aber es war vielleicht dein Glück. Wer weiß, was sie sonst mit dir angestellt hätten.«

»Wer sind sie?« Kari hustete und spuckte noch mehr Erde aus.

»Weiß ich nicht. Den mit der Maske nennen sie Brodir. Und der... Kari, der ist schlimm. – Wie geht es mit deinem Bein?«

Kari schloß die Augen. Brodir. Ihm war, als müsse dieser Name ihm etwas sagen, aber er war so benebelt, daß er sich nicht konzentrieren konnte. Bald fiel er in fiebrigen Schlaf.

Das nächste Mal war es ein Tritt, der ihn weckte und auch gleich auf den Rücken beförderte.

Gleißender Sonnenschein brannte in Karis Augen. Direkt über ihm, an einem blendend hellen Himmel, stand die Wintersonne. Nicht eine Wolke war zu sehen. Ein blaues Laken bespannte den Himmel bis zum Ende des Horizonts, daß es den Augen weh tat.

Kari fühlte Schweiß über sein Gesicht strömen. Sein Körper glühte, und er brachte das im ersten Moment mit der Sonne in Verbindung, bis er sah, daß die Leute um ihn herum Pelzumhänge und Mützen trugen. Die Gesichter, die auf ihn herabstarrten, waren ihm ausnahmslos fremd. Vollbärte, Schnurrbärte, fette und magere Gestalten, aber alle kostbar gekleidet und wohlgenährt.

»Du bist also Kari Sigurdson!«

Kari suchte den Sprecher mit den Augen und entdeckte ihn direkt neben sich. Ein Riese mit schwarzem Haar – der Mann, der ihn niedergeschlagen hatte. Wie hatte Aedan ihn doch gleich genannt?

Der Mann ging in die Hocke. Er packte Kari am Stirnhaar und drehte seinen Kopf. »Wenn ich was frage, will ich eine Antwort, junger Mann.«

»Wenn du wild auf Antworten bist, dann solltest du vorsichtiger mit deinem Beil hantieren.«

Kari dachte, daß der Mann ihn schlagen würde. Statt dessen begann er zu lachen. Seine Hände – riesige Schaufelhände mit langen, schwarzen Haaren auf dem Handrücken – rissen den Stoff von Karis Hemd auseinander. Er zerrte das Goldamulett heraus, das dort an einem Kettchen hing.

»Raben, he?«

Mit einem Ruck wurde das Kettchen von seinem Hals gerissen.

»Hugin und Mugin – Odins Gefährten, Sigurds Glücksbringer. Aber dir werden sie, fürchte ich, kein Glück bringen, Kari Sigurdson. Und weißt du auch, warum?« Wieder dieses grollende Lachen. »Weil es eine Lüge ist. Odin, Thor, Christus, Dagda – alles Geschwafel, um Hosenpissern angst zu machen. Soll ich dir die Götter der Macht zeigen? Hier...« Er hob den Arm und ließ seine Muskeln spielen, die wie Taue unter dem Fleisch hervortraten. »Und hier!« Bei den letzten Worten fischte er etwas aus einem Lederbeutel, was Kari nicht erkennen konnte, aber es sah aus wie ein mumifiziertes, kleines Tier. Er fuhr damit über Karis Stirn und Mund, und obwohl Kari nicht einmal ahnte, worum es sich handeln könnte, lief es ihm kalt den Rücken hinunter, und er verzog angewidert das Gesicht.

»Was willst du mit dem Jungen tun, Brodir?« Die Frage kam von einem der anderen Männer, einem Alten mit einer fingerbreiten Narbe über dem Kinn, der aussah, als wäre ihm beim Anblick des seltsamen Dinges auch nicht wohl zumute. Überhaupt: Besonders fröhlich wirkte hier keiner.

»Es gibt es mehrere Möglichkeiten.« Brodir trat seinen Gefangenen gegen die Hüfte. »Erst einmal kommt er mit. Wird sich finden, wie er uns am besten nutzt. Wenn er gar nichts taugt, können wir ihn immer noch verschwinden lassen.«

»Das würde Sigurd aber nicht freuen«, brummelte der Alte. Ein paar der anderen nickten, allerdings zurückhaltend. Mit Brodir schien nicht gut Kirschenessen zu sein. Und richtig, der vorlaute Sprecher bekam die Faust zu spüren, nachlässig, aber so wirkungsvoll, daß es ihn zu Boden warf.

Und er beschwerte sich nicht einmal darüber. Kari war so verwundert, daß er einen Moment lang seine Schmerzen vergaß. Ein Mann, der sich schlagen ließ? Sogar ein Krieger, wie die Narben in seinem Gesicht bewiesen? Und was taten die anderen? Sie standen mit gesenkten Köpfen da wie gescholtene Hunde.

»Packt den Jungen ins Boot«, ordnete Brodir an. »Laßt ihn gefesselt. Aber versorgt ihm vorher das Bein.«

Was mit dieser letzten freundlichen Bemerkung gemeint war, begann Kari bald zu ahnen. Zwei Männer hievten ein Faß mit Pökelfleisch aus dem Schiff und rollten es in seine Nähe. Dann mußte der arme Earc die salzbedeckten Fleischlappen am Innenrand abschlagen und sie in eine Kiste umpacken. Als er damit fertig war, befahlen sie ihm, mit dem Schöpfeimer Wasser aus dem Fluß zu holen und das Faß damit zu füllen.

Brodir selbst machte sich das Vergnügen, es schließlich auf die Schulter zu hieven und seinem Gefangenen die Salzbrühe über die Wunden zu gießen.

Kari brachte sich fast um, damit er nicht schrie. Aber er mußte es auch nicht lange ertragen, denn noch bevor Brodir fertig und das Faß geleert war, verlor er das Bewußtsein.

Er erwachte auf dem Schiff. Und diesmal war es ein wirklich schlimmes Erwachen. Sein Bein brannte, als wäre jede Pore mit einer glühenden Nadel gespickt. Zudem hatte er entsetzliche Nackenschmerzen. Er konnte kaum den Kopf bewegen.

Sie hatten ihn in einen der ledernen Schlafsäcke gesteckt und hinten im Boot zwischen Trinkwasserfässern und Öseimern abgelegt. Ein steifer Wind fuhr über ihn hinweg und besprühte sein Gesicht mit Wasser. Mit jeder Welle, die das Schiff hochstemmte, rebellierte sein Magen.

»Psst. Nicht bewegen. Je länger sie dich ohnmächtig glauben, um so länger lassen sie dich in Ruhe.«

Kari öffnete die Augen und drehte, so behutsam es ging, den Hals. Sie hatten Aedan mit ihm in denselben Sack gepackt, was auch nicht weiter verwunderlich war. Die Seesäcke waren für zwei Männer genäht, denn das war sparsam und hielt auch am besten warm. Nur daß Kari im Moment nicht das geringste Verlangen nach zusätzlicher Wärme hatte. Er schwitzte, daß Hemd und Hose an seiner Haut klebten, und von dieser Wärme schien er sogar noch abzugeben, denn auch Aedan klebte das Haar in der Stirn.

Der Ire seufzte unglücklich und flüsterte, ohne die Lippen zu bewegen. »Ist es schlimm mit deinem Bein? Es tut mir leid. Wirklich. Ich hab' dir helfen wollen...«

Kari sah, oder vielmehr, er hörte, wie sich etwas am anderen Ende des Schiffes bewegte. Jemand stapfte über die Holzplanken. Kisten wurden mit dem Fuß aus dem Wege geschoben. Kari hob den Kopf, so daß er einen breiteren Ausblick bekam. Benommen betrachtete er die Männer, die vor ihm auf ihren Seekisten saßen und ruderten. Warum taten sie das überhaupt? Njörd hatte guten Wind geschickt, sie hätten sich auch ausruhen können. Hatten sie es derart eilig? Oder machte es Brodir Spaß, seine Männer zu schikanieren?

»Was...« Kari räusperte sich, um den Hals freizubekommen. »Was sind das für Leute?«

»Sie kommen, wenn ich es richtig verstanden habe, von der Insel Man.« Aedan lauschte nun auch. Das Trampeln kam näher und wurde von Flüchen begleitet.

»Das ist unmöglich. Man gehört Sigurd.«

»A ja?« Aedan warf ihm einen ironischen Blick zu. »Dann hat sich dein Vater dort wohl nicht gerade beliebt gemacht. Pssst.«

Ein Glatzkopf zwängte sich neben sie. Er schob die beiden Gefesselten mit dem Fuß gegen die Wasserfässer. Dann kniete er nieder und hob die Planken zum Ösraum ab. Leise vor sich hin schimpfend, schnappte er sich einen Eimer, stieg in das Loch und begann, das Wasser abzuschöpfen, das sich unten im Schiff gesammelt hatte. Vielleicht war es Gleichgültigkeit. Jedenfalls ging ein guter Teil seiner Ernte über die Gefangenen nieder.

Kari kippten die Augen zu. Er sank in eine merkwürdige Lethargie. Das Fieber, die Schmerzen, das Wasser – alles entfernte sich ein Stück vom ihm. Er fiel in Schlaf, ohne zu träumen, und wenn er nicht schlief, dann dämmerte er mit halbgeschlossenen Augen vor sich hin. Wach wurde er nur selten, meist, wenn jemand nach seinen Fesseln sah oder ihm zu trinken brachte oder etwas Salzfisch zwischen seine Lippen schob. Einmal kam Brodir, zog ihn aus dem Ledersack und drückte mit seinen Pranken auf das zerbissene Beinfleisch. Die Wunde heilte. Ob ihn das nun freute oder enttäuschte, war nicht auszumachen. Er stellte Kari ein paar Fragen, aber als er keine Antwort bekam, stieß er ihn wieder auf die Planken zurück.

Kari wandte das Gesicht ab. Die rauhe Untersuchung hatte ihn in seinen Körper zurückgeholt, und er hätte sich winden mögen vor Schmerzen. Aber er spürte die Blicke der Männer, und nie, nie im Leben hätte er ihnen den Triumph gegönnt, sich an seinem Unglück zu weiden. Er verbiß sich die Tränen und dachte daran, wie er den Mann haßte, der ihm das alles antat.

Irgendwann mußte er wohl doch wieder in Schlaf gesunken sein, denn er erwachte von einem heftigen Ruck. Das Schiff hatte aufgehört zu schaukeln. Sie hatten es auf Grund gesetzt.

Kari versuchte, den Kopf zu heben. Er hörte das Schreien der Männer und die Befehle, die das Boot sicher ans Ufer bringen sollten. Erregung durchflutete ihn. Vorsichtig bewegte er das Bein. Der Schmerz war auszuhalten. Er war nicht schlimmer, sondern besser geworden.

Aedan lag noch immer bei ihm. Vielleicht schlief er, oder er hatte das Interesse an seiner Umgebung verloren. Daß er nicht viel aushielt, wußte man ja inzwischen.

Kari hatte gehofft, daß sie ihn an Land trügen. Die Schiffsplanken waren von Wasser überspült, der Sack, in dem sie lagen, klatschnaß. Es mußte geregnet haben. Jedenfalls war es bitterkalt, und er sehnte sich nach dem Feuer, das sie drüben am Ufer zweifellos entzünden würden.

Aber erst einmal ließen sie ihn und Aedan an Bord.

Er schloß wieder die Augen, doch die Zeit des Schlafens war vorbei. Gedanken schwirrten durch seinen Kopf. Warum Brodir einen so großen Haß auf seinen Vater hatte, zum Beispiel. Und was er mit ihm anfangen würde. Und wie gräßlich, wie unendlich demütigend es sein würde, wenn man versuchen würde, ihn gegen ein Lösegeld bei seinem Vater einzutauschen. Seit Sigurd nach Schottland gefahren war, hatte Kari – das gestand er sich ein – nichts als Unheil angerichtet. Nein, zur Erpressung würde er sich nicht benutzen lassen, das nahm er sich fest vor. Eher würde er sich über Bord stürzen.

»Bist du wieder wach?« flüsterte Aedan. Seine Stimme klang nüchtern, nicht so mutlos, wie Kari befürchtet hatte.

»Ja. – Und wir stinken wie Schweine.«

»Wenn wir Pech haben, werden sie uns die Gurgel durchschneiden wie ein paar Schweinen.«

»Haben sie so was gesagt?«

»Brodir. Das macht ihm Spaß. Was ist mit deinem Bein?«

»Dem würde es besser gehen, wenn du deine Augen von dem Gezappel des Wolfes hättest losreißen können.«

»Ja. Und ich habe gesagt, daß es mir leid tut. Ich habe dir das schon ein paar hundert Male gesagt.«

Kari fiel etwas ein. Er wandte ihm neugierig das Gesicht zu. »Es war nicht der Wolf. Sondern das Blut, ja?« Der Schlafsack war eine intime Angelegenheit. Kari spürte, wie Aedans Bein, das genau neben seinem eigenen lag, steif wurde. »Hast du etwas darin gesehen?«

»Du ... redest dummes Zeug, Kari Sigurdson.«

»Hatte es etwas mit dir zu tun? Komm, Aedan. Du hast auf das Blut gestarrt wie das Karnickel auf die Schlange. Hat dir dein Oengus das beigebracht? Im Blut zu lesen?«

»Du hast zu viele Geschichten gehört und bist zu leichtgläubig.«

»Sicher, deshalb konntest du auch nicht die Augen von dem Vieh wenden, von dem Blut, das aus seinem Hals kam. Und bist in den eiskalten See gesprungen, als du selber Blut an den Händen und am Kittel hattest. Folke hat mir davon erzählt, daß ihr im Blut lest. Siehst du darin die Zukunft?«

Aedan machte eine Bewegung. Er versuchte, sich umzudrehen, so daß er mit dem Gesicht zu Kari zu liegen kam, was einigermaßen schwierig war. Kari schien es, als wären seine Augen noch schwärzer als gewöhnlich. Er war wütend, o ja!

»Bist du eigentlich schon drauf gekommen, Kari ... Nein, du hattest ja noch keine Zeit, nachzudenken. Weißt du, was es bedeutet, wenn ein Mensch eins über den Schädel bekommt und mit Stricken an Händen und Füßen wieder aufwacht?« Die Augen glitzerten. »Das Leben ändert sich. Sie haben dir das Beil über den Kopf gezogen – und wenn es Brodir in den Sinn käme, könnte es sein, daß du heute abend Töpfe scheuerst!«

»Könnte es nicht. Denn wenn man mich auf einen Fels stellte und ich die Wahl hätte ...«

»Würdest du springen. Aus lauter Sturheit.«

»Würde ich springen, weil in mir kein Hasenherz schlägt.«

Aedan lachte auf. »Ja, bring dich um, Sigurdson. Das wäre

eine Tat von historischer Größe. Du könntest dich in eine Reihe stellen mit den Faltern, die ins Feuer taumeln. Tut mir leid. Ich will dich gar nicht auslachen. Aber es ist ... es ist wirklich saukomisch.«

Es wurde dunkel, und Kari hatte sich schon auf eine unangenehme Nacht eingestellt, als man sie doch noch von Bord holte. Der Mann mit der Narbe, der, den Brodir geschlagen hatte, kam mit einem Kumpan über die Bordwand geklettert und löste ihnen die Fesseln.

Das war bei weitem nicht so angenehm, wie Kari gedacht hatte. Das gestaute Blut brannte durch seine Adern, und seine Muskeln waren so verspannt, daß er kaum stehen konnte. Aedan schien es ebenso zu ergehen.

Der Mann mit der Narbe, Hrolf wurde er gerufen, half ihnen beiden über die Bordwand, aber den Weg zum Feuer mußten sie allein zurücklegen. Um Aedan kümmerte er sich nicht mehr. Den scheuchte sein Begleiter zu einer Sandmulde, wo Earc dabei war, Fleisch in Streifen zu schneiden. Sklaven hatten zu arbeiten.

Kari brachten sie zum Feuer, an dem die Männer saßen. Er merkte, wie ihm die Knie zitterten. Trotzdem zögerte er, sich zu setzen. Brodir hockte auf den Unterschenkeln vor der Flamme und briet ein Geflügelstück an seinem Dolch. Der Haß lag Kari wie ein Druck im Magen. Mit schmalen Lippen sah er zu, wie die haarigen Hände das Fleisch abtasteten und quetschten, um festzustellen, ob es gar war. Brodir schien das Gefühl in den Händen verloren zu haben. Wie sonst hätte er frisch gebratenes Fleisch so einfach umfassen können?

Hrolf legte Kari die Hand auf die Schulter und drückte ihn zu Boden, was einfach war, da dem Gefangenen die Beine wie von selbst wegknickten. Es war eine Wohltat zu sitzen. Und es war eine Wohltat, die Glieder auszustrecken und die Wärme zu spüren.

»Gebt ihm zu fressen!« Brodir hob kurz den Kopf, befaßte sich aber gleich wieder mit seinem Fleischstück.

Kari hatte keinen Hunger. Sein Magen fühlte sich an wie ein Stück Kohle. Aber er wußte, daß er ohne Essen nicht mehr lange durchhalten würde. Und da war immer noch Mog Ruith. Und Sigurd, der vor Gormflath und ihrem Zauberer gewarnt werden mußte. Er überwand sich. Betont langsam nahm er Hrolf einen Vogelschenkel aus der Hand. Und als er aß, tat er es mit gelangweilter Miene, obwohl ihm die Demütigung fast die Tränen in die Augen trieb.

»Was bist du deinem Vater wert?«

Kari blickte in Brodirs schmatzendes Gesicht. »Alles«, sagte er rauh. »Aber dir würde er keinen Grashalm geben. Bei uns ist es nicht Sitte, sich ans Leben zu klammern. Ich hoffe, er spuckt dir ins Gesicht, solltest du die Frechheit haben, vor ihn zu treten.«

Das war die Wahrheit, und Kari war glücklich, sie von der Zunge zu haben, so hatte sie ihn gequält. Aber mit Sicherheit hatte er keinen nützlichen Schritt getan, um am Leben zu bleiben. Er sah, wie Brodirs buschige Augenbrauen sich zusammenzogen. Der Mann ließ das Bratfleisch in den Sand fallen.

Auch Kari legte den Schenkel fort. Er hatte keine Ahnung, was ihm blühte. Er nahm an, daß es fürchterlich werden würde. Und er hoffte, daß er nicht heulen oder seiner Familie sonstwie Schande machen würde. Der Ausdruck auf Brodirs Gesicht war zum Fürchten. Mit dem Bart und den drahtigen, schwarzen Haaren sah er wie ein vom Erdreich ausgespieener Finsteralb aus.

Brodir preßte die Finger aneinander, ließ sie knacken und stand auf. Seine Haare, die auf dem Handrücken, waren schmierig vom Bratenfett und klebten auf seiner Haut, und obwohl es keine Bedeutung hatte, wünschte Kari, daß die Hände, die ihn anfassen würden, reinlicher wären.

Hrolf hüstelte und rückte von Kari ab, als Brodir grinsend

näher trat. Kari stand ebenfalls auf. Es gefiel ihm nicht, zu jemandem hochsehen zu müssen, und normalerweise hatte er das auch nicht nötig, denn er stammte aus einer Familie von großen Männern. Aber vor Brodir kam er sich vor wie ein Zwerg. Ihm wurde klar, daß er nicht einmal dann eine Chance gegen den Mann gehabt hätte, wenn er im Vollbesitz seiner Kräfte und bewaffnet gewesen wäre. Sein Gegner war eine Elle größer als er selbst, mit Schultern wie ein Bulle. Und jeder einzelne seiner Muskeln bebte vor Gewalttätigkeit. Er würde seinem Gefangenen die Knochen brechen, ihm die Kehle zerquetschen, seine Glieder verrenken – was auch immer ihm in den Sinn kam. Und es würde ihn nicht mehr Kraft kosten als ein Gähnen.

Wahrscheinlich erwog Brodir gerade, welche dieser Möglichkeiten am reizvollsten wäre. Da ließ ein sachtes, amüsiertes Lachen das häßliche Spiel der schwarzbehaarten Pranken erstarren.

Die Männer um Brodir sprangen auf und starrten zu dem Mann, der sich wie ein Schatten aus der Nacht gelöst hatte und in den Schein ihres Feuers trat. Er kam an den Rand der Flammen, hielt seine Hände darüber und murmelte, immer noch lächelnd: »Ist das nicht etwas Schönes, Brodir? Wann immer man dich trifft – du bist dabei, jemanden zusammenzuschlagen. Das scheint der einzig feste Punkt im Weltgeschehen zu sein. Der Fenriswolf verschlingt die Sonne, die Midgardschlange kommt und überschwemmt die Ufer – für Brodir Manx spielt das keine Rolle. Er wird sich treu bleiben und fortfahren, Köpfe zu zermanschen. Bis die eigene Kraft ihn zerplatzen läßt.«

»Und dir zerplatzt gleich der Schädel, wenn du nicht aufhörst, solchen Mist zu reden. Wo bist du gewesen, Ospak? Du hast hier auf mich warten wollen. Du hast gesagt, hier, und am Tag vor Vollmond. Verdammt, ich mag nicht, wenn man mich hintergeht. Du bist...«

»Aufgehalten worden, mein lieber Brodir. Sigurd war auf

Man – hat dich das Gerücht noch nicht erreicht? Der Jarl plant einen Zug gegen Irland.«

»Weiß ich.« Brodir spuckte aus. Er setzte sich wieder, und mit ihm nahmen auch seine Männer Platz. »Hab' aber mit dem Jarl nichts im Sinn. Wenn er nach Irland will, soll er gehen und wenn möglich dort verrecken.« Er winkte Hrolf, und der sorgte dafür, daß auch Kari wieder im Sand landete.

»Was für ein frommer Wunsch, Brodir. Schlägt dir da das christliche Gewissen? Deine irischen Klosterbrüder würde es jedenfalls freuen. Es heißt, König Brian läßt in Irland die Kirchen neu errichten. Vielleicht fände sich sogar wieder ein Plätzchen für dich. Du warst ein imponierender Priester.«

Einer der Männer lachte, schlug sich aber gleich die Hand vor den Mund, als er sah, wie Brodir mit bloßen Händen einen Feuerscheit faßte und ihn über dem Knie zerbrach. »Du reizt mich, Ospak!« brüllte der Schwarze. »Hör auf!«

Ospak lächelte weiter, schwieg aber. Der Mann, der Earc und Aedan beaufsichtigt hatte, schrie Befehle und trieb die beiden Sklaven, ein Bierfaß vom Schiff zum Lagerkreis zu rollen. Alle warteten, bis der Deckel abgehebelt und die Trinkhörner herbeigeschafft und gefüllt worden waren. Hrolf bot Kari zögernd auch eines an, aber der lehnte ab. Er saß bei den Männern, die ihn gefangen hatten, aber er biederte sich nicht an.

»Ich kann an diesem Irlandkrieg auch keinen Geschmack finden«, begann Ospak wieder zu reden, als alle getrunken hatten. »Es gibt zu vieles, was unklar ist. Vor allem die Stellung der Nordprinzen. Sollten sie sich doch noch zu Brian schlagen, dann wird der Jarl einen schweren Stand haben. Aber wenn Sigurd in Dublin siegt – ich glaube kaum, daß er zögern wird, sich unsere Köpfe zu holen, wenn wir ihm mit unseren Booten nicht beigestanden haben.«

Nun war es an Brodir zu lächeln. Er sandte Kari einen triumphierenden Blick. »Vielleicht ja, aber vielleicht auch nein, wenn er nämlich erfährt, welchen süßen Schatz wir hüten.«

Ospak versank in Nachdenken. Er musterte Kari so gründlich, daß es diesem regelrecht peinlich wurde, und schüttelte dann bedächtig den Kopf. »Wen hast du dir da gegriffen, Brodir? Ich habe den Jungen noch nie gesehen, und trotzdem kommt er mir bekannt vor.«

Brodir begann zu schmunzeln, dann zu lachen, bis ein dröhnendes Gebrüll erscholl. »Glaub' ich dir, Kamerad. Glaub' ich dir aufs Wort. Ist nämlich ein Sigurdson. Eines von seinen Kücken aus Birsay. Bei meiner Seele, denkst du wirklich, der Jarl würde uns an den Hals gehen, wenn wir seinen eigenen Sohn in den Händen halten?«

Ospak lachte nicht. Sein Blick lag noch immer auf Kari. »Welcher bist du? Der Jüngste soll schwarz und häßlich sein, heißt es. Und Sumarlidi kenne ich. Dann bist du der mittlere?«

Kari gab keine Antwort, und Ospak hatte wohl auch keine erwartet, denn er fuhr ohne Pause fort: »Dein Bruder Sumarlidi hat eine Zeitlang bei uns in Man gewohnt. Er ist ein tapferer Mann. Mit ... ungewöhnlichen Gedanken.«

Und welche Gedanken steckten in Ospaks Kopf, daß er versuchte, sich einzuschmeicheln?

Karis Blicke streiften Aedan. Der Ire war damit beschäftigt, die Trinkhörner nachzufüllen, und dazu brauchte er seine ganze Aufmerksamkeit, denn es wurde schnell gesoffen, und Brodirs Männer lohnten ihm jedes Warten mit einem Tritt.

»Ich würde gegen Irland ziehen, wenn es nicht für Sigurd wäre«, rülpste Brodir. »Aber wenn's ans Teilen der Beute geht, ist unser Jarl ein Geizhals. Und auch wenn er es nicht wäre, würd' ich nicht mit ihm gehen mögen.«

»Vielleicht brauchst du das auch gar nicht«, murmelte Ospak geistesabwesend. »Wir hatten hochnoblen Besuch, als du fort warst. Aus Dublin.«

»Was? Etwa Sitric? Den Stinker von Brians Gnaden?« Brodir stieß seinem Genossen den Ellbogen in die Rippen. »Was wollte der Kerl von uns? Red schon!«

»Tja.« Ospak riß sich von Kari los. »Mich beschwatzen, denke ich. Daß wir uns ihm und Sigurd anschließen. Er weiß, daß es zwischen den Orkaden und Man nicht zum besten steht. Das ist leider kein Geheimnis mehr. Und als ich zögerte, da hat er... Nun, es wird dir gefallen, Brodir, denn es ist eine himmelschreiende Schurkerei. Er hat uns seine Mutter angeboten. Gormflaths Hand für unsere Hilfe. Wer auch immer von uns sie haben möchte. Aber um das einzuhalten, müßte er zuvor Sigurd beseitigen, denn unserem Jarl hat er das Weib ebenfalls versprochen.«

Kari mußte den Kopf senken, um seine Fassungslosigkeit zu verbergen. Sitric. Dieser ... schleimige Schuft. Amundi hatte recht gehabt. Es kam nur Mist von dem Weib Gormflath und allem, was zu ihr gehörte.

»Dann soll der Jarl sterben? In der Schlacht vielleicht? Das würde niemandem auffallen, wenn man es geschickt anstellt.« Brodir lachte erfreut. »Bei meiner Treu, so gefällt mir das. Irland für uns und den Jarl zur Hölle.«

»Falls Sitric siegt. Und wenn er danach zu seinem Wort steht.«

»Er wird nicht siegen.« Dieser Einwurf kam von einer Seite, von der niemand ihn erwartet hätte. Von dem Sklaven, der sie bediente. Von Aedan. Es war eine skandalöse Zuchtlosigkeit, auf die Brodir sofort mit der Faust antworten wollte, aber Ospak hielt ihn zurück.

»Warum meinst du das, Junge? – Nein, laß ihn, Brodir. Wie willst du etwas lernen, wenn du alles gleich totschlägst, was sich regt. Bist du Ire, Junge? Nun sag schon: Warum wird Sitric nicht siegen?«

»Weil...« Aedan hielt den Topf, aus dem er das Bier nachgoß, so fest umklammert, daß seine Finger weiß waren. »Weil die Männer von Irland nicht um Silber kämpfen. Wir verteidigen unsre Heimat.«

»Das tut ihr schon seit zweihundert Jahren. Mit mäßigem

Erfolg.« Ospak beugte sich vor. Das Gespräch bereitete ihm sichtlich Spaß. »Du brauchst ein besseres Argument, junger Mann.«

»Wir ... wir haben jetzt Brian Boru.«

»In Ordnung. Damit hast du recht. Brian soll listig wie eine Schlange sein. Immerhin hat er es geschafft, Ivar aus Limerick und Olaf Kwaran aus Dublin zu vertreiben. Aber jetzt wird ihm ein größeres Heer gegenüberstehen. Und Irland war noch niemals einig. Kein Heerführer hat Erfolg, wenn ihm die Pfeile von vorn *und* von hinten entgegenfliegen.«

»Aber diesmal wird Irland zu ihm halten.« Aedan kniete vor Ospak nieder. »Brian ist nämlich anders als die Könige, die vor ihm waren«, flüsterte er leidenschaftlich. »Brian kämpft nicht für sich selbst. Er hat das Geld, das er erbeutet hat, genommen, um die Kirchen und Städte wieder aufzubauen. Und ... er ist gütig. Dreimal erläßt er seinen Schuldnern die Schuld, bevor er sein Recht eintreibt. Irland liebt ihn. Das ganze Volk. Er hat versprochen, unser Land in die Freiheit zu führen. Er hat gesagt, bevor er stirbt, wird eine Jungfrau wieder in ihrem Schmuck von einem Ende Irlands ans andere reisen können, ohne behelligt zu werden. Und deshalb wird Irland für ihn kämpfen, und deshalb werdet ihr geschlagen werden.«

Ospak schwieg, als diese heißblütige Rede beendet war. Er schwieg auch noch, als Brodir ausholte und den Sklaven mit einem Tritt zu neuer Geschäftigkeit antrieb. Kari hätte gern seine Gedanken gelesen. Aber der Mann blieb schweigsam und äußerte sich auch zu Brodirs wilden Irlandschmähungen nicht. Und irgendwann, es war noch weit vor Mitternacht, verabschiedete er sich und ging zurück an den Ort, wo sein eigenes Schiff ihn erwartete.

Für die Nacht steckten sie Kari und Aedan wieder zusammen in den Seesack. Da Brodir seinen orkadischen Gefangenen als Sicherheit für den Fall der Fälle zurückbehalten wollte, ließ er ihm entsprechend zu essen und zu trinken geben. Und als er sich in das Zelt verkrochen hatte, sorgte Kari dafür, daß auch Earc und Aedan noch Nahrung bekamen. Hrolf, der den Auftrag hatte, die Gefangenen zu bewachen, ließ ihn gewähren. Er schien ein einsamer Mann zu sein, unglücklich mit seinem Los. Einen Moment lang erwog Kari, ihn um Hilfe zu bitten, aber dann ließ er es sein. Ein Mann, der sich widerspruchslos schlagen ließ, selbst wenn es von jemandem wie Brodir war, hatte ein Skrälingsherz und würde gewiß kein Risiko eingehen. Schon gar nicht für einen Fremden.

»Weißt du, wo sie Earc untergebracht haben?« fragte Kari flüsternd, als es endlich still geworden war. Die nächsten Schläfer lagen einige Schritt entfernt, und er hörte aus dem Sack ein Schnarchen. Sicher schliefen sie. Sie hatten gerudert, das Lager aufgebaut und gesoffen. Sie *mußten* schlafen.

»Bei Brodir im Zelt. Er soll dort das Feuer in Gang halten.«

»Denkst du, er könnte uns ein Messer besorgen?«

»Ich wußte, daß dir so was in den Sinn kommt. Weißt du, was es für ihn heißt, wenn sie ihn dabei erwischen? Weißt du, was sie dann mit ihm machen werden?«

Kari konnte sich das denken. Er nickte resigniert. »Dann werden wir beide sterben. Mich wird der Schwarze umbringen, wenn ihn das nächste Mal die Tollheit überfällt – und dich gleich morgen. Heute hat er dich vergessen, weil er so betrunken war, als Ospak ging. Aber morgen wird er dir deine Rede heimzahlen.«

Ja, so war es. Ihr Heil hatte sie verlassen. Sie würden sterben. Und wenn man darauf warten mußte und rein gar nichts dagegen tun konnte, dann war das eine bittere Sache.

»Was hast du im Blut gesehen?« fragte Kari nach einer Weile. »Hast du Brians Sieg und Sigurds Tod gesehen?«

»Ich ... nein.« Aedan lachte nervös, schwieg und lachte abermals. »Wenn du es so unbedingt wissen willst: Ja, ich habe etwas gesehen. Aber meinen *eigenen* Tod, Kari. Meinen eigenen.«

»Das ist wirklich wahr?«

Er fühlte Aedan nicken. »Und nicht zum ersten Mal. Schon bei Oengus. Im Blut, das ihm aus der Wunde lief. Ich habe es gesehen, aber damals nur schemenhaft. Bei dem Wolf, da war es klarer. Ich werde in einem Grab sterben, Kari. In einem ... Höhlengrab, einem Cairn. Ich habe die Wände mit den Zeichnungen gesehen. Ein Hund wird mir die Kehle zerbeißen wie Oengus. So. Und nun...« Er lachte verkrampft. »Nun kannst du dir vielleicht denken, daß ich mich vor Brodir nicht im geringsten zu fürchten brauche.«

»Du hast gesehen, wie ein Hund dich totbeißt?«

»Überall, wo Blut war.« Aedan versuchte wieder zu lachen, aber diesmal wurde ein Stöhnen daraus. »Es hat bei Oengus' Tod angefangen. Und ich glaube, daß es ein Fluch ist. Von Mog Ruith, verstehst du? Er hat ihn ausgesprochen, als ich ihm bei Oengus entwischt bin. Darum mußte ich doch auch versuchen, nach Kintyre zu kommen. Ich muß zum Ollam...«

»Zu wem?«

»Zum Ollam. Dem Druiden. Er ist der mächtigste der Druiden. Wenn es jemanden gibt, der den Fluch aufheben kann...«

»Psst!« Aedan sprach so laut, daß Kari ihn erschrocken anstieß.

Mühsam senkte er die Stimme. »Weißt du denn gar nicht, wo wir hier sind? Drüben auf der anderen Seite des Wassers, der Streifen Land: da ist Irland. Ulsterland. Brodir hat das gesagt. Und wenn Folkes Plan stimmt, dann sind wir hier auf der Halbinsel Kintyre! Beim Südzipfel. Hier sind Berge und dort drüben auch. Wir sind auf Kintyre, Kari, bestimmt. Und weißt du, warum das so merkwürdig ist?«

Nein, das wußte Kari nicht. Irgendwo hatten Brodir und Ospak sich schließlich treffen müssen.

»Weil hier, genau hier, der Ollam wohnt!« Aedan hauchte die Worte, er ließ sie gerade eben aus dem Mund schlüpfen, als würde ein lautes Wort ihre Wahrheit in Luft auflösen. »Er ... das muß ganz in der Nähe sein. Ein Stück westlich, vermute ich. Dort, wo die Spitze von Kintyre nach Irland zeigt. Da soll es ein Hügelgrab geben. Eines wie bei euch auf Ross. Und tanzende Steine...«

»Aedan...«

»Was?«

»Du redest gerührten Mist.« Es tat Kari leid, ihm die Hoffnung zu nehmen, aber es hatte keinen Sinn, sich Phantasien auf Seifenblasen zu malen.

Das Grab

Schon Sekunden nach dem Augenschließen – jedenfalls kam es Kari so vor – wurde er durch ein Rütteln an der Schulter geweckt. Er blinzelte in die Nacht. Es war noch immer dunkel. Nicht ganz, weil der Himmel klar und der Mond fast rund war. Aber es konnte keinesfalls auf den Morgen zugehen.

»Psst!« Er fühlte eine Hand auf dem Mund. »Isses leise besser. Isses ein Mann bei dem Boot.«

»Earc! Hast du ein Messer bei dir?«

Die Hand wurde fortgezogen, und Kari fühlte Earcs Arme in ihren Ledersack und zwischen ihre Körper kriechen. Er spürte, wie der Sklave an Aedans Fesseln säbelte. Earc zog den Freund ins Freie.

»Gib mir das Messer. Lauf schon vor, Earc. Daß sie dich ja nicht erwischen. Und warte nicht, wenn wir nicht gleich kommen. Such das Weite. Nun mach schon.«

Kari reckte den Hals und sah den Sklaven in die nahen Büsche verschwinden. Aber statt daß Aedan ihn nun ebenfalls befreit hätte, streckte der Irenjunge sich neben ihm im Sand aus, schön dicht, so daß man in der Dunkelheit denken mußte, es gäbe noch immer nur einen einzigen Sack. »Bevor wir verschwinden, Kari Sigurdson, müssen wir miteinander reden.«

»Bevor wir reden, mußt du mir die Hände lösen.«

»Genau das will ich aber nicht. Psst!« Er preßte Kari die Hand auf den Mund. »Laß es mich erklären. Ich will . . .«

Kari schüttelte wütend den Kopf, und Aedan nahm ein winziges Stück die Hand von seinen Lippen. »Es kann jeden Moment jemand kommen!«

»Dann gib mir dein Versprechen. Daß du mich freiläßt. Jetzt, in diesem Augenblick. Dann schneide ich dir die Fesseln durch.«

Kari war wie vor den Kopf geschlagen. »Und wenn ich's nicht tue?« Er merkte, wie ihm die Galle schwoll. Es war nicht schön, sich erpressen zu lassen. Nicht auf diese Weise. Und schon gar nicht von Aedan.

»Dann kannst du Brodir morgen erklären, warum du hier so einsam liegst. Keine Bange, es wird dir nichts passieren. Er wird dich nur ein bißchen verprügeln. Und daran gewöhnt man sich schnell. Du würdest staunen.«

»Du verdammtes...«

Aedans Hand landete wieder auf seinem Mund. Kari biß wütend hinein. »Warum?« fauchte er, als Aedan mit den Fingern wegzuckte. »Willst du zu deinem Brian? Dann haben wir denselben Weg. Wir wollen beide verhindern, daß diese Schlacht stattfindet.«

»Nein. Habe ich dir nicht erklärt...« Aedan brach ab. Etwas bewegte sich. Bei dem Zelt. Aber es war nur Earc, der gegen alle Anweisung sehen wollte, was aus ihnen geworden war. Aedan schielte zu dem Posten, der am Strand vor sich hin döste, und winkte Earc, wieder zu verschwinden.

»Ich muß zum Ollam. Zu dem Druiden!«

»Was?« Kari schüttelte den Kopf. Jetzt erst fiel ihm ihr merkwürdiges Gespräch wieder ein. »Schneide mich frei, und wir reden darüber. Aber erst müssen wir fort.« Es war Wahnsinn, was sie trieben. Jeden Moment konnte ein Postenwechsel stattfinden, oder einer der Schlafenden mußte sich vom Wein erleichtern.

Aedan rang mit sich. Widerwillig rollte er Kari auf die Seite und trennte die Stricke durch. Sie blickten beide zum Strand, aber dort regte sich noch immer nichts. Der Mann, der wachen sollte, würde einen unangenehmen Morgen erleben.

Kari zögerte. Sie konnten sich nach rechts oder links wenden. Der Strand zog einen langen Bogen. Bloß ins Landesinnere kamen sie nicht. Jedenfalls nicht von hier aus. Hinter ihnen ragte eine schwarz schimmernde Felswand in den Nachthimmel. Lautlos kroch er aus dem Sack und schlich hinter Aedan zu den Büschen. Earc erwartete sie mit einem ellenlangen Grinsen in einer Felsspalte.

Sie wandten sich nach Westen. Zunächst kam es darauf an, Land zwischen sich und die Männer zu bringen, die ihre Feinde waren. Nach einer Weile wurde die Felswand, in deren Schatten sie liefen, schräger. Man hätte dort jetzt hinaufkommen können, nur – zum Klettern hatten sie weder die Ruhe noch die Kraft. So rannten sie weiter am Strand entlang, manchmal durch Schlick und Pfützen, dann wieder über harten, pappigen Sand, aber immer möglichst dicht im Schutz des Gesteins. – Bis ihnen ein gewaltiger Felsvorsprung den Weg versperrte.

Kari fluchte. Sie dachten nicht nach. Sie liefen wie die Schafe, und man würde sie fangen wie Schafe. Vielleicht sollten sie nach einem Versteck suchen.

»Da – das scheint eine Art Weg zu sein«, flüsterte Aedan.

Weg! Kari folgte mit den Augen der Rinne, die Aedan meinte. Er kletterte nur deshalb hinter den beiden Iren her, weil er zu erschöpft war, um mit ihnen zu streiten. Es ging über rundgewaschene, von Wasser und Tang glitschige Hänge, an denen sie Dutzende Male abrutschten, bis sie sie erklimmen konnten. Und dann, als sich der Boden senkte, durch mit Disteln bewachsenen Sand. Und dann wieder über Fels. Bis sie, nach einer fürchterlichen Ewigkeit, den höchsten Punkt erreichten.

Aber auch hier gab es keine Verstecke. Soweit er sehen konnte – und das war bis zu einem noch unbezwingbarer erscheinenden Bergmassiv im Hintergrund – nur kahles Heideland. Man würde sie finden.

»Hier entlang.« Aedan deutete gen Westen.

Fröstelnd verschränkte Kari die Arme. Wenn er nur nicht so ... fürchterlich erschöpft gewesen wäre. Er atmete die salzige Meerluft ein und versuchte, Kraft daraus zu ziehen. Sogar

Aedan, der Schwächling, schaffte es zu marschieren. Und hatte doch genau wie er selbst gehungert und gefroren.

Kari setzte ihm nach. Schlimm, daß er in Wick sein Schwert verloren hatte. Im Griff befand sich der Lifsstein, den seine Großmutter ihm geschenkt hatte. Mit dem Stein wäre es ihm besser ergangen. Aber nun war er fort, und da half nichts als der Wille.

Sie folgten einer Art Weg, der in baumloses Bergland führte. Es gab, verflucht noch mal, immer noch keine Deckung. Rein nichts, wohin man sich hätte verkriechen können.

Irgendwo schrie ein Käutzchen.

»Es kann nicht mehr weit sein«, flüsterte Aedan. Seine Nase schien noch spitzer geworden zu sein. »Wir sind immer nach Westen gelaufen. Irgendwann *müssen* wir wieder ans Meer kommen. Oengus hat gesagt...«

Kari konnte mit den Worten zunächst nichts anfangen. Dann dämmerte es ihm. Natürlich waren sie nicht geradewegs losgelaufen, wie er sich eingebildet hatte. Aedan wollte zu seinem Ollam, das hatte er doch gesagt. Und er hatte den direkten Weg dorthin gewählt. Oder jedenfalls versucht, das zu tun. Diese Sache mit dem Ollam – das war wie ein Wurm in seinem Hirn. Kari gab es auf, weiter zu denken. Im Grunde war es egal, wohin sie flohen. Brodir hatte Hunde. Er würde sie finden.

Kari stolperte und ließ es zu, daß Earc ihn unterfaßte. Die Pause hatte keinem von ihnen gutgetan. Schweigend trotteten sie nebeneinander durch das Heidekraut. Zu viele Tage ohne Essen und Bewegung. Earc stützte die Jungen abwechselnd mit seinen kräftigen Armen, und ohne ihn wären sie wahrscheinlich zusammengebrochen.

Die Nacht war erfüllt vom Jaulen des Windes. Bang lauschte Kari, ob er ihnen kein Hundegebell zutrug. Vielleicht hatten sie doch einmal Glück. Vielleicht bemerkte die Wache ihre Flucht erst am Morgen, vielleicht war ihre Fährte dann verlorengegangen...

Aedan drehte sich zu ihm um. »Wir müssen bald dasein. Ich kann schon das Meer hören.«

»Dann hast du bessere Ohren als ich.« Kari hörte nichts. Außer... Plötzlich war es da, das Gebell. Es erscholl von einem Moment zum anderen und war sofort entsetzlich nah, als hätte Brodir den Hunden zuvor jedes Geräusch verboten.

»Rüber, Earc. Versuche, dich drüben ins Land zu schlagen«, murmelte Kari. Dieser Gedanke kam ihm viel zu spät. »Kann sein, sie suchen dich nicht, wenn sie uns erst haben.«

Earc schüttelte den Kopf. Und blieb im nächsten Moment stehen. »Huiiii!« entfuhr es ihm.

Sie hatten eine Felsenkuppe überwunden. Und schauten direkt aufs Meer. Aber was den Iren so erschreckt hatte, war nicht das Wasser, sondern der kreisrunde Platz davor. Ein grasbewachsenes Rondell, auf dem ein Kranz von uralten Eichen wuchs, ein künstlicher, geisterhafter Ort auf einer ins Meer geschobenen Landspitze. Riesen standen in seiner Mitte. Gestalten, die sich zu einem Kreis zusammengefunden hatten, als wollten sie einen Tanz beginnen. Nur, daß sich keiner von ihnen bewegte. Sie sahen aus wie verzaubert. Wie... versteinert.

Und verflucht, weil es natürlich Steine *waren*. Hatten sie solche Steinkreise nicht auch auf den Orkaden? Sie waren auf einem der geweihten Plätze der Alten gelandet.

»Das muß der Platz sein!« Aedans Blick flog zwischen dem Steinkreis und dem Hundegebell in ihrem Rücken hin und her.

»Dann wohnt hier dein Ollam?«

Zögernden Schritts trat der Junge auf die Steine zu. »Es ist, wie Oengus es beschrieben hat.« Und trotzdem schien er nicht weitergehen zu wollen. Aber hinter ihnen waren die Hunde.

Etwas an dem Hundegebell hatte sich verändert. Es war lauter geworden, als wüßten die Tiere, daß sie ihren Opfern auf Steinwurflänge nahe gekommen waren. Noch einmal nahmen die drei all ihre Kräfte zusammen. Sie rannten auf die stehenden Steine zu, umkreisten sie, irrten dazwischen umher, tasteten sie mit fliegenden Händen ab – und fanden nichts.

»Damit ist es aus«, flüsterte Kari. »Earc, verschwinde!«

Er blickte zur Kuppe. Jeden Moment mußten dort die Hunde auftauchen. Vielleicht blieb Earc noch Zeit, sich zu den Eichen zu flüchten. Oder in den Schutz des Hügels, der jenseits der Steine seinen schwarzen Bauch in die Nacht reckte und aussah wie das abgelegte Ei eines Riesenvogels.

»Earc!«

Der Sklave rannte los. Er schaffte es gerade noch bis zu dem Hügel. Nicht einmal dahinter, aber wenigstens an die Seite, an die er sich sogleich schmiegte. Dann erschienen die Köpfe ihrer Verfolger auf der Kuppe. Sie stürmten nicht weiter. Kari sah sie im Mondlicht stehen, und anscheinend waren sie vom Anblick der Steine so gebannt wie zuvor die Flüchtlinge. Es waren zwei Hunde und zwei Männer, zu denen sich im nächsten Augenblick noch eine weitere Gestalt gesellte, die so groß war, daß sie die beiden anderen um zwei Haupteslängen überragte.

Brodir.

»Ich hab' dir kein Glück gebracht, Kari«, flüsterte Aedan. Er faßte mit der Hand nach Karis Handgelenk und hielt es fest. Kari sah aus den Augenwinkeln, wie Earc mit dem Felsblock verschmolz. Wenn er Glück hatte – viel Glück! –, dann würde er dort unentdeckt bleiben.

Brodir kam den Hang hinab, vorsichtig – auch ihm schien der Platz nicht geheuer. Die Hunde knurrten, preschten aber nicht vor. Sie klebten an den Waden ihres Herrn.

»Dir wird nichts geschehen. Wir sind in frischer Luft. Kein Grab, keine Zeichnungen«, flüsterte Kari. Es hatte ein Spott sein sollen, ein Dem-Schicksal-ins-Gesicht-Lachen, aber irgendwie wollte das nicht gelingen.

Er konnte Brodir lächeln sehen. »Wie sieht es aus, Kari Sigurdson? Willst du nicht anfangen zu winseln? Du weißt doch, wie sich Zähne im Fleisch anfühlen. Soll ich die Hunde loslassen?«

Earc, der Idiot, stand auf. Er hob die Hand, um zu winken. War er so versessen darauf zu sterben?

Brodir kam noch näher, bis er vielleicht zwanzig Schritt vor ihnen stehenblieb. »Ich könnte dich so zu deinem Vater schikken, Sigurdson. Stückchenweise. Was die Hunde von dir übriglassen.«

Earc trat vor den Fels. Er stand jetzt so, daß er jedem, der zufällig in seine Richtung blickte, auffallen mußte. Was wollte er? Warum wies er so nachdrücklich hinter sich.

»Er hat den Weg zum Ollam gefunden«, flüsterte Aedan.

Karis Herz tat einen Sprung. Dann waren sie doch am Ziel? Aber wenn das stimmte, warum klang Aedan dann so wenig froh? Kari drehte dem Kameraden das Gesicht zu. In Aedans Augen saß das blanke Entsetzen. Und ... natürlich – Earc stand vor einem Hügel. Wenn er den Weg zum Ollam gefunden hatte, dann führte der in die Erde. In ein Hügelgrab?

Kari merkte, wie sein Mund trocken wurde.

Aedan glaubte also, daß er von Hunden zerrissen würde. Aber das geschähe hier draußen noch sicherer als in dem Grab, wenn es überhaupt existierte. Kari entschied für sie beide. Er riß Aedan mit sich. Der Weg war für sie kürzer als für ihre Verfolger. Trotzdem hätten sie keine Chance gehabt, wenn Brodir die Hunde losgejagt hätte. Aber vielleicht wollte er seine Gefangenen selber fassen, vielleicht fürchtete er, die Hunde könnten ihnen einen zu leichten Tod bescheren. Jedenfalls erreichten sie den Hügel vor ihren Feinden. Earc stand hoch aufgerichtet. Er packte sie an den Armen, kaum daß sie ihn erreicht hatten, und stieß sie ...

Es sah aus, als wolle er sie gegen eine Felswand schubsen. Aber da, wo Stein hätte sein sollen, war plötzlich ein Loch. Kari taumelte in muffige Finsternis. Aedan lief in ihn hinein, und dann kam Earc. Er hantierte an etwas, und – der Himmel mochte wissen, wie – irgendwie gelang es ihm, den Stein, der eine Art Tür sein mußte, auf seinen Platz zurückzubewegen. Sie standen in tiefster Dunkelheit.

»Isses schlecht, warten!« Earcs Stimme klang ängstlich.

Der Gang war kurz. Sie liefen vielleicht hundert Schritt – abwärts, wie Kari glaubte –, dann tauchte auf einmal Licht auf. Nicht direkt Licht. Es war eher ein Nachlassen der Finsternis. Kari blieb stehen. Und auch Earc und Aedan hielten inne.

»Wir hätten nicht hierherkommen dürfen«, flüsterte Aedan. Und diesmal glaubte Kari ihm. Vor ihnen lag eine Art Höhle. Sie konnten sie nicht einsehen, weil der Gang schräg darauf zukam, aber er merkte, wie ihm der Schweiß ausbrach.

Dann hörte er das Lachen.

Es kam von vorn, aus Richtung der Höhle. Kari spürte, wie sein Atem flach wurde und wie sich zwischen seinen Fingern der Schweiß sammelte. Der Ollam? Oder waren das die Geister der Toten? Wartete Hel selbst dort, sie zu holen? Hatte ihr Schicksal sie vielleicht ans Tor von Niflheim gespült? Er ertrug es nicht noch länger, zu warten. Forsch ging er die letzten Schritte.

Es war eine runde Felskammer, von Fackeln beschienen, die in Eisenhaltern an den Wänden steckten. In der Mitte stand eine Steinsäule, auf der eine riesige, gehämmerte Messingschale ruhte. Daneben ein behauener Fels, eine Art Altar, wie die Christen sie benutzten. Aber auf dem Altar gab es kein Kreuz, sondern nur einige Runen, die mit roter Farbe auf den Stein gemalt waren. Hinter dem Altar befand sich ein Mann.

Er lachte nicht mehr. Er stand jetzt still und ernst und betrachtete sie, als wären sie das Ergebnis eines schwierigen Experiments, das er gerade zu Ende geführt hatte. Seine Kleider waren noch immer schwarz, aber sie machten ihn nicht mehr unsichtbar wie in Birsay, sondern strahlten eine besondere Art von Finsternis aus, die den Blick stärker hielt als das Licht der Fackeln.

Mog Ruith.

Er sprach. Aber er wandte sich nur an Aedan, als wären die beiden anderen nicht vorhanden. »Endlich. Du hast lange gebraucht – Königsmacher.«

Aedan fuhr mit der Hand über seinen Mund. Seine Stimme war belegt, man konnte ihn kaum verstehen. »Der Ollam. Wo...« Er sprach nicht weiter. Seine Blicke irrten über die Gegenstände im Raum. Kari stand mehr als eine Elle von ihm entfernt, trotzdem meinte er ihn zittern zu fühlen. Möglicherweise waren die Dinge, die Aedan fand, ihm vertraut, denn seine Augen waren weit, als sie wieder bei dem Schwarzen anlangten.

»Richtig, Aedan. Du bist heimgekommen. Und du hast deinen Ollam gefunden. Und wie lästig dein Gezapple. Dein Weg hätte von Oengus direkt hierher führen können.« Mog Ruith sprach ruhig, sogar mit einer Spur Feierlichkeit. »Du weißt, warum du hier bist?«

Aedan schüttelte den Kopf.

»Dann komm.« Die leise Stimme drohte nicht. Sie forderte, was nicht zu umgehen war. Der Raum war klein. Aedan machte zwei Schritte vor und stand vor dem Messingbecken – dem Ort, wo Mog Ruith ihn haben wollte.

»Sieh hinein!« befahl der Ollam.

Aedan tat es mit zusammengekniffenen Augen, die er aber, nachdem Mog Ruith lange genug gewartet hatte, öffnete. In der Schale schwamm eine rote Flüssigkeit. Blut?

»Was siehst du?« Zum ersten Mal klang aus der glatten Stimme Erregung.

»Nichts.« Aedan wandte den Kopf beiseite. »Ich bin nicht Oengus, ich kann nicht...«

Mog Ruith lächelte. »Tatsächlich? Vielleicht habe ich aber auch etwas falsch gemacht. Brauchten die Alten nicht *frisches* Blut, um zu sehen? Brauchten sie nicht die Zuckungen ihrer Opfer, die warmen, sprudelnden Quellen des Lebens, um den Blick in die Zukunft zu öffnen?« Seine Augen wanderten zu

Kari und blieben nachdenklich dort hängen. Er sagte nichts, aber das war auch nicht nötig.

»Doch. Ich kann etwas sehen!« Aedan beeilte sich entsetzt, wieder vor die Schüssel zu treten.

Natürlich glaubte Mog Ruith ihm nicht, ebensowenig wie Kari. Das Manöver war zu durchsichtig. Aedan hatte die Schale angefaßt und umklammerte den Rand. Er schien sich konzentrieren zu wollen. Seine Augen weiteten sich, und seine Schultern wurden steif. Mog Ruith merkte auf.

Er sieht wirklich etwas, dachte Kari benommen.

Mog Ruith machte einen Schritt nach vorn. Dann riß er unwillig den Kopf hoch. Es gab Störungen. Ein gedämpftes Poltern, ein Knirschen wie Stein auf Stein hinter ihren Rücken. Dann kamen Stimmen – und Brodir erschien.

Er hatte seine Hunde mitgebracht und außerdem die beiden Männer. Sie waren bewaffnet wie für die Schlacht. Trotzdem schien er sich zu fürchten. Brodir war kein Mann, der seine Gefühle geheimhalten konnte. Er redete überlaut. »Da siehst du also, Mog Ruith. Ich habe ihn dir gebracht – wie wir es verabredet hatten.«

Der Ollam begann zu lächeln. »Hast du, Brodir, ja. Wenn auch spät und vielleicht nicht ganz freiwillig.«

»Ich wurde aufgehalten.« Brodirs Stimme klang schwammig. Er war noch immer betrunken. »Du wolltest aber nur den Sklaven«, sagte er lauernd.

»Und du den Sohn deines Jarls?« Mog Ruith lächelte. »Kari Sigurdson.« Es war, als nähme er ihn jetzt das erste Mal als Person wahr. »So vertrauensvoll wie ein Lämmlein. O ja, Brodir, du kannst ihn haben. Aber er wird dir nicht viel Freude bereiten. Sein Herz hängt nämlich auf der anderen Seite Schottlands. In Inver Ness. Seit er dort war, ist er krank nach gelben Haaren und seinem süßen Gesichtchen. Er verzehrt sich. Und wenn er erfährt, wie bös sie ihn dort hintergangen haben, wird es schwer sein, ihm noch einen Schmerz zuzufügen, den er spürt.«

Brodir verstand nichts. Und auch Kari nicht.

»Was denkst du, wie du hierhergekommen bist, Sigurdson?« Mog Ruith schüttelte bedauernd den Kopf. »So schwer zu begreifen? Ich wollte mich nicht mit euch plagen. Quer durch Schottland mit einem Bündel Trotz? Da hielt ich Folke für die bessere Idee. Ich brauchte jemanden, der euch in Kintyre in Empfang nimmt – und jemanden, der euch auf den Weg dorthin schickt. Folke hat das gern gemacht.«

Das war eine Lüge.

»Du glaubst mir nicht? So niedlich, dein kleines Goldhaar?«

Kari warf sich auf ihn. Das war weder vernünftig noch von Erfolg gekrönt. Obwohl Brodir sich und seine Männer zurückhielt. Nein, Mog Ruith entwickelte plötzlich Riesenkräfte, die ... die von irgendwoher zu kommen schienen, wo man nicht müde wurde und keinen Schmerz empfand. Kari schlug auf ihn ein, aber es war, als knallten seine Fäuste auf Stein.

Und plötzlich hatte der Ollam ein Messer in der Hand. Kari flog gegen den Altar. Sein Hals wurde gegen die Steinkante gepreßt. Über ihm schimmerten Mog Ruiths Zähne.

Aber im nächsten Moment wurde daraus eine Schmerzgrimasse. Aedan war vorgestürzt und hatte sich auf den Zauberer geworfen. Weiß vor Wut und Angst machte Kari sich frei. Brodir hielt sich noch immer zurück. Vielleicht hoffte er in einem Winkel seines Herzens, den gefürchteten Auftraggeber auf diese Weise loszuwerden. Oder er dachte, sein Eingreifen sei überflüssig.

Der Ollam stieß Aedan von sich wie eine Feder. Wieder schwankte das Messer in seiner Hand. Er wollte Kari packen. Und dann kam Earc.

Aber es war nicht mehr der Earc, den Kari kannte. Mit einem Kreischen wie eine Furie warf er sich auf den Ollam. Er zerrte ihn von seinem Opfer fort und sah sich, klüger als Kari, nach einer Waffe um. Er fand sie in der Fackel, die seitlich vom Altar an der Wand steckte.

Earc ließ von dem Zauberer ab und sprang blitzschnell auf die Füße. Er kam dabei an die Schüssel. Während das Blut sich über den Boden ergoß, griff er das Licht.

Earc war ein jämmerlicher Gegner. Niemand, mit dem ein Mog Ruith sich befaßte. Der Ollam hatte noch immer sein Messer in der Hand. Er schleuderte es fast gleichgültig auf den Sklaven.

»Fort!« schrie Kari.

Earc war getroffen. Er kippte in die Blutlache und lebte schon nicht mehr, als er aufschlug. Kari packte Aedan.

Sie hätten es nicht aus dem unheimlichen Raum herausgeschafft, wenn die Verwirrung nicht so groß und vor allem der Boden nicht so glitschig gewesen wäre. Mog Ruith wollte Aedan festhalten, aber er rutschte aus und schlug hart auf die Kante des Altars. Kari mochte nicht warten und sehen, was aus ihm wurde. Er rannte, Aedan an seiner Seite.

Sie erreichten das Tor ins Freie, noch bevor Brodir oder Mog Ruith die Verfolgung aufnahmen. Die Hunde kläfften wie wild, griffen aber nicht an.

Kari hörte Aedan schluchzen. Er wußte, daß ihre Aussichten auf Entkommen verzweifelt gering waren. Wohin nun? Den Weg zurück, den sie gekommen waren? Wo die Hunde sie auf jedem Schritt ihrer Flucht fassen konnten? Kari wandte sich zum Wasser. Die Klippe stürzte wenige Schritt hinter dem Eichenrondell ins Bodenlose. Man konnte das Wasser nur hören.

»Klettern!« befahl er.

Aedan gehorchte. Angst und der Schock trieben sie in die Felsen. Sie waren zu erschöpft, um die Gefahr abzuschätzen. Mechanisch tasteten ihre Hände und Füße nach Halt, Stück für Stück näherten sie sich der Brandung. Erst kurz bevor sie das Wasser erreichten, begann Kari sich zu fragen, wie es weitergehen sollte. Unter ihnen gurgelte schwarzes Wasser.

»Wir springen!« Sie befanden sich so dicht über dem Wasser,

daß die Gischt sie durchnäßte. Man konnte nur hoffen, daß die Brandung sie nicht am Fels zerschmettern würde. Rüde gab er Aedan einen Stoß. Einen Atemzug später knallte er selbst aufs Wasser, eisigkalte Schwärze schlug über ihm zusammen.

Es raubte ihm den Atem.

Er strampelte, und obwohl er ein guter Schwimmer war, geriet er fast in Panik. Dann tauchte sein Kopf auf, er schnappte nach Luft – und verfiel sofort in die nächste Angstattacke, weil er Aedan nicht erblicken konnte. Blind tauchte er in die Flut. Da war Stoff. Die Hand in Aedans Kleidern verkrallt, trat er sich wieder nach oben. Es gelang ihm, dem Jungen die Arme unter die Achseln zu schieben und seinen Kopf über Wasser zu halten. Aedan konnte nicht schwimmen, das war offenkundig. Verzweifelt suchte er nach Halt.

»Laß! Laß los!« Kari versuchte, Aedans Kopf noch weiter anzuheben, um seine Panik zu verringern. Eine größere Welle schwemmte sie ein Stück zurück. Er spürte etwas Hartes an seinem Oberschenkel. Sie wurden gegen Fels geworfen. Kari packte Aedans Handgelenk und drückte es in die Richtung, wo er den Stein vermutete. Und – Odin sei Dank – der Junge schien Halt zu finden. Er hörte auf, um sich zu treten, und Kari ließ erleichtert von ihm ab. Er versuchte, an Aedan vorbeizuspähen. Der Fels schien hinter der Stelle, an der sie sich festhielten, eine Biegung zu machen. Er tastete sich näher an Aedan heran.

»Ich kann mit dir zusammen schwimmen. Das geht. Du darfst dich nur nicht bewegen. Das Wasser trägt uns beide. Ich halte dich fest.«

Aedan schüttelte den Kopf.

Kari schob den Arm um seine Brust und riß ihn mit sich. In den nächsten Minuten schluckte er mehr Wasser als in seinem ganzen bisherigen Leben. Nachdem sie ein Stück vom Fels fort waren, gerieten sie in eine Strömung, die ihnen weiterhalf. Aber Kari merkte, wie seine Glieder steif wurden. Angstvoll umklammerte er den mageren Körper. Und wieder waren sie unter Wasser. Himmel, das ging so schnell. Wenn nur die Kälte nicht wäre ... diese verfluchte Kälte ...

Sie wurden gerettet, aber wie dies vonstatten ging, das bekam er nicht mehr mit. Nur, daß man ihn von seiner Last befreite und über die rauhe Kante eines Bootes zog und Decken über ihn warf.

Ospak

Kari träumte. Es war wieder der Traum mit dem schneebedeckten Berg. Der Fiebertraum. Sie hatten das Dorf in Brand geschossen. Dann kam das Haus mit dem schiefen Dach. Aus diesem Dach schlugen noch keine Flammen, und deshalb gab es dort vielleicht Beute.

Kari wußte, daß es nicht so war. Schließlich kannte er den Traum. Aber etwas zwang ihn trotzdem, daran zu glauben, daß es dort Beute geben würde. Beides war gleichzeitig in seinem Kopf, und er konnte sich nicht dagegen wehren. Wieder die Tür und wieder der Sandhügel mit der Petersilie und den hölzernen Männchen, dem Kinderspielzeug.

Kari wußte, daß er nicht gegen die morsche Tür treten durfte. Diesmal meinte er, die Hitze des Feuers, das sich dahinter verbarg, sogar spüren zu können. Das Haus brannte von innen. Vielleicht war einer der pechbestrichenen Brandpfeile durch das winzige Fenster geflogen. Er durfte auf keinen Fall die Tür eintreten. Die Angst ließ ihn schwitzen. Aber sein Fuß bewegte sich, als würde er von einer fremden Macht gesteuert. Kari hörte sich selbst stöhnen. Der Fuß krachte gegen das Bretterzeug, die Tür brach unter einem Funkenflug zusammen.

Und der Berg...

Kari versuchte, die Hände vor die Augen zu schlagen, aber die Logik des Traumes verwandelte die Hände in durchsichtige Klumpen, die nichts verbergen konnten oder wollten.

Der Berg...

Die Füße, die den Berg trugen, waren winzig, rund und nackt und steckten in rotgefärbten Ledersandalen. Kinderschuhwerk wie das von Thorfinn. Sie tappten über brennendes Holz, und die Zehen krümmten sich. Kari begann zu schreien...

Es war peinlich. Nach den Sekunden, die Kari brauchte, um aus dem Alptraum in die Wirklichkeit zurückzuflüchten, war es unglaublich peinlich. Ohne es mit den Händen nachzuprüfen, wußte er, daß sein Gesicht naß von Tränen war. Der Mann, der ihn geweckt hatte, betrachtete ihn prüfend. Schamerfüllt wandte Kari das Gesicht ab. Dieser Traum...

Er sah Aedan neben sich unter einer Wolldecke liegen. Der Irenjunge schien mit besseren Träumen gesegnet zu sein. Er atmete tief und gleichmäßig. Über dem Gestänge des Zeltes dampften ihre nassen Kleider.

Und erst jetzt begann Kari, sich wieder zu erinnern, was mit ihm geschehen war. Irgend jemand, der ihnen nicht allzu übel gesinnt sein konnte, hatte sie aus dem Wasser gezogen und ihnen das Leben gerettet. Er setzte sich auf. Das Zelt, in das man sie gelegt hatte, wurde vom Schein eines Feuers erfüllt. Auf der anderen Seite des Feuers saß ein alter Mann.

»Was...«, fing Kari an zu fragen. Aber der Alte fuhr ihm grob über den Mund.

»Maul halten«, knurrte er und schwieg selber still. Vielleicht kam die Antwort ihm doch zu rüde vor, denn nach einer Weile, in der er Kari mit gerunzelter Stirn betrachtet hatte, ergänzte er milder: »Brodir ist draußen. Ospak will vor ihm verbergen, daß du hier bist. Also Maul halten.«

Kari ließ sich auf die Decke zurückfallen. Ospak also, Brodirs Kumpan, hatte sie aus dem Wasser gefischt. Nur – warum? Er grübelte darüber nach, bis ihm seine Lider wieder zukippten.

Das nächste Mal war es Aedan, der ihn weckte. »Niemand kann *so* lange müde sein. Dein Bart reicht dir bald bis an die Füße«, wisperte er vorwurfsvoll.

Kari schnitt ihm eine Grimasse. Die Haut des Zeltes glänzte hell. Draußen mußte es Tag sein, und außerdem schien die Sonne.

»Warum hat dein Ospak uns nicht verraten?« wollte Aedan wissen.

»Nicht *mein* Ospak. Und außerdem habe ich keine Ahnung.«

»Wir tragen keine Fesseln. Und sie haben uns etwas zu essen gebracht«, faßte Aedan die Wunder zusammen, die ihnen geschehen waren. »Ich hab' übrigens schon gegessen.«

Kari wickelte sich aus der Decke. Auf einem der heißen Steine, die das Feuer in Zaum hielten, stand ein Topf, aus dem es nach Fleisch und Zwiebeln und Kümmel roch. Er spürte, wie sein Magen sich zusammenschnürte und ihm gleichzeitig das Wasser im Mund zusammenlief. Selbst Earc hätte das nicht besser hinbe...

Earc war tot.

Die Erinnerung traf ihn wie ein Schlag. Er hatte es vollständig vergessen. Earc war von Mog Ruith oder Brodir getötet worden. Von Mog Ruith. Als er ihnen helfen wollte.

»Earc ist tot«, murmelte er noch einmal laut, obwohl Aedan das ja selber wußte und niemand sonst da war, den es interessierte. Er schob den Topf beiseite. Ihm saß ein dicker Kloß im Hals.

Aedan kam zu ihm herübergekrochen. »Kari, aber – was soll denn das?« Er schob seine Hand auf Karis Knie. »Da schluckst du eimerweise Salzwasser, um ein ... jämmerliches Sklavenleben zu verlängern, und nun schüttest du es zu den Augen wieder hinaus, weil ein anderes zu Ende gegangen ist. Wo soll denn das noch hinführen mit dir, du ... du zukünftiger Jarl?«

Ja, richtig. Ganz richtig.

Kari griff nach dem Fleisch und zwang sich zu essen. Die Welt war aus den Fugen geraten, zumindest seine eigene. Er trauerte um einen Sklaven und fühlte dies mit solcher Ernsthaftigkeit, als wäre ein wichtiges Stück seiner selbst betroffen. Nichts war mehr wie früher. Gar nichts.

Nach dem Essen schlief er wieder. Aber diesmal dauerte der Schlaf nur kurz, und als er erwachte, gesellte er sich zu Aedan, der durch einen Spalt in den Zeltbahnen die Männer beobachtete, die sich draußen an den Booten zu schaffen machten.

»Eine Menge Schiffe, die sie da haben.«

Kari nickte. Neun oder zehn Drachen konnte er durch den Spalt erkennen. Keiner so erstklassig wie der Rabe von Ross, aber doch beachtliche Schwimmer. Wenn jedes Boot mit dreißig Mann besetzt wäre, dann hätte der Manjarl dreihundert Krieger hinter sich. Eine wichtige Schar, wenn er sie gegen Brian führte.

»Jedenfalls kommen wir nicht ungesehen von hier weg«, schloß Aedan entmutigt. Und auch das stimmte. Am Strand wimmelte es von Männern.

»Wo würdest du denn hinwollen? Zu Brian?« Sie hatten dieses Thema noch nie angesprochen. Es wurde Zeit, Klarheit zu schaffen.

»Sicher doch.« Aedan grinste selbstironisch. »Ein Held wie ich – genau, was ihm noch fehlt. Wenn ich mich nicht vorher in mir selbst verheddere, renn' ich euer ganzes Heer allein über den Haufen.«

»Vielleicht könntest du ihm ja anders dienen.« Kari hatte nicht die Absicht, wieder alles in einem Geplänkel untergehen zu lassen. »Mog Ruith ist nicht dumm. Er hat dich einen Königsmacher genannt. Warum?«

Aedan ließ sich auf die Felle sinken und verschränkte die Arme unter dem Kopf. Seine Haare waren ihm in den letzten Wochen ins Gesicht gewachsen. Er pustete, um sie aus den Augen zu bekommen. »Du hast doch gesehen, was er von mir wollte.«

»Habe ich nicht. Im Blut lesen, schön. Aber das macht ihm

noch keinen König. Er will, daß du ihn zum König machst.«

»Nicht ihn. Sitric vielleicht. Oder einen anderen, den er sich ausgedacht hat. Das irische Volk dient keinem Druiden mehr. Sie sind christlich geworden bis in die Knochen. Sie fürchten um das Heil ihrer Seelen, wenn sie sich an die alten Götter halten. Mog Ruith will einen christlichen König haben, über den er herrschen kann. So jedenfalls stelle ich mir das vor.«

Ja. Aber Karis Frage war damit immer noch nicht beantwortet. Über welche Macht verfügte ein Aedan Skräling, daß er Irlands Thronfolge bestimmen konnte? Genau das wollte Kari den Jungen fragen, doch er hatte zu lange gezögert. Plötzlich wurde die Vorhangbahn des Zeltes zurückgeworfen, und damit war ihr Gespräch beendet.

Ospak kam. Gemeinsam mit dem alten Mann.

Also gut. Ospak hatte sie nicht an Brodir verraten. Aber das konnte tausenderlei Gründe haben. Jetzt galt es, vorsichtig zu sein. Abwartend sah er zu, wie der Jarl sich ihm gegenüber am Feuer niederließ.

»Wir werden aufbrechen«, begann Ospak ohne Umschweife. »Und zwar nach Irland.« Er schwieg, als warte er auf Fragen. Aber Kari war zu stolz zum Rätselraten.

»Es ist ein Spiel. Eines zwischen Brodir und mir.«

»Und es wird dich von hier direkt nach Niflheim befördern«, grollte der Alte an seiner Seite.

Ospak lächelte breit. »Der dicke Brodir hat mich besucht«, erklärte er gutgelaunt, ohne den Einwurf zu beachten. »Vergangene Nacht. Aber nicht wegen euch.«

»Sondern?«

»Er hatte einen Traum, genau in der Nacht, in der ihr ihm davongelaufen wart. Über den wollte er sich mit mir unterhalten. Er hatte geträumt, daß ein Regen über sein Schiff kam, der wie siedendes Blut war und seine Männer verbrannte. Danach fuhren seinen Leuten die Äxte und Schwerter aus den Gürteln und sprangen in die Luft und töteten sie. Zuletzt kamen Raben mit Eisenklauen und -schnäbeln auf seine Boote herab, und wieder verlor er seine Männer.«

»Das sag' ich ja: Es ist ein Fehler, sich mit Raben einzulassen.«

Ospak grinste leicht. »Jedenfalls kam er zu mir, das alte Luder, um sich den Traum deuten zu lassen.«

»Du kannst Träume deuten?«

»Selbstverständlich. Jeden auf hunderterlei Art.«

Aedan kicherte und fuhr sich schnell mit der Hand über den Mund.

»Ich habe zu Brodir gesagt, wenn Waffen auf euch eindringen, dann kündigt das eine Schlacht an, und wenn du Blut siehst, dann ist das euer eigenes Blut, das vergossen werden wird, und wenn Raben auf euch herabstoßen, dann bedeutet das den Teufel, auf den ihr vertraut und der euch bald in die Hölle schikken wird.«

»War er dir dankbar?« fragte Kari.

»Nein, das könnte ich nicht behaupten. Tatsächlich fürchte ich, daß wir sogar etwas früher als geplant werden aufbrechen müssen, um seinem ... Temperament zu entgehen. Wir werden in einer Stunde Segel setzen, und dann geht's hinüber nach Irland.«

»Zu Brian«, sagte Kari. Er wußte, daß es so war. Warum sonst hätte Ospak sich mit Brodir anlegen sollen? »Du verrätst damit deinen Jarl.«

Der Mann hinterm Feuer nickte. »Ich habe mein Leben lang Menschen verraten, Sigurdson. Könige, Jarle, Bauern – was sich gerade ergab. Irgendwie scheint es so eingerichtet zu sein, daß man auf dieser Erde entweder ein Schuft oder ein Verlierer sein muß.«

»Außer ...« Kari wunderte sich selbst, wie schnell er das begriff. ». . . man heißt Brian Boru.«

»Kann sein.« Ospaks Blicke wanderten nachdenklich zu Aedan. »Dein König Brian ist ein erstaunlicher Mann, wenn es stimmt, was man über ihn sagt. Ich bin ... außerordentlich neugierig auf ihn.«

»Neugierige Menschen leben nicht lange«, murmelte Kari.

»Aber dafür haben sie mehr Spaß.« Ospak zwinkerte ihm zu, war aber im nächsten Moment wieder ernst. »Wenn ich dich richtig verstehe, Kari, dann willst du auf der Seite deines Vaters kämpfen.«

Die Frage war, wenn man es genau nahm, eine Beleidigung. Gab es einen schlimmeren Frevel, als die Familie zu verraten? War die Familie nicht der Stolz eines Mannes und der Sinn seines Lebens? Aber Ospak hatte ihn nicht beleidigen wollen, und das wußten sie beide, und deshalb war es müßig, sich darüber aufzuregen.

Ospak ließ seinen Blick auf Kari ruhen. »Ich bringe dich zu ihm«, sagte er. »Oder wenigstens in seine Nähe. Meinen Respekt, Kari Sigurdson. Du bist vielleicht nicht so klug wie dein Bruder, aber in jedem Fall hast du dasselbe Herz.«

Sigurd

Sie waren über den Morth-Kanal gesegelt und dann in die irische See. Einfach hatten sie es dabei nicht gehabt. Brodirs Drachen waren aus ihren Schlupfwinkeln gekrochen, er hatte den einstigen Verbündeten mit dreißig Schiffen jagen lassen. Doch Ospak versteckte sich mit seinen Booten in den zahllosen Buchten und schlüpfte Brodir durch die Finger wie ein Aal. Kari hatte den Eindruck, daß seinem »Gastgeber« die Hetzjagd einen riesigen Spaß machte. Manchmal schien sie zum Selbstzweck zu werden. Aber dann wurde deutlich, daß er die Absicht hatte, sein Versprechen zu halten.

Knapp drei Wochen nach ihrem Aufbruch, wenige Tage vor dem christlichen Osterfest, trennte er sein Schiff von den übrigen Booten und ließ es in Richtung irisches Ufer rudern.

Karis Hände umfaßten die Planke der Schiffswand. Aedans Irland war schön. Wenigstens an dieser Stelle und an diesem sonnigen Mittag. Sanfte, grasbewachsene Hügel wellten sich bis zu fernen Höhen und spiegelten das Frühlingslicht wider. Scharbockskraut und weiße und gelbe Narzissen hoben ihre Köpfe über den lindgrünen Teppich. Und überall gab es Bäume. Manche standen einzeln wie knorrige Ungetüme, andere in freundlichen Gruppen. Alle hatten einen zarten Blätterflaum. Man roch den Frühling, wie es auf den Orkaden niemals möglich war, und Kari begann, Aedans Heimweh zu begreifen.

Schweren Herzens drehte er sich um. Er war seinem irischen Kameraden in den letzten Tagen aus dem Wege gegangen. Nicht bewußt, aber ... er hatte über vieles nachdenken müssen. Über Königsmacher zum Beispiel.

Ihm pochte das Herz, als er Aedan sich hinter Ospak zum Heck des Bootes schlängeln sah.

Königsmacher – der Ausdruck nistete in seinem Hirn wie ein Klumpen Spinneneier. Mog Ruith war überzeugt gewesen, daß Aedan die Iren dazu bringen könne, Sitric zum König zu machen. Das wollte der Junge nicht. Aber dafür um so eher Brian Boru? Und wenn Brian König wurde, von den Prinzen des Nordens anerkannt – waren dann die Orkadenkrieger nicht dem Untergang geweiht? Sigurd mußte gewarnt werden. Und er würde Kari eher glauben, wenn er Aedan selbst sah und von ihm die Geschichte erzählt bekam.

Und deshalb mußte man bestimmte Maßnahmen ergreifen.

Etwas polterte. Aedan war über eine Kiste gestolpert. Kein Wunder – seine Blicke klebten am Ufer, als könne die kleinste Unaufmerksamkeit die Bäume und Blumen in öde See zurückverwandeln. Der Ruderer, gegen den er gefallen war, stieß ihm feixend die Faust in die Rippen. Was mußte der Bursche für ein jämmerliches Heimweh gehabt haben. Und er sollte ja auch nach Hause zurück. Nur vorher ...

Die beiden Männer hatten Kari erreicht. Aedan hielt ihm Schwert und Mantel entgegen, und Kari nahm ihm beides ab. Er spürte Ospaks Ungeduld. Die Nähe des Ufers war seinem Schiff gefährlich. Noch war er nicht bei Brian gewesen – im Moment waren die Iren genauso seine Feinde wie die Norweger.

»Was ist?« Aedan stupste Kari an. »Worauf wartest du? Willst du doch lieber mit zu Brian?« Ospaks Begeisterung hatte seiner eigenen neue Nahrung gegeben. In seinem mageren Gesicht blitzte eine Freude, die in krassem Gegensatz zu seiner früheren ironischen Ängstlichkeit stand. Er brannte vor Tatendrang.

Kari spürte das eigene Herz wie einen Kloß im Hals. Aber hatte er denn eine Wahl? Konnte er zulassen, daß der irische Junge seinen Vater und die Orkadier mit seiner Zauberei ins

Verderben stürzte? Er wandte sich an Ospak. »Es gibt noch etwas, um das ich dich bitten möchte.«

Wenn Ospak überrascht war, zeigte er es nicht. Mit einem leichten Nicken des Kopfes hieß er ihn reden.

Kari räusperte sich. »Es ist ... ich möchte, daß Aedan mich begleitet. Nach Dublin zu meinem Vater.«

»Um gegen seinen eigenen König zu kämpfen?«

»Natürlich nicht. Er wird überhaupt nicht kämpfen müssen. Niemand erwartet das von ihm. Er ... er ist ein Sklave.«

So. Für diese Worte würde Aedan ihn hassen. Noch mehr als für sein Ansinnen. Sie waren ein Verrat an allem, was sich in den letzten Wochen ereignet hatte. Kari vermied es beharrlich, den schwarzen Augen zu begegnen. »Er ist mein Eigentum. Ich denke, es wäre anständig von dir, wenn du ihn mir zurückgeben würdest.«

»Was du sagst, ist recht und billig. – Allerdings nicht besonders großzügig.«

Ja. Und Kari hätte sich am liebsten selbst ins Gesicht gespuckt. Ospak hatte ihm die Freiheit gegeben, damit er an der Seite seiner Leute kämpfen konnte, und nun verweigerte er Aedan dasselbe Recht. »Ich wünsche es trotzdem«, erklärte er lahm.

Der Jarl nickte. Eine Geste ohne Wohlwollen. Dann wandte er sich wieder seinen Leuten zu. Der irische Sklave war ein netter Junge gewesen, Ospak hatte sich sogar mehrmals mit ihm unterhalten. Aber brach man deshalb einen Streit vom Zaun? Kari warf sich den Mantel über die Schultern. Er drehte sich zu Aedan um. »Dann müssen wir also los.« Er wollte nach dem dünnen Arm greifen.

Aedan fuhr zurück, so heftig, daß er mit dem Rücken gegen die Takelage knallte. Seine Lippen waren blutleer, das Gesicht so kalkig wie damals, als er im Schnee gelegen hatte. »Faß mich nicht an, du ... Faß mich ja nicht an.« Ohne Rücksicht auf das Wasser, das hier tief oder flach sein mochte, rollte er sich über

Bord. Er tauchte einmal unter, kam wieder auf die Beine und stolperte blindwütig auf das Ufer zu.

Es war später Nachmittag, als die Mauern von Dublin vor ihnen auftauchten. Dublin: eine Stadt am Meer, mit einem Hafen für die Handels- und Kriegsschiffe und einer mächtigen Wallanlage, die sie zum Land hin schützte. Der Stützpunkt eines seefahrenden Volkes, das ungeladen ins Land gekommen war, sich dort festgesetzt hatte und nun ständig damit rechnen mußte, von erbosten oder beutegierigen irischen Kleinkönigen überfallen zu werden. Und jedenfalls eine Stadt, die aussah, als könne sie jedem Angriff standhalten. Kari fühlte leichten Stolz.

Aedan trottete vor ihm den Weg mit den tiefen Karrenfurchen entlang. Das Bad im Meer hatte ihm keinesfalls gutgetan. Der Frühlingstag war sonnig, aber kühl, und Aedan lief mit über der Brust gekreuzten Armen und hochgezogenen Schultern. Kari hätte ihm gern seinen Mantel angeboten. Ihm selbst machte die Kälte nichts aus. Aber damit hätte er sich zweifellos nichts als einen weiteren bösen Blick eingehandelt. Er unterdrückte einen Seufzer.

Das Stadttor mit dem aufgesetzten Holzturm war von einer Handvoll Kriegern bewacht, die ihn mißtrauisch musterten, ihn aber, als sie sein in sauberer nordischer Sprache vorgetragenes Anliegen hörten, passieren ließen.

Ein unbeschreiblicher Lärm scholl ihnen entgegen, als sie durch den Torbogen traten. Kari stockte der Atem. Er konnte sich nicht entsinnen, jemals so viele Menschen auf einem Haufen beieinander gesehen zu haben. Nicht einmal damals, als er seinen Vater nach Haithabu begleitet hatte. Und dort war er sich schon vorgekommen wie in einem Ameisenhaufen. Die Stadt lief vor Menschen über – der Bohlenweg, der zwischen den Häusern hindurchführte, die Eingänge zu den Flechtwerkhütten. Ja, selbst auf dem freien Platz dazwischen, wo sich die Schweine im Matsch suhlten, drängten sich Männer und Frauen. Aber das konnte wohl nicht anders sein. Eine Schlacht stand bevor, und hier hatten sich Tausende von Kriegern versammelt, die zusätzlich zur Bevölkerung Nahrung und Wohnplatz brauchten.

Karis Magen rebellierte gegen den Gestank, der von der Menschenmasse ausging. Und er schien nicht der einzige zu sein, dem das alles widerlich war. Eine rüde, gereizte Stimmung hing in der Luft, die sich an mehreren Stellen zugleich in Gefluche und Handgreiflichkeiten entlud.

Kari faßte Aedan am Arm. Oder vielmehr, er hielt ihn fest, denn freiwillig wäre der Junge nicht stehengeblieben. »Wir gehen zu meinem Vater. Hör auf, an deiner Jacke zu reißen, Aedan! Du wirst ihm bestätigen, was ich über Mog Ruiths und Gormflaths Pläne sage. Das ist alles, mehr will ich nicht von dir. Dann wartest du die Schlacht ab, und danach kannst du gehen, wohin du...« Ein Weib mit einem Fischkorb drängte sich zwischen sie. »Nach dem Kampf kannst du gehen, wohin du willst«, wiederholte Kari, nachdem er ihr ausgewichen war. Mehr gab es nicht zu sagen.

Er ließ sich treiben und vorwärtsstoßen, die Hand fest um Aedans Arm, und warf gelegentlich einen Blick in die Hütten seitlich des Weges, wo Schmiede rotglühende Schwerter hämmerten, wo Brot gebacken wurde, Ferkel um ihr Leben schrien und wo auf wackligen Podesten Gewürze, Glas und Pelze verkauft wurden.

Und Sklaven natürlich.

Sitrics Haus lag auf einem Hügel in der Mitte der Stadt. Es war leicht zu finden, denn der Hauptweg lief direkt darauf zu. Außerdem hatte er es mit einer Steinmauer und Türmen befestigen lassen. Die Schwierigkeit bestand darin hineinzugelangen. Kari ließ den Jungen los. Er hätte nie gedacht, daß man versuchen könnte, ihn aufzuhalten. Aber der Mann am Tor beschied ihm unerschütterlich, daß hier ein Palast sei und daß nicht jeder hergelaufene Taugenichts zum König gelassen würde. Als Kari seinen Namen nannte, brach er – und auch die Leute, die oben aus dem Turmstübchen lugten – in brüllendes Gelächter aus.

Kari vermißte schmerzlich seine Waffe.

Aber diesmal war das Heil auf seiner Seite. Männer kamen von der anderen Seite der Sperre, Norweger, die den kehligen Dialekt der Orkaden sprachen, und einer von ihnen war Amundi.

Man schlug sich nicht gerade – schließlich galt Waffenbrüderschaft für die kommende Schlacht –, aber es gab etliche scharfe Worte, die Karis gekränktes Gemüt beruhigten. Und jetzt kam er endlich voran.

Sigurd wohnte in der Burg, bestätigte ihm Amundi, als sie über den sauber gefegten Hof gingen. Und Gormflath natürlich auch. Sein faltiges Gesicht verzog sich gallig, als er von ihr sprach. Aber er senkte die Stimme. Die Mutter des Königs beleidigte man nicht in ihrem eigenen Heim.

»Die Schlange hat sich in Sigurds Zimmer eingenistet«, flüsterte er so leise, wie seine rauhe Stimme es vermochte. »Und er ist noch immer behext von ihr. Vielleicht hat Odin selbst dich geschickt, Kari, ihm den Sinn zu klären. Er hat immer gern auf dich gehört. Jedenfalls lieber als auf andere. Sprich mit ihm über sie. Sanft. Sei vorsichtig mit jedem Wort, das du sagst.«

»Ist Mog Ruith auch da?« fiel Aedan dem Stevenhauptmann ins Wort.

Amundi überging die Respektlosigkeit des Sklaven. Er wollte über Gormflath reden und hatte wenig Zeit. Aber Kari war alarmiert und wiederholte die Frage.

»Ja doch! Pünktlich zur Schlacht ist der Hund aus seinem Loch gekrochen. Gormflath tut keinen Schritt, ohne ihn zu befragen. Schleimiges...«

Kari wandte sich, ohne weiter auf Amundi zu achten, an Aedan. »Es tut nichts zur Sache. Wir werden mit meinem Vater sprechen, nicht mit dem Zauberer. Und Dublin ist voll von Orkadiern. Mog Ruith würde es nicht wagen...«

»Was wird er nicht wagen?« mischte Amundi sich ein.

»Er...« Nein, das zu erklären würde zu lange dauern. »Bring mich zu Sigurd«, bat Kari statt dessen. Nichts anderes war wichtig.

Es ließ sich gut an. So dachte Kari zumindest. Sein Vater lag auf dem Bett in seinem Zimmer, und niemand außer Einar war bei ihm. Kari nahm den Bruder in die Arme und begrüßte den Vater respektvoll. Er merkte, daß seine Hände kalt waren und sein Herz pochte. Amundi war mit Aedan in der Tür stehengeblieben. Hastig drehte er sich zu den beiden um und winkte sie herein.

»Es ist Schlimmes passiert, Sigurd. Und es gibt viel, was ich dir sagen muß«, erklärte er seinem Vater. »Über Gormflath und Sitric...« Nein, das war keine geschickte Einleitung gewesen. Sigurds Miene verfinsterte sich, und Amundi drehte die Augen zur Decke. Kari versuchte einen neuen Anfang.

»Ich bin in Schottland gewesen...«

»O ja, das weiß ich. Ich weiß das. Und vielleicht erinnerst du dich, daß ich dich mit einem Auftrag zurückgelassen habe. Du solltest für die Schiffe sorgen!«

Der Tadel war ernst gemeint, und Kari errötete. Er hatte sich doch auch um die Schiffe gekümmert. Die Arbeit an den Drachen war fast fertig gewesen, als Aedan entführt worden war. Und für alles andere hatte er genaue Anweisungen hinterlassen. Auch für die Waffen und den Proviant.

»Ich hatte viel zu tun, alles noch richtig hinzukriegen«, beschwerte sich Einar, wobei sein schiefes Gesicht rot wurde bis unter die Haarwurzeln. Er war ein jämmerlicher Lügner. Kari überlegte, ob er sich rechtfertigen sollte, aber war das jetzt wichtig?

»Es sind Intrigen gegen dich im Gange, Sigurd. Und vielleicht war es ein Glück, daß ich nach Schottland gefahren bin. Denn sonst hätten wir...«, – niemals erfahren, was Mog Ruith plant, hatte er sagen wollen. Aber wieder fiel ihm Einar ins Wort.

»Tag und Nacht hab' ich arbeiten müssen, um alles klarzukriegen«, maulte er.

Kari warf ihm einen wütenden Blick zu. »Sitrics Mann, dieser Mog Ruith, war nach Ross zurückgekehrt. Er hat ... den Jungen hier, den Sänger ... er hat ihn entführt. Er will ...«

»Was will er?«

Die Stimme, die nachfragte, war butterweich und so versponnen wie Rauch. Kari drehte sich zu der Tür, die von Sigurds Gemach aus in ein mit Kerzen warm erhelltes Nebenzimmer führte.

Es verschlug ihm den Atem. Buchstäblich. Gormflath war ... sie war ...

Ihm klebte die Zunge am Gaumen, als er die knöchellangen, weißblonden Haare, die meergrünen Augen, den langen, schlanken Hals und die blassen, zarten Gesichtszüge betrachtete. Bei Odin, ja, Gormflath war schön. Aber sie war nicht nur schön ...

»Du mußt Kari sein«, murmelten die feuchten, roten Lippen. Kein Mensch auf der Erde konnte von Natur aus so glänzende Lippen haben. Kari hörte, wie Amundi hörbar die Luft ausstieß. Er versuchte, sich zu besinnen.

»Ospak von Man sagt, du hast Brodir Manx deine Hand versprochen, Gormflath.«

Die schöne Frau lächelte mit kleinen, weißen Zähnen. Sie brauchte auch nicht mehr zu tun. »Das ist ... ja eine ganz gemeine Lüge!« ereiferte sich Einar für sie. Sigurds Mund war schmal geworden.

Kari wandte der Schönen den Rücken, um sie nicht mehr ansehen zu müssen. Er schüttelte den Kopf. Sigurd war sein Vater. Sie liebten einander, wie Väter und Söhne es taten. Die Familie stand über allem. »Ospak sagt die Wahrheit. Es ist ein Komplott ersonnen, dich zu betrügen. Die Königin hintergeht dich...« Er sprach, und die Augen seine Vaters klebten an seinem Gesicht. Aber sie waren eng und dunkel wie zwei Fenster in die Nacht. Sie... machten ihm angst. Normalerweise hätte Kari jedes Gespräch jetzt abgebrochen. In solcher Stimmung hatte sein Vater Leute totgeschlagen. Aber irgendwie wußte er, daß er nie mehr Gelegenheit bekommen würde, mit ihm zu reden, wenn er es jetzt nicht tat.

»Aedan, komm!« Er zog den widerstrebenden Jungen zu sich heran. »Erinnere dich, Vater, das ist der Sänger, den Mog Ruith unbedingt haben wollte. Der Zauberer hat jede Mühe auf sich genommen, ihn in die Hände zu bekommen. Er hat ihn von der Insel entführt. Und dabei Thorkel... Hör an, was der Junge zu sagen hat. Um mehr bitte ich dich nicht.«

»Anhören, was ein Sklavenlümmel gegen eine Königin zu sagen hat?« erboste sich Einar.

Gormflath sagte gar nichts. Ein abwesendes Lächeln belohnte Einar für seine Fürsprache, sonst schwieg sie. Ihre grünen Augen blickten unverändert freundlich.

Kari versuchte es noch einmal. »Mog Ruith will den Jungen zwingen... Er soll Sitric zum König von Irland machen. Mit einem Stein...« Die Bemerkung war so ungeschickt wie alle anderen zuvor. Wie wollte er mit etwas überzeugen, das er selbst noch nicht begriffen hatte?

»Ich glaube, dein Sohn ist müde. Er sollte sich ausschlafen, und dann kann man sich besprechen«, griff Amundi mit lächerlich zahmer Stimme in die Debatte ein. Er faßte nach Kari.

»Mein Sohn«, ließ sich plötzlich und schneidend Sigurds Stimme vernehmen, »hat seine Aufgabe in Birsay im Stich gelassen, er hat sich im Land herumgetrieben, als ganz Ross sich zum Kriege sammelte, und nun führt er das Wort eines Sklaven an, um seine künftige Königin zu beleidigen!«

»Ich bin gegangen, weil Unheil in der Luft lag. Mog Ruith hatte den Jungen entführt. Das... war doch verdächtig. Ich mußte doch etwas unter...«

»Wir wußten das aber gar nicht so genau«, sagte Einar. Fassungslos starrte Kari den Bruder an.

»Im Gegenteil. Viele meinten, daß der Sklave einfach davongelaufen sei. Hatte er doch schon öfter gemacht.« Einar sonnte sich in Gormflaths Lächeln und ... ja, und auch in der Wut, mit der sein Vater den Bruder anstierte. »Der Sklavenbengel hat uns nichts als Ärger gemacht. Von Anfang an habe ich gesagt: Man muß es aus ihm rausprügeln«, spann er weiter, was ihm so viel Aufmerksamkeit und Beifall brachte. »Und das hätte ich auch getan – wenn du dich nicht so angestellt hättest!«

»Oh, du...« Kari merkte, wie ihm das Blut in die Ohren stieg. »Ich bin selbst bei Brodir gewesen. Er hat damit *geprahlt,* daß die Königin sich ihm versprochen hat. Sigurd soll sterben – *das* ist es, was Brodir will. Und Gormflath auch!«

Er drehte den Kopf, um wieder zu seinem Vater zu sprechen – und verstummte entsetzt. Schon immer war Sigurd jähzornig gewesen. Er hatte viele für ein falsches Wort oder den falschen Klang eines Wortes umgebracht. Aber noch nie hatte Kari ihn so wild gesehen. Bei Odin – Amundi hatte recht. Sein Vater war von dem irischen Weib verhext. Sein Herz kannte weder Sohn noch Treue mehr. Er würde ihn mit bloßen Händen...

Aber nein. Sigurd trat auf Kari zu, Haß im Blick, die Fäuste verkrampft. Und vielleicht hätte er ihn getötet, wenn sein Sohn zurückgewichen wäre oder weitere Widerworte gegeben hätte. Aber Kari stand einfach nur da und starrte ihn an, und da schien es etwas in seinem Blick zu geben, was den haßvollen Mord verbat.

Mit einem Wutschrei fuhr Sigurd herum. Und hatte das Opfer vor Augen, an dem er sich austoben konnte. Er war stark genug, Aedan mit einer Hand hochzustemmen. Seine Faust drehte sich um den Stoff von Aedans Kittel, und er schnürte ihm damit die Kehle zu.

»Du kleiner... Mistkäfer. Du... du stinkendes...« Unfähig, weiterzusprechen, halb erstickt an dem eigenen Grimm, schleuderte er den Jungen an die Wand neben der Tür. Es gab einen schrecklich dumpfen Knall. Aedan rutschte mit einem Ächzen zu Boden.

Kari sah, daß seine Augen sich vor Schmerz verdrehten. Er war fast bewußtlos, aber er bekam noch genug mit, um angstvoll gegen die Mauer zu rutschen, als Sigurd auf ihn zustürzte.

Kari fiel dem Vater in den Arm. »Hör mich an, Sigurd.«

Sein Vater fegte ihn beiseite, als wäre er ein lästiges Nichts. Am Ende war es nicht Kari, sondern Gormflath, die den Jungen vor dem Tod bewahrte.

»Stimmt es, Sigurd? Ist dies hier der Knabe mit der schönen Stimme, von dem du erzählt hast?« Ihr Flüstern hatte stärkere Wirkung als Karis Bettelei. Die Faust sank vor Aedans fest geschlossenen Augen herab.

»Ja, und er singt wie ein Elf, auch das stimmt.«

»Dann überlasse ihn doch mir.« Gormflath forderte nicht. Sie bat auch nicht. Sie ... sprach einfach und machte, daß man den Wunsch hatte, ihr zu gehorchen. Mit gemessenen Schritten ging sie zu dem zusammengekrümmten Jungen und beugte sich über ihn. Sie sprach gälisch. Niemand verstand die gehauchten Worte, außer sie selbst und der Sklave, den sie allerdings halb verrückt zu machen schienen. Seine Augen weiteten sich in blanker Not, und als das Weib mit ihren langen Fingernägeln seine Wange berührte, wurde er steif, als hätte sie ihn zu Eis verzaubert.

»Ich werde ihn unterrichten lassen.« Gormflath erhob sich, die weißen Haare flossen über ihren Rücken. »Mog Ruith ist der richtige Mann, sich um ihn zu kümmern. Er wird ihm das Singen beibringen, und dann... Wir werden noch viel Freude an dem Sänger haben, mein lieber Herr, es wäre tatsächlich ein Jammer gewesen, ihn zu töten.«

Kari wußte selbst nicht, wie plötzlich die Wachen ins Zimmer kamen. Er verstand auch nicht, was Sigurd ihnen befahl. Sein Kopf war wie mit Wasser gefüllt. Aber er verstand die Angst in

Aedans Augen. Mit einer Wut, die so unvernünftig wie sinnlos war, drängte er sich zwischen die Wachen und den Gefangenen. Er schlug um sich – aber da packte ihn plötzlich eine fürchterliche Kraft von hinten.

Einen Moment lang sah er das zu einer Fratze verzerrte Gesicht seines Vaters. Dann schlug ihm seine Faust mitten ins Gesicht, Funken und bunte Flecke explodierten vor seinen Augen – und danach wußte er nichts mehr.

Der Königsmacher

Kari erwachte in einem Loch. Der Boden, auf dem er lag, quoll vor Nässe. Die Wände, die in jeder Richtung kaum fünf Fuß auseinanderstanden, waren mit faulig riechendem Holz verkleidet. Über ihm, so hoch, daß er es nicht einmal im Stehen hätte erreichen können, hing ein Eisengitter, durch das fahles Licht schien. Ihm war übel, und als er den Kopf hob, konnte er gerade noch ein Wimmern unterdrücken, so sehr schmerzte sein Gesicht. Vorsichtig tastete er über Nase und Kinn. Sehen konnte er ja nicht, aber nach dem, was er fühlte, war die Nase gebrochen. Seine Gesichtshaut spannte von geronnenem Blut.

Na wunderbar.

Er legte die Arme um die Knie und verbarg sein Gesicht darin. Sein eigener Vater. Aber in Wirklichkeit war es ja gar nicht sein Vater gewesen, sondern die Hexe, die ihn verzaubert hatte. So mußte es sein. Er *wollte*, daß die Hexe schuld war, jeder andere Gedanke hätte ihm das Herz zerrissen. Kari hatte noch nie darüber nachgedacht, aber jetzt, mit der schmerzenden Nase an den Knien, stellte er fest, daß er seinen Vater liebte. Nicht aus Pflicht, wie es einem Sohn gebührte, sondern wirklich. Er mochte seinen Mut, seine Begeisterung, mit der er die Männer mitriß, seine Gelassenheit, wenn alles zusammenbrach... Und gleichzeitig wurde ihm klar, daß sein Vater sterben würde. Mit demselben unbeirrbaren Stolz, mit dem er seinen Stand unter den Männern erfochten hatte, würde er sich jetzt den Weg in den Tod bahnen. Und nichts konnte das verhindern.

Aedan hätte es wahrscheinlich gerecht genannt.

»Kari – bist du aufgewacht? Kari? Kari! Na endlich!«

Die Stimme kam vom Rand des Lochs, in das sie ihn geworfen hatten. Sie gehörte zu Amundi.

»Will der Jarl mich sehen?« fragte Kari und wußte gleich, daß es nicht so war. Amundis Kopf schwankte wie ein schwarzer Ball. Er warf etwas herab, verschlungene Taue, eine Strickleiter.

»Ich will mich zu dir ins Unglück stürzen, das ist alles, Sigurdson«, brummelte der Alte und hielt gleichzeitig die Leiter. Er wartete, bis Kari zu ihm auf den kleinen, gepflasterten Hof geklettert war, in dem sich der Brunnen befand.

»Mit dir gehen werde ich nicht«, fuhr er fort, »denn ich war bei Sigurd, seit er in die Windeln geschissen hat, und immer ist er mein Herr gewesen, und das soll sich auch jetzt nicht ändern, wo es zu Ende geht. Aber deshalb werde ich doch nicht zulassen, daß er sich an dir vergeht. Und wenn er mir den Kopf vom Halse schlägt.«

Verlegen wehrte er Karis Umarmung ab.

»Geh, Junge, dort hinaus durch die kleine Pforte. Wir sind genau an der Stadtmauer, die Tür führt in die Dublinwälder. Odin stehe dir bei, denn das wirst du brauchen. Und komm deinem Vater nicht mehr unter die Augen, bis Gormflath, das Weib, zur Hölle ist.« Seine Augen glänzten wie von Tränen, und er schob Kari mürrisch von sich. »Lauf schon, bevor ich's bereue.«

»Warte.« Kari hielt ihn noch einmal fest. »Was ist mit dem Jungen? Dem Iren? Weißt du, wo sie ihn hingebracht haben?«

»Das weiß ich nicht und will es auch nicht wissen, denn von ihm ist alles Unglück ausgegangen. Vielleicht ist er ein verkleideter Kobold. Seine Augen sind danach.« Er brach ab. Argwöhnisch fragte er: »Was hast du mit ihm, Kari? Selbst der beste Sklave ist es nicht wert, sich mit der Familie zu überwerfen.«

»Bitte, Amundi. Wo ist er?«

»Ich sagte doch schon: Ich weiß es nicht. Gormflaths Zauberer hat ihn weggeschleppt.«

Kari hörte nicht mehr zu. Er brauchte keine weitere Erklärung. Plötzlich fiel es ihm wie Schuppen von den Augen. Was für ein Narr war er gewesen. Ein ... so verdammter ... Er hatte Aedan ans Messer geliefert – dümmer hätte er sich nicht anstellen können. Eilig drückte er Amundis Arm. Dann lief er zur Tür, und im nächsten Moment verschwand er nach draußen und in die Wälder.

Kari lag auf dem Bauch und beobachtete den Hügel. Einfach war es nicht gewesen, hierherzufinden. Ein Weib, das in einer Hütte ihr Kind säugte, hatte ihm schließlich den Weg beschrieben. Das war am späten Nachmittag gewesen. Jetzt ging es auf den Abend zu, und dafür dankte er den Göttern. Es wimmelte hier nämlich von Menschen, und die Büsche, hinter denen er sich verkrochen hatte, verbargen ihn nur dürftig. Mehr als tausend Mann mußten es sein, die sich auf dem Hügel von Tara und zu seinen Füßen gelagert hatten. Die Prinzen des Nordens und ihre Krieger. Alle schwer bewaffnet, dazu viele beritten. Das war eine Gruppe, mit der man rechnen mußte, und das tat man in Dublin ja auch.

Ihre Zelte befanden sich im Schutz der Erdwälle und bei den Überresten der Holzhallen auf der Kuppe des Hügels. Früher mußten dort gewaltige Bauten gestanden haben. Es gab nur noch die faulenden Wände und Reste von Dächern, die von der einstigen Größe der Königspaläste kündeten. Das Irland der Druiden war vergangen. Hier wurden keine Könige mehr gekrönt. Jedenfalls bis heute.

Kari rutschte sich unruhig in eine neue Position. Ameisen krabbelten über sein Bein. Er war jeden Moment in Gefahr, entdeckt zu werden. Wenn es doch nur endlich, endlich dunkel würde! Er wußte, daß er den Erdwall übersteigen mußte, der das irische Heiligtum in weitem Bogen umgab. Wohin auch immer sie Aedan verschleppt hatten, es mußte innerhalb des Walles sein, irgendwo in der Nähe der Königshallen. Kari grinste verzerrt. Er hatte Kopfschmerzen, und ein Teil seiner Gedanken beschäftigte sich immer noch mit dem Gram über seinen Vater. Aber er war doch klar genug, um zu begreifen, daß er einer vagen Vermutung nachlief, die ihm wie ein Hündchen mit dem Schwanz zuwedelte.

Und doch. Die Prinzen des Nordens hatten sich bei Tara versammelt. Und es gab einen Cairn. Er wölbte sich nicht weit von Kari aus den Wiesen. Tara und der Grabhügel, das waren die beiden Dinge gewesen, vor denen Aedan die ganze Zeit geflüchtet war – und war es dann nicht jetzt, wo alles sich zum Unglück neigte, sinnvoll, ihn gerade dort zu suchen? In Tara in einem Grab?

Huftritte klangen auf, und Kari duckte sich erschreckt in die Zweige. Im nächsten Moment preschten Reiter an ihm vorbei. Er lugte vorsichtig. Marderfellpelze wirbelten von den Rücken der Männer. Das waren reiche Leute. Wahrscheinlich die berühmten Prinzen des Nordens, die Herren der Krieger hier, die Männer, deren Entscheidung Brian oder Sitric zum Schlachtensieger machen würde. *Falls* sie sich entschieden. Und dann erkannte Kari eine schwarze Gestalt in ihrer Mitte und gleich darauf einen hetzenden Hund, und sein Herz tat einen Sprung.

Er hatte mit seiner Vermutung also richtig gelegen. Heißer Triumph strömte durch seine Adern. Mog Ruith war hier. Er hatte die Prinzen des Nordens auf dem Hügel von Tara versammelt. Sie warteten, daß die Götter ihnen einen neuen König gaben. Also mußte Aedan auch hier sein. Und vielleicht ... vielleicht wirklich in dem Grab.

Kari versuchte, in den Bauch zu atmen, um sich zu beruhigen.

Die Abendsonne hing über den verfallenen Hallen. Von Osten her drängte die Finsternis. Eine Stunde, höchstens zwei, dann würde er es wagen können.

Es war schwierig, den Eingang zum Grab zu finden. Nicht, weil man ihn besonders verborgen hätte. Aber überall streunten

Krieger umher. Natürlich. Wie hatte er auch annehmen können, daß sie am Vorabend einer Schlacht, in Erwartung der großartigen Verkündigung ihres neuen Königs, schlafen würden. Kari sackte in sich zusammen, als schon wieder ein schlendernder Schatten nur wenige Handbreit von ihm entfernt vorüberstreifte. Geduckt, mit schmerzenden Muskeln und zerrissener Haut, schob er sich weiter um den von Brombeergestrüpp überwucherten Hügel herum. Die Dornen und vielleicht auch die Angst vor Elfen hatten bewirkt, daß hier keine Zelte aufgeschlagen worden waren.

Wieder meinte Kari, Stimmen sich nähern zu hören, und quetschte sich zum hundertsten Male in den Dreck – und da hatte er es auf einmal. Seine Hand berührte Stein. Er tastete höher. Noch mehr Stein. Unbewachsener, glattbehauener, mit Ornamenten verzierter Fels. Er mußte den Eingang zum Grab gefunden haben. Sein Gesicht verzog sich zu einer Grimasse der Genugtuung. Noch hatte Mog Ruith nicht gewonnen.

Die Soldaten spazierten gemächlich an ihm vorüber. Kari wartete, bis sie fort waren. Und noch einmal eine Weile, in der sich aber nichts mehr dem Hügel näherte. Dann wagte er es.

Die Nacht war schwarz, und das Mondlicht fiel gegen die Holzruinen, die in entgegengesetzter Richtung standen. Also hoffte Kari das Beste und stand einfach auf. Der Eingang des Grabes wölbte sich ins Innere des Hügels, davor lag ein Stein. So einer wie der auf Kintyre, nur ließ er sich viel schwerer bewegen. Oder fehlte ihm einfach die Kraft der Furcht, die Earc getrieben hatte? Fingerbreitweise ging es vorwärts. Und als der Spalt zwischen Stein und Tür gerade drei Spannen geöffnet war, zog Kari den Bauch ein und zwängte sich hinein. Einen Moment lang, als er fast drinnen war, sich aber nichts mehr bewegen wollte, verfiel er in Panik. Mit aller Macht stemmte er sich ein weiteres Mal gegen den Stein. Ihm platzten fast die Muskeln, aber es gab einen kleinen Ruck, und einen Augenblick später fiel und stolperte er in einen feuchten, nach Schimmel riechenden Gang.

Um ihn herum war es vollkommen dunkel. So finster, daß er seine Finger nicht einmal dann sehen konnte, als er sie direkt vor die Augen hielt. Mit ausgestreckten Armen begann er, sich vorwärtszutasten. Er hätte nach Aedan rufen können, um herauszufinden, ob er hier unten war, aber das traute er sich nicht. Was, wenn der Junge bewacht wurde – hinter einer Tür, die das Licht abschirmte? Oder wenn – man konnte ja nie wissen – hier doch die Geister der Toten hausten? Oder die Hügelelfen, von denen Aedan gesprochen hatte?

Kari tastete sich Schritt für Schritt in den Bauch der Erde hinab, die Muskeln gespannt wie eine Bogensehne vor dem Abschuß, immer das Schlimmste befürchtend und so angestrengt horchend, daß ihm die Ohren weh zu tun begannen. Die Steine hatten Einkerbungen, und er stellte sich vor, daß es vielleicht Runen waren, die dem Eindringling Unheil anhexen sollten. Manchmal faßte er auch in klebriges Zeug, das er für Spinnweben hielt, und ein oder zwei Male berührten seine Hände etwas Glattes, merkwürdig Geformtes, das in Steinnischen lag und über dessen Herkunft er lieber nicht nachdenken mochte. Er hätte sein halbes Leben für eine Fackel gegeben.

Der Weg verzweigte sich. Oder vielmehr, er verbreiterte sich. Kari beschloß, sich links zu halten. Der Fels, aus dem die Innenwände der Grabkammer bestanden, wich vor ihm zurück. Blind fuhren Karis Finger vor.

Und dann wäre er vor Schreck beinahe gestorben. Etwas berührte seine Beine. Etwas Lebendiges, Kräftiges, sich Ringelndes. Blitzartig kam ihm der Traum in den Sinn. Die Füße des Berges, die auf ihn zugetappt waren. Kinderfüße. Etwas, das ihn im Haus hielt...

Entsetzt stieß er nach dem, was sich am Boden regte. Und wäre vielleicht davongelaufen, wenn es nicht einen angstvollen Laut der Klage gegeben hätte. Im nächsten Moment brach er in Gelächter aus.

Aedan.

Er mußte sich die Hand vor den Mund stopfen, um das schreckliche Geräusch abzuwürgen. »Ich bin's, Kari! Ich bin's doch nur«, keuchte er, denn er konnte sich vorstellen, wie sein Lachen auf den Jungen wirken mochte.

Er warf sich auf den Boden. Hastig fuhren seine Finger über einen Kopf und ertasteten einen Knoten. Geknebelt hatten sie ihn also auch. Mit fliegenden Fingern machte Kari sich daran, den Stoffetzen zu entfernen. Und dann die Fesseln.

Aedan stürzte sich auf ihn. »Mach Licht!« flüsterte er heiser vor Grauen.

»Wie denn?«

Es dauerte eine halbe Ewigkeit, bis Kari Aedan begreiflich machen konnte, daß er weder Feuerstein noch Zunder bei sich hatte und ihnen die Fackeln in den Halterungen an den Wänden nichts nutzen würden. Er hielt den Jungen fest in den Armen, weil er merkte, das Aedan kurz davor war, sich im Irrsinn zu verlieren. Kein Wunder. Er wäre selbst verrückt geworden, hätte ein Mog Ruith ihn in die Dunkelheit zu den Elfen und Toten gesperrt.

Mit halbem Ohr lauschte er die ganze Zeit. Die Finsternis hatte ihre eigenen Geräusche, auch wenn man sie nicht benennen konnte.

Aedan versuchte, sich aufzurichten. »Ich hab's gesehen«, flüsterte er, etwas ruhiger. »Irgendwo lag hier Holz.« Er kroch über den Boden des Grabes in Ecken hinein, fegte etwas Raschelndes zusammen, plötzlich rieb sich Stein auf Stein, und im nächsten Moment glommen Funken und dann ein winziges Feuer in einem Häuflein Stroh auf. Hastig riß Kari die nächste Fackel aus der Halterung und hielt sie über die Flammen.

Sie hockten einander gegenüber und starrten sich an.

»Er ist ein Mistkerl«, sagte Kari. Damit meinte er Mog Ruith. Aedans Gesicht war kreideweiß und ... krank von der ausgestandenen Furcht. Verprügelt mußten sie ihn außerdem haben. Er bewegte sich steif und äußerst vorsichtig.

»Du siehst auch nicht gerade prächtig aus.«

Darüber wollte Kari nicht sprechen. »Was hat Mog Ruith vor?«

»Er wird wiederkommen.«

Und das bedeutete, daß sie schleunigst fort mußten.

Kari blickte auf die hohen, aus behauenen Steinblöcken errichteten Mauern, auf die Strebepfeiler, die die Decke stützten und – sehr widerstrebend – auf zwei Steinsärge, die in einer Seitenkammer ihm direkt gegenüberlagen. Sie sollten wirklich von hier verschwinden – egal, ob Mog Ruith kommen würde oder nicht. Dies war ein Ort der Toten, und sie würden es nicht gern haben, daß man ihre Ruhe störte.

Aber erst mußte er noch etwas wissen. »Bist du also doch ein Zauberer, Aedan? Ich meine, Mog Ruith denkt, daß du für ihn ... die Götter befragst.« So genau wußte Kari selbst nicht, was er sich vorstellte. Es kränkte ihn ein wenig, als Aedan zu lachen begann.

»Wuiii!« Der Junge fuhr ihm mit der Hand übers Gesicht. »So geht das.«

Äußerst komisch.

»Komm. Wenn du willst, dann zeige ich es dir!«

Aedan mußte sich in dem Grab auskennen. Ohne zu zögern oder zu suchen, ging er zu der Seitenkammer mit den Särgen, kniete sich hinter einen von ihnen und begann, an etwas zu hantieren. Kari konnte nicht sehen, was es war, weil Aedan es mit seinem Körper verdeckte. Aber er hörte Eisen quietschen, und dann – gab es da plötzlich einen Gang.

Kein Grund, sich zu wundern. Wenn die Druiden hier Könige schaffen konnten, dann war es nur natürlich, daß sie ihr Geheimnis zu schützen suchten. Wortlos nahm er die Fackel und folgte dem wieder mutig gewordenen Aedan in das finstere Loch hinein. Es ging schräg nach unten, aber nur ein kurzes Stück, dann führte der Weg wieder steil nach oben. Die Luft im Gang war noch stickiger als die in der Grabkammer. Man mochte denken, daß hier seit Jahrhunderten kein Mensch mehr gegangen sei. Das konnte aber nicht stimmen, denn Aedan bewegte sich, als wäre er hier zu Hause.

Treppen begannen, wo die Schräge nicht mehr zu bewältigen war. Enge Stufen, die eine Kurve beschrieben, bis sie in einer Art Kammer endeten, einem kreisrunden, erstaunlich großen Raum, an dessen Decke sich eine Kuppel wölbte. Aber diese »Kuppel« konnte sich nicht mehr im Grabhügel befinden. Dafür waren sie viel zu weit gelaufen. Außerdem hatte sich die Farbe des Steins geändert, aus dem die Wände bestanden. Hatte man hier etwa angebaut? Die Grabgänge weiter durch die Erde gestoßen?

»Es ist der *Lia Fail,* der Krönungsstein«, wisperte Aedan und deutete mit der Fackel zu einem schwarzen Loch, das aus der Mitte der Kuppel wie ein finsteres Auge auf sie herabblickte. »Wir stehen direkt unter dem Zentrum des *Rath na Riogh.* Das ist die Krönungshalle. Und der Schacht dort oben führt zum *Lia Fail.*«

»Zum...?«

Aedan nickte ungeduldig. »Die alten Lieder sagen, wenn ein Mann den *Lia Fail* besteigt und die Götter haben ihn zum *Ard Ri,* zum Hochkönig, bestimmt, dann fängt der Stein an zu singen. Verstehst du? So funktioniert es.«

»Und der Schacht führt zu diesem Stein? Also, das hört sich an... Aedan, in meinen Ohren hört sich das verflucht nach Schlitzohrigkeit an. Wird hier unten der Gesang gemacht? Ist das die Art, wie eure Druiden...«

»Nein, das ist sie nicht!« erklärte Aedan beleidigt. »Jeder kann den Schacht gebaut haben. Jeder... Betrüger wie Mog Ruith. Und Oengus hat es verachtet. Er war kein Scharlatan. Er hätte eher sein Leben gegeben, als das Volk auf diese Weise zu täuschen. In seinen heiligsten Gefühlen...«

»Ja, ich glaub's dir. Schließlich hat er es ja gegeben. Sein Leben.« Einige Momente herrschte peinliche Stille. »Warum hast du es mir verschwiegen?«

»Was hättest du denn getan, wenn du von dem Geheimnis gewußt hättest? Ihr seid alle ohne Respekt vor heiligen Dingen. Dein Vater hätte...«

Ja, das hätte Sigurd sicherlich. Kari seufzte. »Und Mog Ruith? Warum hat er nicht selbst...«

»Weil er von dem Schacht nichts weiß«, entgegnete Aedan ungeduldig. »Er denkt, daß es mit Magie zu tun hat, aber er ist ... er ist einer, der kein Verständnis hat. Deshalb mußte er ja zu Oengus. Aber Oengus wollte ihm nichts sagen. Und dann war Oengus tot, und Mog Ruith hoffte, daß *ich* irgendwie die Macht haben könnte ... na ja, das weißt du schon. Komm, laß uns verschwinden.«

Kari schüttelte den Kopf und gab die Fackel an Aedan zurück. »Ich will es mir erst noch einmal ansehen.« Er sah, wie Aedans Lippen schmal wurden, und ergänzte trocken: »Nicht, um es Sigurd zu erklären. So stehen wir beide im Moment zueinander nicht.«

Die Kuppel war niedrig. Kari brauchte nur einen Stein, um hinaufzureichen. Und es gab auch einen, der vielleicht zu gerade diesem Zweck in einem Winkel der Kammer lag. Er rollte ihn unter die Wölbung, stieg hinauf, und schon konnte er in das Loch blicken. Oder hätte es gekonnt, wenn es nicht so dunkel gewesen wäre. »Nun gib mir schon die Fackel«, knurrte er. Wozu dieses ewige Mißtrauen? Hat er seine Treue nicht unter Beweis gestellt?

Aedan reichte sie ihm wortlos.

Die Flamme flackerte, als Kari sie in den Schacht schob. Jede Bewegung seiner zitternden Hände wurde als leuchtender Schatten auf der Wand des Schachtes sichtbar nachvollzogen.

»Es gibt einen Hebel«, erklärte Aedan, als wolle er seinen Argwohn wiedergutmachen. »Damit kann man eine Platte bewegen. Und dann ist der Weg zum *Lia Fail* frei. Wenn man dann hier singt oder Geräusche macht, hört es sich für die Menschen draußen an, als käme es direkt aus dem Stein.«

Karis Hände fanden den Hebel. Er versuchte, die Platte zu öffnen. Oder wenigstens hatte er den Gedanken, es zu tun, den Wunsch. Er ruckelte auch ein wenig daran. Aber etwas warnte ihn. Instinkt? Oder hatten seine Hände etwas gespürt?

Jedenfalls zögerte er. Und während er noch überlegte, war es zu spät.

Der Hund war so schnell an seinen Beinen, daß er nicht einmal vom Stein herunterkam. Kari schrie auf. Vor Überraschung und vor Schmerz, denn auch wenn die Hundezähne das Leder seines Stiefels nicht zerbeißen konnten, fuhren sie ihm doch empfindlich ins Fleisch. Er ließ die Flamme fallen und stürzte selber hinterher. Mog Ruiths Bestie. Er hatte noch immer eine horrende Angst vor dem Tier. Vergeblich versuchte er, sich zu befreien. Seine Blicke erhaschten den Saum eines schwarzen Mantels, dann brauchte er beide Arme, um seine Kehle zu schützen.

Mog Ruith ließ die Bestie mit ihm spielen. Der Satan, der ihn führte, mochte wissen, wie er dafür sorgte, daß das mörderische Tier Kari nicht umbrachte. Aber er genoß seine Angst, und Kari wußte das, und sein Haß wuchs, bis er fast so groß wie seine Furcht war.

Dann wurde der Hund zurückgepfiffen. Schwach vor Schmerz hielt Kari sich die blutenden Arme. Er wagte einen verstohlenen Blick. Mog Ruith und der Hund versperrten den Weg zum Ausgang.

Es war zum Verzweifeln. Warum nur hatten sie die Tür zum Geheimgang offengelassen? Wie Kinder waren sie. Jedesmal, wenn es drauf ankam. Prügel hatten sie verdient und würden sie zweifellos auch bekommen.

Er sah, wie Aedan vor den prüfenden Blicken des Schwarzen an die hintere Wand zurückwich. Aedan hatte keinen Haß im Blut, der ihm über die Furcht half. Sein gequälter Blick hing am Maul des Hundes.

Still und inbrünstig fluchte Kari in sich hinein. Das war ...

nicht gerecht. Kein Mensch durfte solche Macht haben. Niemand durfte einem anderen den Tod vorausbestimmen. Das war ... gegen jede Barmherzigkeit. Die Götter mochten von ihrem Tod wissen. Sie hatten auch die Kraft der Götter.

Aber wenn Aedans Visionen nun gar kein Fluch des Zauberers waren? Der Gedanke kam Kari wie eine Eingebung. Was hatte Mog Ruith ihnen denn schon für Beweise seiner Zauberkunst gegeben? War er nicht immer wieder an ihnen gescheitert? Was, wenn die Bilder, die Aedan im Blut gesehen hatte, von Oengus gekommen waren? Eine Warnung für den Jungen? Oder wenn es Aedans eigene Ängste waren, die ihm sein Ende vorgaukelten? Hatte nicht auch er selbst, Kari, seine Alpträume?

»Hier ist es also.« Mog Ruiths Stimme brach sich dumpf am Stein der Kammer. Sie klang hohl, mäßigte den Triumph, den die Worte versprühten.

»Es ist Magie. Du kannst allein damit nichts anfangen«, widersprach Kari. Das war eine Lüge, und sie alle wußten es.

Mog Ruiths Stimme zitterte vor Verachtung. »Magie, ja? Da draußen warten die Männer des Nordens und mit ihnen die Prinzen, die sie führen. Beim ersten Morgenstrahl wird Sitric den *Lia Fail* betreten. Ich dachte, ich bräuchte dich dann, Aedan, gar nicht, aber ich habe mich geirrt. Magie!«

Das letzte Wort kam hämisch. Von einem, der sich vergeblich um eine Sache abgemüht hatte und nun entdeckte, daß sie wertlos war. Mog Ruith entspannte sich. Er kraulte dem Hund das Fell.

»In wenigen Stunden, sobald die Sonne aufgeht, werden die Norweger gegen die Iren zur Schlacht antreten. Und dann, Kari, wird dein Vater sterben, und mit ihm wird Brian sterben und alles versoffene Pack, das sich anmaßte, Irland zu beherrschen. Irland wird mir gehören. *Mir!* Durch Sitric Seidenbart und die ehrgeizige Hure, die sich seine Mutter schimpft.«

Er trat auf den Stein zu. Im letzten Moment besann er sich,

daß er noch immer Feinde hatte. Ein Pfiff und ein Wink seiner Hand ließen den nackten Hund wieder auf Kari zustürzen. Kari überkam körperliche Übelkeit, als sich die Zähne um seine Kehle legten. Das Tier biß nicht zu, dieser Befehl stand noch aus, aber Kari spürte, wie es danach gierte.

Für Aedan hatte Mog Ruith keine Vorsichtsmaßnahmen getroffen. Das war auch nicht nötig. Den Irenjungen preßte das Grauen vor dem, was ihm unausweichlich schien, an den Fels.

Kari schloß die Augen.

Er würde sterben müssen. Selbst wenn Mog Ruith umkommen sollte – was er von ganzem Herzen hoffte, aber doch nicht sicher wußte –, würde er sterben. Aus der Zucht seines Herrn entlassen, würde der schwarze Hund ihn umbringen. Und sich anschließend auf Aedan stürzen. Und dann auf jeden, dessen er habhaft werden konnte. So war dieses Tier. Eine Mörderin bis ins Innerste ihres schwarzen Herzens.

Kari hörte Mog Ruith murmeln. Wahrscheinlich war er enttäuscht, daß der Schacht verschlossen war. Aber es würde nicht lange dauern, bis er den Hebel fand. Und danach...

Er hatte ihn schon gefunden.

Kari hörte einen leisen Triumphschrei. Dann wurde es still, und gleich darauf ertönte ein Schaben. Seine Muskeln spannten sich, obwohl er sich verbissen mühte, keine Erregung zu zeigen. Der Hund knurrte leise.

Es gab ein weiteres Kratzen, dem ein rostiges Quietschen folgte...

Dann brach die Hölle los.

Die Platte hatte sich zur Seite geschoben. Aber dahinter war nicht der leere Schacht, den der Schwarze erwartet hatte. Steine prasselten nieder. Tonnen von kleinen und größeren Gesteinsbrocken. So viele, daß sie die Kammer zu füllen begannen.

Mog Ruith starb nicht sofort. Sein klagendes Greinen füllte den Raum, und wenn dort oben, vor dem *Lia Fail,* jetzt Leute standen, dann würden sie sich bekreuzigen und flüchten, so schnell ihre Füße sie trugen. Aber auch wenn sie es nicht taten – der *Lia Fail* würde schweigen, Sitric würde die Prinzen des Nordens verlieren.

Und Kari sein Leben. Das eine war so unausweichlich wie das andere. Er spürte die zitternde Ungeduld der Kiefer, die seine Kehle umspannten. Das Tier bewegte unruhig das Hinterteil. Es schien den nahenden Tod seines Herrn zu spüren. Aber noch wartete es ...

Mog Ruiths Jammern wurde schwächer. Wahrscheinlich hatten die Steine ihm alle Knochen gebrochen. War das Oengus gewesen? Der Zorn eines Mannes, der sein Volk nicht betrogen sehen wollte? Oder hatte schon vor Oengus jemand den Kamin mit Steinen gefüllt?

Unwichtig.

Warmer Speichel tropfte auf Karis Kinn und lief ihm in die Halsgrube. Er wartete auf das Knacken, das das Ende seines Lebens bedeuten würde.

Es kam auch ein Knacken, aber weiter entfernt, als er vermutet hatte. Und er verspürte auch keinen Schmerz. Nur einen Ruck, der durch den Hundekörper fuhr. Verstört spannte er die Muskeln an. Die Hundekiefer verschoben sich, und mit ihnen der Kopf des Hundes.

Kari sah Aedan mit einem gewaltigen Stein in den erhobenen Händen über sich und der Bestie stehen. Einen zitternden, vor Furcht weinenden Aedan, der auf sie niederschaute. Der Stein war blutig.

Er ließ ihn von neuem niedersausen.

Es dauerte zwei Tage, bis sie wieder das Tageslicht sahen. Sie waren zum Erbarmen durstig und ihre Hände blutig vom Abtragen der Steine, die den Gang des Cairns verschlossen hatten. Aber der Durst war schlimmer. Ohne sich um Freund oder Feind zu kümmern, stürzten sie den Hügel hinauf und rafften die Eimer und Tonschalen an sich, die die Männer des Nordens bei ihrem überstürzten Aufbruch zurückgelassen hatten. In einigen, die aufrecht standen, hatte sich Regenwasser gesammelt, und das soffen sie wie Tiere. Danach wälzten sie sich auf die Bäuche.

Es war Nachmittag. Irland lag unter ihnen. Ein Tal in hellem Frühlingsgrün, und in der Ferne ein Fluß, der sich durch die Wiesen wälzte. An seiner Mündung mußte Dublin liegen, eine Stadt, die es jetzt vielleicht schon gar nicht mehr gab.

»Dein Brian wird gesiegt haben«, sagte Kari. »Sonst würden die Hütten am Fluß nicht mehr stehen. Sie brennen alles nieder, wenn sie gesiegt haben.«

Er hatte *sie* gesagt, das fiel ihm erst einen Augenblick später auf, aber er war zu müde, um sich dafür zu schämen.

»Wenn Brian gesiegt hat, dann wird ganz Irland auf der Suche nach flüchtigen Norwegern sein«, stellte Aedan fest. Er legte sich auf die Seite und beobachtete Kari skeptisch. »Komm mit zu mir«, schlug er vor. »Hier ganz in der Nähe steht der Crannog, in dem ich mit Oengus gewohnt habe. Er ist von einem Wassergraben umgeben. Wir brennen die Brücke ab, dann haben wir Ruhe. Nach Hause kannst du immer noch, wenn es wieder friedlich geworden ist.«

Kari legte das Gesicht auf die Arme. Da gab es vieles zu bedenken. Sein Vater war tot, das spürte er. Aber Einar mochte leben. Und wer würde für Pantula und Thorfinn sorgen, wenn sein ehrgeiziger Bruder nach Birsay zurückkehrte? Kinder starben schnell. Und wenn Einar in der Schlacht ums Leben gekommen war – wer würde dann die Krieger aus Shetland und Norwegen abwehren, die die Finger nach dem führerlosen Jarlstum ausstreckten?

»Ich kann nicht«, sagte er.

Der irische Wind strich über seinen Nacken und trug den Geruch des Frühlings von den Wiesen. Es gab nicht nur Birsay und den Kampf um Sigurds Nachfolge. Es gab auch Aud. Das Mädchen, das sich um Sklaven sorgte und Felle nähte, um die

Männer zu wärmen, an denen ihr lag. Hatte ihr Vater sie wirklich an Mog Ruith verraten?

»Hat er uns verraten, Aedan? Folke aus Inver Ness?«

Der Ire hob die Nase aus den Armen. »Und? Würdest du dir dann die hübsche Aud aus dem Sinn schlagen?«

»Er *hat* uns verraten. Sonst hätte Brodir nicht auf uns warten können.«

»Ich bin ein Magier«, sagte Aedan mit einem schwachen Lächeln. »Ich könnte Mog Ruiths bösen Geist wieder zum Leben erwecken, wenn es dir soviel Freude macht, gequält zu werden.«

Nein, so einfach war das nicht. Aud war wunderbar. Aber ihr Vater hatte ihn verraten. Und mit ihm Sigurd und die ganzen Orkaden. Gab es nicht eine Ehre zu verteidigen? Wie konnte man ein Jarlstum regieren, wenn ganz Norwegen über einen lachte?

Aedan stieß ihn an. »Du solltest wirklich bleiben. Ich könnte dir die Raupen zeigen, wie sie im Kreise hintereinander herlaufen.«

Der Frühling in Irland war von verwirrend heftiger Süße. Ein Zitronenfalter schaukelte auf einem Grashalm und tanzte darauf herum, als wäre es dem Wind bestimmt, ihn in der Balance zu halten. Dieser Frühling brachte jeden durcheinander. Kein Wunder, daß Aedan so verrückte Ansichten hatte. Aud war wunderbar.

Aber wenn man Sigurd fragte, würde er sagen, daß die Ehre über allem zu stehen habe. Und Amundi würde über die Weiber fluchen. Nur – was hatte den beiden ihre Klugheit gebracht? Man mußte das alles genau überdenken.

Epilog

Die Schlacht um Irland hat tatsächlich stattgefunden, und zwar am Karfreitag des Jahres 1014. Sie endete mit dem Sieg von Brian Boru, der die jahrhundertelange Herrschaft der Norweger brach. Der Bericht darüber ist in den Orkadensagas und den Ulsterannalen zu finden.

Brian Boru war zur Zeit der Schlacht schon ein Greis von über siebzig Jahren gewesen. Aufgrund seines Alters oder vielleicht auch, weil es ein Feiertag war, nahm er an der Schlacht nicht selbst teil, sondern wartete ihr Ende im Gebet in einem Waldstück in der Nähe ab.

Als die Norwegertruppen besiegt worden waren, floh der Manjarl Brodir, und es verschlug ihn zu Brians Zufluchtsort. Brodir durchbrach die Reihen der Wachen und tötete den alten Mann. Er selbst wurde gleich darauf aus Rache grausam ums Leben gebracht.

Ospak hatte einen Teil der irischen Truppen in den Kampf geführt. Von ihm wird nur berichtet, daß er schwer verwundet wurde, sein weiteres Schicksal verschweigen die Sagas.

Auch Sigurd starb. Er wurde in der Schlacht von einem Speer durchstoßen.

Über Gormflaths Ende ist nichts bekannt. Die Ulsterannalen berichten nur, daß nach dieser Schlacht nie wieder von ihr gesprochen wurde. Ihr Sohn Sitric durfte weiter über Dublin herrschen, da die Iren den Handelsstützpunkt nicht verlieren wollten. Allerdings wurde seine Macht sehr eingeschränkt. Er beendete das Leben in einem Kloster.

Das irische Hochkönigtum ging an einen der Söhne Brians über, der aber zu schwach war, es zu halten. Rivalitäten kamen auf, und hundertfünfzig Jahre später beging einer der irischen Könige den Fehler, die Engländer zur Hilfe ins Land zu rufen. Damit begann die traurige Besetzung Irlands durch die Engländer, deren Komplikationen bis heute die Insel erschüttern.

Aedan und Mog Ruith sind erfundene Gestalten, und auch die Geschichte um das Grab und den Gang zum Lia Fail ist ausgedacht. Die Existenz des Steines und seine Bedeutung sind jedoch belegt.

Kari hieß eigentlich Brusi Sigurdson, und über ihn und seine Brüder kann man in den »Geschichten über die Orkadenjarle«, einer alten isländischen Saga, nachlesen.

Nach Sigurds Tod teilten die drei älteren Brüder die Orkaden unter sich auf. Sumarlidi starb bald an den Folgen seiner Krankheit. In Brusis Teil des Landes herrschte Frieden. Einar dagegen war wegen seiner häufigen Kriegszüge, die von seinen Bauern finanziert werden mußten, ein unbeliebter Mann.

Der kleine Thorfinn wuchs bei seinem schottischen Großvater heran und erhob später Anspruch auf seinen Teil der Orkaden. Dabei geriet er mit Einar aneinander. Es gelang Brusi, die Brüder miteinander auszusöhnen, aber der Friede hielt nicht lange, und schließlich wurde Einar von Thorfinns Ziehvater erschlagen.

Nun geriet der ehrgeizige Thorfinn mit Brusi aneinander, aber der war klug genug, den norwegischen König in ihren Streit mit einzubeziehen, und sie beide beugten sich dem Schiedsspruch des Königs. Brusi starb eines natürlichen Todes. Danach fielen die gesamten Orkaden an Thorfinn.

Giudice Benzonis erster Fall

Rom 1559: In einem alten Hafenturm wird die verstümmelte Leiche eines Jungen entdeckt. Der Tote trägt eine Rose im Haar und niemand scheint ihn zu vermissen. Mehr noch: Es gibt jemanden in der heiligen Stadt, der alles daran setzt, die Aufklärung des Mordes zu verhindern. Skandalös, findet Richter Benzoni und macht sich auf eigene Faust auf die Suche nach dem Mörder – auch dann noch, als die Spur in eine bestürzende Richtung läuft ...

Helga Glaesener
Wer Asche hütet
Roman

»Die Autorin hat mit dem sympathischen Richter Benzoni den Historienkrimi um eine hinreißende Spürnase bereichert.«
Passauer Neue Presse

»Eine von Deutschlands heimlichen Bestseller-Autorinnen.«
Bild der Frau

List Taschenbuch